死亡解剖檯

Dissecting Death

斐德列克・薩吉伯、大衛・卡羅爾
Frederick Zugibe & David L. Carroll——著
朱耘——譯

—出版緣起—

為中國輸入法律的血液

何飛鵬

衡諸中國歷史，法治精神從未眞正融入政治傳統，更遑論社會倫理和國民教育。現代國家以人民爲「理性之立法者」的立憲精神，在台灣顯然是徒具虛文。法律和國家的基本精神一樣遭到政客和商人的任意蹂躪，國家公器淪爲權力鬥爭的手段，司法尊嚴如失貞的皇后，望之儼然卻人人鄙夷，我們的司法體系眞的與社會脫了節。

近年來，台灣正面臨司法改革的轉捩點。然而長期以來，司法啓蒙教育被獨裁者的愚民政策所壓抑，使得國人普遍缺乏獨立判斷的法學教養，在面對治絲益棼的司法亂象時，失去了盱衡全體制度及其社會脈絡的根據。改革之聲高唱入雲，而所持論據卻總是未能切中時弊，不是見樹不見林，就是病急亂投醫，國家之根基如此脆弱，豈不危乎殆哉。

司法體系之矮化爲官僚體系，連帶使我們司法人員的教育和考選，成爲另一種八股考試，完全忽視了法律與社會互相詮釋的脈動。學生只知道死記法規和條文解釋及學說，成爲國家考試的機器人；至於法的精神和立法執法的原則卻置之罔顧。如此國家所考選的司法人員知法而不重法，不是成爲爭功諉過的司法官僚，就是唯利是圖的訟棍。在西方國家裡，法學專家與司法人員由社會菁英與知識份子構成，不惟力執超然公正的社會角色，甚至引導風氣之先，爲國家之中堅。在歐洲，在美國，法律的歷史和社會變遷是息息相關的，布藍迪斯（Louis Dembitz Brandeis）大法官曾說：「一個法律人如果不曾研究過經濟學和社會學，那麼他就極容易成爲社會的公敵。」我們希望法律人能夠眞正走出實證法的象牙塔，認眞思考社會正義與價値的問題，這才是法的精神所在。

《人與法律系列》之推出，正是有感於法學教育乃至大眾法律素養中的重大缺陷，提出針砭之言，以期撥亂反正，讓法的精神眞正在國人心中植根。我們想推薦讀者「在大專用書裡看不到的司法教育」，爲我們整個司法環境中出現的問題，提供更開放的思考空間。選擇出版的重點，旨在：（一）譯述世界法學經典；（二）就我國司法現況所面臨的問題，引介其他國家之相關著作，以爲他山之石；（三）針對現今司法弊病提出建言。系列之精神在於突破學校現有法律教育之窠臼，致力司法教育與社會教育之融貫。

就翻譯作品部分，計劃以下列若干範疇爲重點：（一）訴訟程序與技巧；（二）法律與社會、政治的關係；（三）西洋法理學經典。

卡多索（Benjamin Nathan Cardozo）大法官說過：「法律就像旅行一樣，必須爲明天作準備。它必須具備成長的原則。」對我們而言，成長或許是明天的事，但今天，我們期待這個書系能為中國輸入法律的血液，讓法律成為社會表象價值的終極評判。

《人與法律》系列叢書之出版，要感謝司法界和學術界中有志司法改革與教育的各位先進，其中我們必須特別提到蔡兆誠律師，沒有他的推動，是不會有這個書系的。

本文作者為城邦出版集團首席執行長

—推薦序—

揭開死亡背後隱藏的邪惡靈魂

李俊億

「事莫大於人命，罪大莫於死刑，殺人者抵法故無恕，施刑失當心則難安，故成指定獄全憑死傷檢驗。倘檢驗不眞，死者之冤未雪，生者之冤又成，因一命而殺兩命數命，仇報相循慘何底止。」這是世上第一本法醫書籍南宋提點刑獄宋慈所著《洗冤集錄》的一段序言。的確，法醫的工作就是要揭開死亡背後隱藏的邪惡靈魂，讓死者之冤得申。

《死亡解剖檯》是薩吉伯法醫三十餘年的法醫生涯之精華特寫，以十個經典的案例，把法醫科技有系統的介紹出來，將神祕的法醫鑑定變成扣人心弦的法醫探案，這裡完全是符合科學原理的眞實法醫科技，沒有絲毫超出法醫證據所能推論的情節。尤其，薩吉伯法醫在第十一章就著名的兩個案例之精彩評論——選美小皇后瓊貝涅藍姆斯命案與O.J.辛普森殺妻案，前者是「法醫搞砸的案子」，後者是「精明的律師的確有能力操弄法醫證據，反黑爲白，讓有罪變無辜，將科學事實變成科幻故事」，讓讀者回憶起十二年前那段控辯雙方的專家在法庭上精彩的攻防。但經過這些年的沉澱，我們會更期待科學鑑定應是中立的，法醫或鑑定專家應以追求眞相爲目的，不應淪爲商業行爲的道具。法醫的雇主是上帝，不是檢察官或警察，更不是精明的律師或有錢的被告。

在南宋，我們擁有當時最先進的法醫教條，但數百年後的今天，以傳承中華文化自居的我們，是否還能驕傲地以擁有健全的法醫制度與專業的法醫師自豪？答案是否定的，因爲根據統計，民國九十四年台灣地區死亡人數有139,779人，其中地檢署受理相驗的有18,808件，而這些相驗案件進行解剖的卻只有1,921件，解剖率爲一〇．二一％，遠低於香港的五〇至六〇％、美國的四〇至五〇％與日本的三〇至四〇％，解剖率低導致可能存在的冤魂難以估計。

目前台灣專職的法醫師只有五位，兼職的法醫顧問有十一位，以如此人力實難以達到西方國家的解剖率標準。幸好《法醫師法》於民國九十四年十二月二十八日通過，並於九十五年十二月二十八日實施，我國法醫制度即將進入新的里程碑。新的法醫制度，除了維持原有的法醫師由醫師轉任的管道外，增加非現職醫師轉入的管道——由醫學院法醫學研究所招收法醫學研究生，除需學習醫學系學生的所有學程科目外，還要學習法醫學研究所的法醫學程科目與實習，並通過碩士論文考核，最後更要通過法醫師國家考試才能取得法醫師資格。預計這些非現職醫師轉入法醫工作的人，在法醫學研究所最快亦需研習五年才得以畢業，當然，如果沒有興趣與決心，這五年是很難熬得過去的。至於原來由醫師轉任法醫師的管道，則因爲社會地位、經濟地位與工作環境均不如醫師，數十年來僅出現極少數的法醫師，使得絕大多數的冤魂未能被法醫專業眷顧，這在醫學發達與重視人權的台灣是極大的諷刺。

台灣不缺「名醫」，但缺少「名法醫」。從過去的教訓，尹清楓命案初驗爲溺水自殺，複驗改爲他殺，致延誤破案契機；蘇建和三死囚涉及的吳銘漢夫婦命案，地檢署法醫驗屍時，「未採集被害人之一的性侵害檢體，難以斷定是否遭多人性侵害；沾有王文孝血指紋的菜刀凶器，事後竟然無故消失」；花蓮市水源大橋雙屍命案，「法醫凸槌，兩女都未成年，非二十五至三十歲」；三一九槍擊正副總統案被檢警認定爲唯一凶手的陳義雄，陳屍台南安平港，未經解剖驗毒，即判定是自殺，平添無謂的爭議。這些歷史的教訓，在法醫的轉念之間，很可能就成爲名垂千古的「名法醫」，可惜只能留下「仇報相循慘何底止」之嘆。

看了《死亡解剖檯》，讀者也許會想起福爾摩斯的口頭禪：「It's elementary, my dear Watson, elementary.」對福爾摩斯而言，一切都是「簡單的」，一切都要從最「基本的」部分去突破——這是一句絕妙的雙關語。以科學爲基礎，加上邏輯推理，就可以破案了。欣賞破案關鍵的樂趣就在這裡，尤其這些都是眞實的案例，很可能會出現在你我周遭。

本文作者爲台灣大學醫學院法醫學研究所教授

目錄

目錄

目錄

謹以此書獻給我的妻子凱薩琳，以及我們的七個子女，小弗瑞德、湯姆、凱西、泰瑞莎、瑪麗、馬修、凱文，和他們的家人，還有曾對我所有的目標提供援助者，以及總是不吝對他人付出愛心、尊重和關懷的人們。

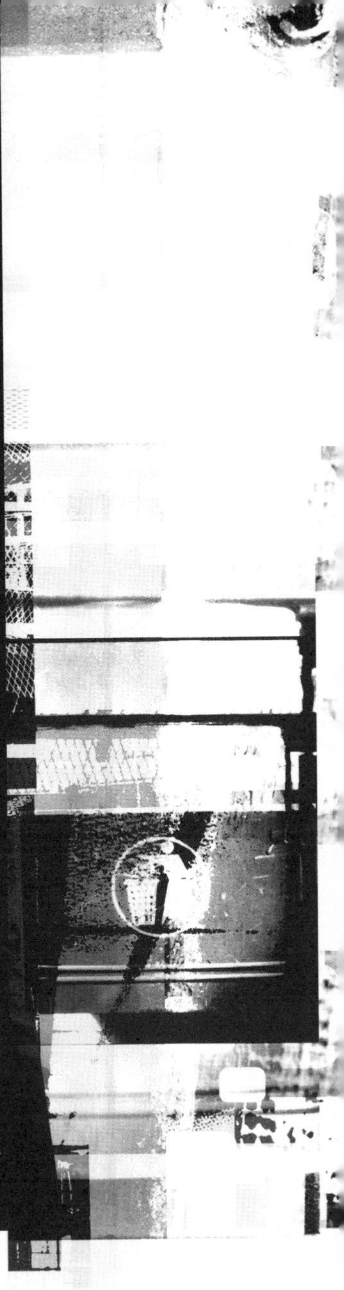

第一章

冰人之謎與法醫學的魅力

◇「對從事刑事調查以及執行法醫或刑法工作者而言，最重要且應永遠具備的是一顆溫暖仁慈的心。」

——美國前司法部長蘭西・克拉克（Ramsey Clark）

◇「追尋真相是為了保護生者。」

——洛克蘭郡（Rockland County）法醫處格言

牆邊的屍體

紐約州的奈亞克（Nyack）位於哈德遜河谷（Hudson River Valley），是一個歷史悠久的村鎮，向來以古雅的店鋪和實惠的餐廳聞名。人們經常從二十英里外的紐約市駕車前來，逛逛鎮上別致的小店，或在廣袤的帕利沙迪（Palisades）遊樂園前方便利通達的河畔步道上漫步，度過一個慵懶的午後。畫家愛德華・霍柏（Edward Hopper）[1]的故居現已改為博物館，是此鎮主要的觀光景點。而作家尤朵拉・衛爾提（Eudora Welty）[2]出生的小屋也吸引了不少遊客。

這是個典型的美國小鎮，但多了點雅致，而非粗俗喧鬧。

然而在一九八三年一個和暖的九月天，帕利沙迪園區的警察愛德溫・岡薩雷斯（Edwin Gonzalez）在離村鎮四分之一英里的克勞斯蘭山路（Clausland Mountain Road）開車執行早晨的巡邏勤務時，看見揉成一團的女用襯衫棄置在馬路南面的一片老石牆附近。

岡薩雷斯巡警下車察看。

他走近時，卻留意到更可疑的東西：一個建築包商常用來裝工地廢棄物的大塑膠袋，看似很重，塞得滿滿的。這袋子顯然是被人扔過石牆，滾下一個小斜坡，最後停在兩塊大石間。袋子上綑了好幾圈繩子和膠帶，散發著惡臭，幾塊凸起的輪廓看起來很像是人的四肢和頭部。

巡警審視袋子好一會兒，感覺不太對勁，但他知道，對法醫鑑識而言，貿然碰觸或移動任何可疑的證物是非常不妥的。由於他的所在轄區屬於洛克蘭郡的橘城（Orangetown），因此他聯絡了橘城警察局的副局長楊曼（Youngman）前來調查。

楊曼副局長很快便抵達現場。

他也認為此時拆開袋子是不智之舉，況且也無此必要；而當他繞著袋子審視時，發現有隻腳從袋底的破洞露出來。

於是楊曼副局長聯絡洛克蘭郡法醫處。由於我身為洛克蘭郡法醫處的主任法醫[3]，前往現場檢查屍體、再送到停屍間解剖，屬於我的職責，於是我立刻開車前往陳屍現場。

當我走近惡臭四溢的大塑膠袋時，第一眼看到的是一條花斑蛇從袋底的破洞溜出，大群蒼蠅瘋狂地嗡嗡飛舞；一隊食屍甲蟲從塑膠袋的小洞爬出來，有些還扛著腐肉。

大多數人如今都已從媒體對辛普森案[4]等審理過程的大肆報導中得知，警察和法醫抵達犯罪現場後，一開始進行驗屍及採證工作的最初數分鐘，對案件具有決定性的影響；這椿袋屍案自然也不例外。屍體必須非常小心處理，否則就可能破壞重要證物。

慢慢來，這三個字是處理的準則。

怪異的包裝方式

但「慢慢來」這三個字，與後來的發展相比，卻顯得微不足道。

拍照小組抵達後，便開始拍攝袋子和樹木環繞的周遭環境。當他們各自就位，從不同角度拍攝犯罪現場，我則站在一旁，審視袋子。它的包裝方式令人費解，在場的人皆有同感。

首先，當凶手打算棄屍前，通常只會稍加綑綁，草草塞進紙箱或桶子內，然後運到涵洞或荒郊野外之類的隱蔽無人處丟棄。

但這個裝著屍體的袋子，卻經過極謹慎的處理。紮捆袋子的方式甚至可以說別出心裁，簡直像在包裝禮物，棄屍者顯然費了一番心思。從這點可大略看出他或她的性格。

這個人應該相當細心謹慎，對其工作抱持著一絲不苟的態度，雙手靈巧，因此可能具備與手工或藝術相關的技能。他或她就如受過訓練、警覺性高的職業殺手般，明瞭不可忽略任何細節的重要性，也知道一個愚蠢的小錯誤就可能暴露形跡，害自己被捕。

由於現場的拍攝工作仍在進行，因此還不到碰觸袋子或運走屍體的時候。裡面顯然不只一層袋子，就像大盒套小盒般，很可能包了很多層袋子。

為何這麼費勁包裹屍體？通常一個大袋子就夠了。

此外，還有一點令人費解。多年來，我檢查過無數用來棄屍的櫥櫃、鐵桶，以及埋屍的墓穴，裡面的屍體通常都腐爛到相當程度，無可避免會散發出惡臭。就像雪松和牛糞都有其特有的氣味，死屍同樣也會散發出令人一聞即知的臭味。

雖然這只袋子也發出難聞的惡臭，但它聞起來與我以前經手過的腐屍不同。事實上，從我擔任法醫以來，從沒聞過像它這樣的氣味。

一切都令人費解。

更多層怪異的包裝

我們小心地抬起袋屍，開車將它運回法醫處，放在檯上照X光。沖洗出來的片子證明我們早已知道的，袋內是一具完整的人屍，而且頭顱裡有金屬碎片。

我們開始進行緩慢冗長的拆封過程。除了外面那層袋子外，裡面竟然還包了多達二十幾層的袋子。裡層的袋子看起來比最外層的袋子舊，而且每一個都以兩英寸寬的膠帶捆好，再用一段段細晾衣繩綁住。當我們一拆開膠帶，食屍甲蟲和其他蟲子便從袋內逃竄出來。我看到屍體的一隻手被緊緊地用膠帶捆在胸前，另一隻手則沒綁好，可能是在裝袋和封綑時鬆脫了。屍體的雙手曾被放置在某種物質或極乾冷的環境中，變得又乾又硬，以法醫術語來說，即「木乃伊化」（Mummified）。

我們終於拆下最後一層袋子，露出整個屍體。那是一名白人男子，身穿有「美國皇家騎士牌（Royal Knight）免燙服飾」字樣標籤的短袖襯衫，以及賀加牌（Haggar）便褲和花格襪，右邊的前褲袋裡有十五塊美金和幾個硬幣。我們小心地除下他的所有衣物，並仔細註記每樣物品：包括它們的顏色、尺寸、樣式和衣服標籤。當有人出面指認，這些衣物便可與被通報失蹤者在別人最後一次見到他時的穿著做比對。

這個身分不明的死者應該年約四、五十歲。雖然屍身已經乾縮，但他可能約六英尺高，體重兩百磅以上。儘管他的外觀在鑑識上仍存有許多疑點，但從屍身的狀況研判，應該死亡三到四周左右。

而且他的後腦有個彈孔。

解剖驗屍

在敘述此案的驗屍過程前，我先大致說明驗屍工作的進行方式：檢視屍體以取得有用資料，依序進行解剖及實驗室化驗鑑定程序，最後得到我們希望取得的結果。驗屍工作通常相當重要，有時甚至扮演關鍵性的角色。就對司法鑑定學及其有時顯得深奧難懂的技術有興趣的人來說，稍加瞭解驗屍如何進行，將會有所助益。

法醫驗屍時的第一項任務，是確認死者的身分。

然而在這樁袋屍案當中，此項任務將如後文所述，並非一件易事。死者的身分，成為這件詭異命案的主要謎團。

基本上，我會先記錄死者屍身可資其親友或目擊者指認的特徵，以確認死者身分。這些特徵包括體重、身高、體型、性別、年齡、種族、面貌特徵、髮型、髮色、眼珠顏色、體格、膚色，身穿何種服裝、穿戴哪些首飾、身上有無疤痕或刺青，以及是否有任何身體缺陷，如足部畸形或缺了根腳趾等。若屍體狀況許可，也會採下指紋，與政府和執法機關的指紋資料庫做比對。

仔細檢視特定的身體部位，常能取得重要資料。例如飽經風吹日曬的粗糙雙手，顯示死者可能是勞工，尤其是從事戶外工作者。紅潤柔細的手則顯示死者可能從事非勞動型的工作，通常為坐辦公室的上班族。從一雙骯髒而未剪指甲、或是指甲修得過於整潔的手，都能看出死者可能的背景。單手或雙手的第一與第二指關節突起處有大塊硬繭，通常代表這個人學過武術，尤其是空手道。如果左手的手指頭有繭，代表這個人常彈奏吉他或別種撥弦樂器；若繭很厚，則可能是職業樂手。

假使送到停屍間的死者僅存骸骨，我通常會召請專家，例如牙科醫師（odontologist），即法醫牙科醫生（forensic dentist）檢查死者的牙齒，並與國內各地牙醫所擁有的病人齒列X光片資料做比對。我們也可能徵詢擅長骨骸研究的人類學家，以判別死者的種族、性別、年齡、身材、體型等。若各種判別身分的方法皆無結果，便會請法醫塑容師（forensic sculptor）根據死者頭顱骨骸的結構，以黏土重建死者的頭部與生前容貌。而專家透過電腦輔助，也可顯現以數位方式重建後的死者容貌。

法醫會在屍體身上的衣物完整時先檢查過，再小心地除去死者身上的衣物。通常是將衣物割開或剪開，但較好的方式是慢慢將鈕釦或衣鉤解開、脫除。

衣物會平放在屍體旁，以比對破損處和屍身傷口的位置，並方便法醫找出某些不易發現的被攻擊痕跡，及確認死者遭受傷害時的身體姿勢。每件衣物都須清楚標示、拍照、註記。倘若衣物沾有體液，應予以乾燥，以免細菌侵蝕及腐壞。

在某些案件當中，法醫病理醫生（forensic pathologist）會取死者手指甲的小片樣本，放在顯微鏡下，檢查是否沾帶一些洩漏真相的物質，如藥物、塵土、血跡（可能來自死者或凶手）、或凶手的皮膚組織。在性犯罪案件當中，可能會在生殖器、肛門，或口腔內發現精液；另外也會搜尋死者以及（希望找得到）犯案者遺留的陰毛，以顯微鏡檢視。屍體上任何褪淡或微小的痕跡，都會用紫外燈或其他刑事光源照射，使其更明顯可辨，以供鑑識人員仔細查驗。

在赤裸的屍身洗淨、其上的傷口也清理過之後，屍體須經拍照、照X光及螢光透視鏡等程序，以找尋隱藏在皮膚下的證物，如嵌入物、斷裂的刀鋒、之前未發現的戳刺傷，或子彈碎片。我們會拍下所有傷口和傷痕的特寫，也會以書面記錄並詳述其位置、形狀、尺寸和深淺。

等這些證物都經記錄，並存置妥當、留待可能的進一步查驗後，便開始進行解剖。

當然，每位死者都應視其已知死因、創傷位置和屍體狀況，以不同的方式處理。每一次的解剖過程，都必須結合特定的法醫檢驗方法和解剖技巧。

就規則而言，法醫病理醫生的解剖工作，通常從死者頭部開始，再往下進行。首先，他們會在頭皮搜尋隱藏的創傷或非天然的物質，然後採取頭髮樣本，並檢視口腔，找尋牙齒是否有損傷、舌頭有無撕裂或割傷、口內是否殘留化學或有毒物質、唇部和口腔內有無割傷。我們也會搜尋並記錄鼻腔和耳朵的任何積血。

內眼瞼也須翻開檢查是否有瘀點性內出血——小點狀的血斑，代表死者可能是窒息而死。

接下來便切開顱骨，將腦取出秤重，並細查是否有創傷。在某些案件當中，可能須用不同角度鋸開頭顱，以呈露鼻竇、頷骨或頭顱其他需要詳加檢查的部分。

等頭部經過徹底的檢視之後，便進行胸腔解剖。首先要移除胸骨，再開始檢查胸腔內部：肋骨是否斷裂？各腔室有無積血？胸腔內是否有任何器官被壓破或裂開？

心臟與肺臟亦須取出秤重，並採取切片保存，以備未來可能的檢驗之用。血液以及肺部和各腔室的體液也須採取樣本、化驗及保存。

接下來則進行腹部解剖。先仔細檢視胃部的食物殘留，然後將脾臟、腎臟、胃和腸取出秤重，再做徹底的檢查，尤其要搜尋是否有傷口或受創的跡象。

最後是解剖骨盆腔。肛門與生殖器內外都須詳加檢查，並採取尿液樣本、取出膀胱仔細檢查；若為性犯罪案件，還須用拭棒取陰道和肛區的樣本化驗。

當以上程序皆完成後，我會以手寫或錄音詳細記錄驗屍過程與所得結果，做出一份完整的報告；其中包括死者如何被發現及其陳屍處、死因、解剖時的各臟器狀況、創傷類型和造成原因、X光片結果、解剖，以及可以檢測出的毒物和藥物的化驗結果。

這份報告可做為偵辦人員的參考，並為他們提供死者外觀與體內所有狀態的簡要資料。

塑膠袋裡的無名屍

當我們開始進行解剖，首先發現的是，雖然死者屍身顯然已呈現腐化現象，但並沒有膨脹腫大。

這讓我及所有參與的鑑識員都感到大惑不解。照理說，在人死後幾小時，細菌便會侵入細胞組織，製造各種氣體。這些氣體的作用有點像充氣筒，會讓屍體的臉膨起，四肢和睪丸腫脹；有時還會讓整個屍體脹得如氣球或米其林輪胎人。但這具死屍卻毫無腫脹的跡象。

屍體的皮膚還有一層我過去很少在人類死屍上看到的油膩物質，而且皮膚呈現反常的米色。有時溺水者的皮膚上會有一種黏糊物質，皮膚也會呈米色。但此具屍體並沒有溺水而死的跡象。

更令人不解的是，屍體內部的腐化狀況比外表還少；腸子完全沒有腫脹，幾個主要臟器甚至保存完好。通常，腐化需要數天或數週的時間——但這個人死亡至今的時間應該更久——腐化過程與時間相對呈正比，因此可推測出屍體在何時大致腐化到哪個程度。

屍體的腐化過程也必然是由內而外，但現在躺在解剖檯上的這具死屍卻剛好相反。屍體僅有表面變形腐爛，內臟卻仍完好，這點很不尋常。

當天稍晚，我打電話給紐約市的主任法醫以及幾所院校，詢問他們是否遇過這類狀況。其中有些人猜測是因為死者體內異常的化學現象，但這個說法不太合乎法醫鑑識學理。基本上，同事和我一樣，都被難倒了。

接下來，我們解剖檢視死者的頭顱。

我們在顱骨後左側、枕骨至頂骨區域發現彈孔。腦部已經液化了，而子彈與兩塊子彈碎片留在腦腔，其中一塊卡在頂骨。鼻梁裂開，顯然是被打傷的，而臉部被一隻緊緊抵在臉龐中央和下巴的褐色便鞋壓扁了。

等到解剖檢查工作告一段落，我們能確定的是，死者為年近五十至五十歲出頭、身強體壯的白人男子，棕色直髮，嘴裡有塊局部假牙托[5]。

這名男子是誰、為何被殺、屍體還用二十個綠色塑膠袋包裹起來？最令人疑惑的一點是，為何屍體的狀況如此奇特而難以解釋，一點也不像大部分送到停屍間檢驗的死屍？這一切仍是黑暗而令人費解的謎。

「嘿，昆西，還想到什麼推論？」

接下來幾天，我一直反覆思索這樁難解案件的許多疑團。

它所呈現的狀況是違反自然的。科學上說不通，也和生物法則互相矛盾。處處是犯罪證據，但都無法做出合理的解釋，只徒然把我們引入死胡同。

總而言之，我們手上有具顯然已經死亡好幾周的屍體，但卻沒有出現典型的腫脹情況。死者皮膚覆蓋著很少在其他屍體上見到的一層滑膩物質，而屍體表層的組織腐爛，但體內多數的臟器仍保存完好；腐化過程的順序完全顛倒。死者的雙手乾硬且木乃伊化。當雙手已木乃伊化，便無法直接採取指紋。

基本上，我們目前根本不知道這名死者的身分、確切的死亡時間以及為何被害。實驗室一般的鑑定方法，對這些反常狀況所能提供的資訊相當有限。

我面對這些疑問，彷彿聽見凶手正大笑著，在所有偵辦此案的人和我的耳邊說：「你們這些聰明人，去查個水落石出吧！一切都攤在你們面前。證據會說話，只要用點常識，把它們拼在一起就好了。有本事就來抓我吧！」

可是，該從哪裡著手？

就一如往常，依循法醫的首要原則：不論何時，只要遇到難解的謎團，都不要被先入為主的想法所侷限。應該從最基本、最單純的角度考量與觀察；就像當眾人自我催眠、相信國王穿著華麗的新衣時，一個小孩卻能看出他根本什麼也沒穿一樣。用想像力和智慧去思考。凶手如何改變證據的型態，以隱藏自己的罪行？他用什麼手法，讓鑑識人員無法依靠屍體與遺物的檢驗結果追查下去？

第二個原則是：當你繞著一般可預期事物的外圍打轉的同時，也要深入思考內層最核心的部分：生理和心理的基本面。

不論我在實驗室或晚上開車回家時，看電視或跟家人晚餐時，還是跟同事在電話裡討論案情時，都不斷思索這件事。

我想得越久，就越懷疑此案屍體呈現的這些怪異狀況，是經過凶手刻意安排或製造出來的。以警察辦案時的術語來說，稱為「布局」，意思是：改變、布置犯罪現場，以製造假證據、誤導調查。通常要看出這種詭計，依靠的是感覺，而非推理。

哪種自然的力量能如此徹底地殺死身體內部的細菌，尤其是腸道的細菌，且同時又能讓外面的細菌如對付其他死屍一般，侵蝕這具屍體表面的皮肉？

或許凶手並沒有嘲弄自然法則，他其實利用了它，即自然界最有效的保存方式：低溫。

這條思路引出一個更奇特複雜的念頭；明天我將會試試看。我知道，這個想法是個大膽的嘗試，同時還需要用到某些基礎科學來做驗證，包括結晶型態和手部木乃伊化等少有人研究的相關學科題材。

我也明瞭，若向洛克蘭郡法醫處提出這個異於傳統的推論，一定會被警員們取笑，被同事以有禮的態度漠視，被媒體嘲弄。事實上，當這樁命案告一段落後，有人告訴我，在調查初期、我正忙著說服大家接受我的推論時，警員們開始在私底下稱我為「昆西」。

昆西，是電視連續劇《法醫昆西》（*Quincy*）主角的名字，劇中的法醫昆西（由傑克・克盧格曼〔**Jack Klugman**〕飾演）常以巧妙、但有時是極不正統的鑑識技巧逮到罪犯。

提供點兒「昆西」的聰明才智來破案吧！其實我對這個綽號多少還覺得挺榮幸的。

冰人來了

我目前對屍體怪異狀況所提出的解釋是，這具在克勞斯蘭山路發現的被害者屍體，曾被冰凍頗長一段時間，也許幾個月，甚至數年。

現在還只是假設，但在法醫界，這類假設被稱為有根據的直覺。推論的邏輯如下：

一、冷凍會殺死或改變造成腐化的腸道菌群——即活在消化道的細菌——因而大幅延遲、有時甚至幾乎完全停止組織的分解。這具神祕的死屍應該經過冷凍。

二、基於目前還不得而知的原因，屍體從低溫環境中被移出，以塑膠袋包裝，棄置在奈亞克鎮的路旁，任其腐爛。

三、屍體被棄置戶外後，便直接暴露在來自土壤和草叢的微生物當中，於是屍體的皮膚表層先腐爛。而屍體內部由於有皮膚與肌肉的保護，因此能保存較久。如此便能解釋這具屍體反常的腐化順序。

四、解剖時，我留意到死者的頭部和腦部的腐化狀況，比身體其他部位嚴重。我猜想此現象是因為彈孔讓較多細菌進入，而造成腐敗。此外，若屍體經過冰凍，頭部會比軀幹較快腐爛，因為體積小，解凍快。

五、最後，極低溫能長久保存屍體數月、數年、甚至數世紀。例如活在數萬年前的乳齒象，有幾隻可能不小心掉入冰河縫隙，後來科學家發現牠們凍在堅冰裡，屍體幾乎完全沒有腐壞。

冰凍保存，長期冷藏，冰裡的死人。是開始蒐集臨床實證、支持此一假設的時候了。

我第一步先翻閱堆積如山的法醫參考書，搜尋關於冷凍身體組織的資料。但相關資料很少。接著我想起自己過去的研究資料：用冷藏乾燥的方式保存細胞組織、以供顯微鏡檢查，這些資料後來也納入我的教科書著作《組織化學診測》（*Diagnostic Histochemistry*）中。當想起極低溫對固定和保存人體肌肉的驚人力量，我決定調整自己的調查重點，尋找冷凍過的跡象和屍體中的非天然冰晶體。

這種冰晶體的本質跟一般的冰不同。當動物身體組織冰過再解凍，它會使細胞出現變形的狀況。比方說，當一具死亡沒多久的屍體置於華氏三十二度[6]的環境當中，細胞內的水分在結凍時，體積會變大，就如裝在塑膠盒裡的水變成冰時會漲大，將盒子的四壁擠彎。細胞內的水分結凍後，會推擠細胞壁與細胞核，使細胞扭曲變形。

變形的細胞核——冰晶體——在細胞解凍後仍會存留很久。若用顯微鏡檢查時發現它，即可確定身體組織曾經過冷凍。因此，若能在死者的身上找到冰晶體，我便能確定，可根據此發現，投入全力去證明這具屍體曾被放置在極低溫的環境頗長一段時間。

我開始從屍體各部位隨機採樣，在顯微鏡下檢視組織樣本。起初並未發現有結晶體的不尋常狀況；接著我從死者的心臟採樣。再次檢驗之下，卻赫然發現每塊都有冰晶體，而從身體其他部位的組織樣本也顯現冰凍過的跡象。

我向警察通報這個發現，告訴他們死者屍體很可能被放置在極低溫的環境，甚至吊在肉販的冰庫裡，被冷凍數月、甚至數年。但就如我預料的一樣，他們對此一笑置之。

無論如何，在我看來，屍體被冰凍過的假設是可以成立的，而且整樁命案的輪廓也逐漸清晰。我推測，凶手在某個為進行非法勾當所預先布置的地點，遇到他的目標，他先打倒毫無防備的被害者，接著在對方頭上開了一槍，然後基於某個不明理由，將屍體運到另一個地點，以極低溫保存它。

在中東某些地區，當有人開玩笑地形容另一個人自找麻煩時，會做出一種手勢：舉起手，往後繞過後腦杓，碰觸另一邊的耳朵；意思是笨蛋才會用這麼迂迴的方式把食物送進嘴裡。

這樁命案便用了如此迂迴的手法。

為何殺死一個人之後，還把他冰起來？

冰凍屍體需要花費很多時間和精力。除了需要一個安全隱蔽的場所和運作正常的冰庫，還得付電費，說不定還花錢租了個倉庫。既要掩藏罪證，又要移動屍體，為何不乾脆丟進河裡？為何要費這麼大的力氣？

如此瘋狂的行為必有其理由。這仍是推測，不過到了目前這個階段，此一推測是有根據的。

我開始相信，凶手曾將屍體藏在冰庫。他之所以這麼做，有兩個理由：一是除去屍體上所有可能被追查出來的線索；二是等到他所棄置的屍體被發現，法醫已無法斷定死者的死亡時間。

凶手很可能認定在九月仍相當炎熱的天氣下，屍體沒幾天就能解凍、腐爛，不會剩下多少可供追查的線索。

不過凶手沒考慮到他包裝屍體的手法太仔細了。除了大費周章地用了二十層塑膠袋，以膠帶封捆、再用繩索打兩個結綁緊，結果屍體解凍和腐爛的時間，反而比預期還久，結果留下足夠的線索，可供我用顯微鏡檢視冰凍過的肌肉組織，讓我獲得了推論的基礎。

不過到目前為止，還只停留在基礎而已。

木乃伊的手

下一個挑戰是查出死者的身分。

通常，全美各地的停屍間，都有將近五萬具身分不明或無人認領的屍體；要查出其中任何一人的身分，無啻如大海撈針，尤其當調查者少了最有用的追查依據：指紋。

指紋被視為最有效且廣泛使用的身分辨識方法。它最大的好處是偵辦人員可透過集中歸檔的大型指紋資料庫，查詢許多案件中的可能嫌犯。即使資料庫中查不到嫌犯的指紋，仍可從他或她的家中或工作地點採取其所留下的指紋，以供日後比對。

但指紋比對這種絕佳的方法，卻有一個缺憾。

若要取得一組清晰的指紋，手指必須保持還不錯的狀況。火災死者以及嚴重腐爛的死屍，尤其是木乃伊化的屍體，通常已無法採取指紋。而這樁命案中的無名屍雙手非常乾硬，已無法辨識出指紋！凶手必定也這麼想，甚至因此特別處理過被害者的雙手。

當提到「木乃伊」這個詞，人們自然而然會想到埃及古墓裡裹上層層白布的可怕乾屍。在生物學中，木乃伊化的意思雖與木乃伊相關，但過程卻不盡相同。它是屍體組織產生積鈣時自然產生的過程，原本有彈性的肌肉會變得如石頭般堅硬，而雙手指紋會變模糊，最後再也無法採下，做為辨識身分的依據。多年來，這種積鈣現象一直是法醫們最頭痛的問題；所有鑑識調查人員都亟盼能找出軟化木乃伊肌膚組織的方法。

幾年前，我也曾遇到這個問題。兩名登山者在洛克蘭郡一處登山步道附近的樹林裡，發現一具年輕女性的裸屍。她的屍體非常乾，且有相當深的色素沉澱，雙手已經枯縮鈣化到如石頭般乾硬。當時我是承辦此案的法醫；驗屍後確認其死因是遭人用手勒斃。

為了軟化女子的手指，以採取指紋，一開始我先嘗試過去曾廣為使用的方法，包括甘油、溫熱的生理食鹽水、混合油脂，還有博物館常用的專門技術，來軟化組織，但都徒勞無功。聯邦調查局甚至建議我一種福馬林加氫氧化鉀的方法；我先拿死者木乃伊化的手指關節做測試，結果發現它會對組織造成驚人的破壞，於是我立刻停止所有嘗試軟化肌膚的實驗。

我們用盡所有鑑定死者身分的方法：包括牙醫病歷、牙齒X光檢查、全身X光檢查、人類學鑑定、頭髮分析、容貌繪圖、外貌側寫，然後將所得資料送至執法機關和失蹤人口協尋中心，但毫無結果。

既然需要是發明之母，我便決定自己嘗試調配軟化肌膚的化學藥劑。

為了這項研究，我前往紐約市的美國自然歷史博物館（American Museum of Natural History）。館內有一些被歸類到不須繼續保存的木乃伊殘骸，館方人員好心地准許我拿它們的手部實驗自己調製的數種溶劑，試試看能否軟化這些古老木乃伊的手指肌膚，讓指紋重現。但我的溶劑就如所有當時常用的組織軟化劑一般，不是毫無作用，就是使組織樣本碎爛、受損。

但我不打算放棄。我自問，是否有某種處理這個問題的新方法？木乃伊化最基本的元素便是那些積鈣。是否能用某種方法移開它們，以較軟的物質替代？經過許多失敗的嘗試之後，我想到或許應該回到木乃伊化學的基本原理，尤其是一種稱為「螯合」的基礎過程。

「螯合」（chelation），這個名詞源於希臘文的「chele」，原意為「爪」，是一種利用螯合劑包裹並除去金屬離子的方法，其作用通常是淨化或轉化某個特殊物質。在醫療上，螯合劑[7]常用來去除鉛中毒患者身體組織內無法自行溶解排出的鉛，然後補入可溶解且易於排出體外的鈉。螯合療法也可用來治療動脈硬化的病患，去除堵塞血管的鈣。

現在，既然鈣質無法溶解，而鈉卻剛好相反，我便決定運用螯合法對付那具女屍肌膚裡的鈣離子，再以可溶解的鈉離子取代——它隨後可從組織內排出——如此便能完全移除鈣質，讓肌膚組織變柔軟。

經過實驗之後，我準備了鈉螯合劑和沖洗劑，將女屍木乃伊化的指頭放在溶劑裡三天。積鈣開始溶解，一開始只有少許，但接著便越來越多，最後她的雙手變得柔軟有彈性，而模糊的指紋也重新顯現。

我們採了她的指紋，比對並確認身分，終於追查到作案的凶手。

如今是一九八三年，距那樁林中女屍案兩年了。我運用這個新配方，重建袋中男屍的手部肌膚，採下他的指紋，送交美國東岸的指紋資料庫，查出指紋是屬於一名來自賓州的男子，名叫路易斯・麥斯蓋（Louis Masgay）。

警方通知並詢問麥斯蓋的家屬。根據他太太與兒子的說法，死者身上的衣物符合兩年半前麥斯蓋失蹤當天的穿著。

指紋、衣物、加上家屬的描述，我們確認死者身分了。

警方進一步詢問死者家屬，但除了知道麥斯蓋在失蹤當天出差前往紐澤西州，並預定與一位生意上的合作夥伴共進晚餐之外，沒有多少資料可供我們追查凶手。

冰人走了

案情又膠著了三年，沒有進一步的線索。看來冷凍屍體的詭計得逞了，即使不見得全如凶手所預期，但仍算是成功了。

後來我某天接到來自紐澤西州總檢察官辦公室的電話，告訴我他們拘捕了一位名為理查・庫克林斯基（Richard Kuklinski）的嫌犯，他涉及多件謀殺案。他們認為，這名嫌犯應該也跟麥斯蓋命案有關。一個因謀殺案入獄的囚犯，菲利普・索利門（Phillip Solimene），為了換取獄中較好的待遇，向警方供稱，他有次在庫克林斯基位於紐澤西州北柏根（North Bergen）的倉庫裡，看見一具屍體吊在冰庫內，看起來很像報紙照片中那位失蹤許久的麥斯蓋。

庫克林斯基隨後被警方逮捕，並因數樁謀殺案而遭到起訴。聯邦調查局已經監視他多年，並蒐集他的犯案證據，其中包括麥斯蓋命案。一九八八年三月十六日，他因兩項謀殺罪以及六項謀殺與竊盜未遂罪被起訴。一個多星期後，檢方與庫克林斯基交換條件，同意撤銷針對他妻子非法持有武器，及他兒子非法持有毒品和武器的罪名控訴，最後達成協議。於是庫克林斯基承認他還犯下其他兩件罪行，其中一件為殺害路易斯・麥斯蓋。

原來，庫克林斯基不只是個狠角色，而且還是個擅長取人性命的職業殺手。雖然他大部分在紐澤西和紐約州一帶活動，不過只要價錢合意，他也會到任何地方殺害任何人。使用氰化物是他最偏好的犯罪手法。庫克林斯基在與後來也參與逮捕行動的一位臥底的調查局幹員聊天時，提到使用化學毒物的好處：「這種方法安靜無聲又不麻煩，不會引人注意，而且還可以用噴霧器。你只要噴到某個人的臉上，他就永遠睡著了。」

庫克林斯基告訴幹員他如何測試氰化物噴霧劑是否夠迅速有效。他會藏好氰化物噴霧器，走到擁擠的大街，隨便挑一個人，快速對準那位無辜者的臉部噴一下，然後像個科學家般冷冷看著對方痛苦扭曲地倒在地上，沒多久便死去。

「對準他們的鼻子噴最有效，」庫克林斯基說，「他們會吸進去。只要一吸進去，他就死定了，誰也救不了他。不過你得注意，自己不可以站在下風處；因為如果你吸進去，那你也完了……不管怎樣，我跟你說，有次我在街上，一邊拿手帕摀住鼻子假裝在擤鼻涕，一邊從一個傢伙身旁走過。我撞了那個男的一下就走，像沒事一樣繼續走。然後那傢伙……旁邊的人都以為他心臟病發，全慌張地圍著他。照這種法子去做，等你都從他身邊走過去了，他還不知道發生了什麼事。只要他被噴到，你就知道他會怎樣。那東西已經進入他的身體，他死定了。」

根據庫克林斯基的供詞，他幾年前在紐澤西的一家小餐館遇到麥斯蓋。他假稱手上有一批盜版色情影帶打算出售。在賓州一個小城鎮經營百貨商店的麥斯蓋，有意買下這批影帶，擺在店裡販賣。

兩人再碰面時，庫克林斯基坐進麥斯蓋的車，一起前往某個偏僻地點。在那裡，庫克林斯基並沒有把影帶交給麥斯蓋，而是將他打昏，在他頭上射了一槍，再把他原本用來購買影帶的九萬五千元美金取走。然後庫克林斯基將麥斯蓋的屍體放進他倉庫的冰庫裡，吊在那裡兩年半，最後把屍體棄置在我們故事的開頭和結尾處：奈亞克。

一九八八年五月二十六日，高等法院法官斐德列克・庫肯梅斯特（Frederick W. Kuechenmeister）判庫克林斯基兩個無期徒刑，還加上之前已判決定讞的六十年以上有期徒刑。

隨著庫克林斯基接受更多審判，再加上包括HBO訪問庫克林斯基本人的許多深入報導，今日，我們已知他的犯罪層級相當高。這個曾為紐約甘比諾（Gambino）犯罪家族教父約翰・高帝（John Gotti）工作的職業殺手，除了殺害麥斯蓋，還在美國各州犯下多起謀殺案，奪走上百名男女的性命。

但在這麼多謀殺案當中，唯一被他冰藏屍體的被害者只有麥斯蓋。諷刺的是，這個極狡猾的手法，竟成為他被捕、最終認罪的有用線索。而庫克林斯基向臥底幹員透露並有助於破案的另一件事，對麥斯蓋命案尤其重要。

「你確定那樣做能騙過驗屍官嗎？」裝了監聽器的幹員問庫克林斯基，「他們可有一大堆辦法能查出真相，不是嗎？」

「嘿，」庫克林斯基回答，「你以為那些傢伙真的很聰明嗎？聽好，他們發現這人的屍體後，會進行解剖。解剖完，他們會說他只死了兩個半星期。但其實他不是，懂吧？他已經死了兩年半。那些傢伙就算想破頭也不會知道。」

「哦，是嗎？」

「放進冰庫是不會變壞的，我的朋友。」

「你是說，冰庫保存了——」

「一切。就跟從冰箱拿出來的牛排一樣。」

然而，由於他的掩藏罪證方式如此獨特——冷凍屍體——構想如此狡猾，手法如此高明，加上全案看來如此令人難以想像的怪異荒謬，使得庫克林斯基到今天依然在大眾的心中揮之不去，而且仍以我二十年前給他取的綽號稱呼他：「冰人」。

從案情到推論

正如每個經驗豐富的法醫所言，法醫病理學並不僅止於指紋鑑識與DNA比對；它的觸角還伸入無法量化的領域，以及人類思想與情感的祕密運作，尤其是人類的心理如何作弄自己和他人。每一次鑑識調查都有如走入哈哈鏡廳一般，你會看到不同角度和樣貌的自己。

因此，法醫鑑識偵察最基本的，就是從已偵破或未偵破的案件所呈現的一切當中，吸取並累積犯罪邏輯與心理方面的經驗，等到下次遇到難解的刑案時，便能加以運用。

這類從腐屍內或殺手冰庫等處學得的經驗，對其他人來說，或許會避之唯恐不及，但這卻是當初吸引我探究法醫病理學的動機之一。

從小，我便對有關法庭審訊的劇情和懸疑故事很感興趣，尤其是福爾摩斯探案，以及偵探如何在犯罪現場搜尋線索、巧妙運用它們揪出凶手的小說。我也對自然和人體的運作——每個器官如何在檢驗過程中透露祕密——相當著迷。於是上大學時，我便決定將這些興趣結合起來。

我先取得解剖與組織化學的博士學位，之後又進醫學院繼續研習。開始工作的前幾年，我擔任內科醫師，當時並沒有特別的欲望促使我從病理學專科轉到其他領域。

但後來發生了幾件出乎意料的事。

首先是我開始有種被侷限的感覺；更有趣、或至少更廣闊的世界，在向我招手。

其次，也是更重要的，法醫和心理學開始引起我的興趣。它們吸引我的，不只是精神病學本身，還有從動機到付諸行動，以及貪婪與惡意如何轉變為犯罪的歷程。

一個人為何會犯下暴行，而另一人又如何運用科學、法律、推理和本能直覺，研判犯罪者的想法和其所遺留的片段線索，都令我感到著迷。

在芝加哥大學（University of Chicago）研習之後，我很高興能有機會踏入一個和醫療同樣重視理智與客觀思考的領域。即使法醫學相當依賴高科技的方法和工具，但我很快便發現它也一樣倚重警探般敏銳的洞察力。一整段刑事訴訟過程，可能因為某個觀察所得，或某個錯誤的觀察所得而逆轉。

眼見不一定爲眞

對法庭上的律師來說，現場描述與目擊證人所見，是很有價值的資料。律師從經驗得知，「可靠」證人所提供「似乎可信」的證詞，可使一件訴訟案成立或撤銷。他們知道陪審團很容易受證人的證詞左右，而且如果證人所言「聽起來」可信度頗高，陪審團通常就會相信。

但另一方面，法醫瞭解事物表面所存在的模糊地帶，以及人類心智的變幻莫測，因此對於目擊者證詞的態度較為保留。就他們的經驗而言，目擊證人的描述，通常是所有司法證物當中最不可靠的；科學驗證和客觀分析反而是最重要的兩種破案工具。

以著名的日本電影《羅生門》（*Rashomon*）為例，故事情節是關於某個武士與其妻遭到，或疑似遭到一名盜賊襲擊。武士被殺，而他的妻子被強暴。當事者有三個，還有一名目擊此事的樵夫。我們從每位主角的說法得知事件發生的過程，但每個人的說法都各不相同。他們可能是基於個人因素，也許是驚嚇恐懼、巧言掩飾、視而不見、或過於主觀……沒人知道。但根據三個人的案情描述，會指向三個不同的兇手。

在犯罪現場，眼見不一定絕對為真，從「冰人」一案便可清楚瞭解。除了目擊者的說法之外，還需要其他工具與技巧深入探查兇手的心理，追查出他疏漏的蛛絲馬跡。

以下提供我曾在《鑑識期刊》（*Journal of Forensic Identification*）提出的兩樁錯認身分的

案例，以證明我的論點。

案件一

一名年輕男子駕車行經鐵路平交道，但車子竟在鐵道中央莫名其妙地熄火了。他左右張望，驚恐地發現一列貨運火車正朝他駛來。他試著重新發動汽車好幾次，都沒成功，於是他趕緊跳下車，但已經太遲了。他被疾駛而來的火車撞上。當場死亡，下半身稀爛到令人無法想像，但頭部和臉部卻奇蹟似的保持完整。

幾分鐘後，兩名警員抵達現場。

彷彿命運安排似的，其中一位警察剛好認識被火車撞死的年輕人，死者名叫比爾（Bill）。那名警員立刻聯絡比爾最親近的朋友，並問對方，是否能馬上到法醫處，幫忙指認屍體？

「喔，沒錯，的確是比爾。」比爾的好友在停屍間盯著死者整潔的面容，哀淒地說。「我真……我真不敢相信！」

那幾位警調人員向來謹慎。他們覺得如此還不算完全確認死者的身分，因此聯絡了比爾的家人。

不到一個小時，比爾的母親、繼父和兩個兄弟便趕到法醫處，站在屍體前點頭確認這個不幸的事實：對，這是他們親愛的比爾。毫無疑問，的確是比爾。

身分證明簽署後，比爾的家人便拖著沉重的腳步回家。

當天稍晚，另一部門的某位警員恰巧遇見比爾的女朋友，珍妮佛。他之前從收音機得知比爾被火車撞死的消息。

「很遺憾聽說比爾出事了。」他莊重地對珍妮佛致哀。

珍妮佛疑惑地望著他，問他為何這麼說。

「他今天早上出車禍死了，真不幸。」

那名年輕女子瞪著警員好一會兒，才不安地咯咯笑了幾聲。「據我所知，比爾今早並沒有出車禍。我十分鐘前才留他一個人在我爸媽的汽車旅館裡。」

珍妮佛和那名警員馬上直接開車到旅館。

比爾的確在那裡。他正四肢攤開，躺在躺椅上看電視、喝啤酒，活得好好的。

在此同時，警察局裡的事故調查員剛好收到從郡罪犯鑑識局傳來的指紋查詢結果。結果死者的指紋根本不是比爾的，而是另一名與比爾年紀、身材、體型近似的年輕男子。

指證者的說詞大錯特錯，即使來自於理應是死者最親近的人。

案件二

一名十九歲少年騎機車以九十英里的時速，逃避巡邏警車的攔檢時，出車禍死亡。他身上和頭部有多處創傷，但與案件一相同，他的臉部完好，身上沒有證件。

警方根據他的機車車牌查對車主身分。不到一小時，便查出車主是一位名為朗尼．賈克斯（Ronny Jax）的電台音樂節目主持人。

就如案件一相同，死者的母親接到通知，前來指認屍體。她仔細看了很久，然後指認死者的確是朗尼．賈克斯。

幾小時後，一名當地電台的音樂節目主持人下班，走到停車場，發現自己的機車不翼而飛。他立刻報警，同時告訴警察他叫朗尼．賈克斯。

於是警察通知朗尼賈克斯的母親，說她的兒子還活得好好的。

但她以為是有人在惡作劇，因此不相信那個通知，直到她接到兒子的電話。「嗨，媽！我沒死。摩托車被偷了，但我沒事！」

不久，死者的指紋送到郡罪犯鑑識局，他們比對之後，查出指紋是屬於一名前科累累的少年犯。他偷了朗尼的摩托車，結果造成自己的死亡，後來又被錯認，而且還是被朗尼．賈克斯自己的母親錯認。

這兩樁錯認身分的案件，便是很明顯的例子。

然而，這是多大的錯誤！做母親的認錯自己的兒子，兄弟認錯自己的手足，朋友認錯自己的朋友。那些頭腦清楚、可信度高的指證者，怎麼會認不出自己最親近、最心愛的人的容貌？更何況在超大鹵素燈的照射下，死者就躺在近在他們眼前的檯子上。人類的雙眼怎會如此愚弄了他們的判斷能力？

更重要的一點是，假使會有如此錯誤的發生，那麼我們的辨識能力究竟有多可靠？

心智與器械的配合

在一九六〇年代初以前，美國大多數刑事調查機構的運作，仍採舊式的驗屍官制度[8]。這種古老的死亡調查系統下的主要成員為藥劑師、執業的全科醫生和門外漢，而非病理學或法醫病理醫生。因此驗屍工作可想而知，有時甚至是由未經法醫訓練的殯葬人員主導，而他比較在意的是趕快運走屍體、好進行防腐工作，而非查出死者的死因、死亡時間以及為何而死。

在這個舊式制度下，很少會對屍體進行解剖，而且僅會進行極小程度的驗屍工作。事實上，現今法醫實驗室一般運用的大多數高科技設備，當時也尚未發明出來。大致來說，六〇年代初典型的法醫實驗室，甚至連有關命案最基本的生物學和物理學研究都尚未觸及。

不過如此狀況很快就改變了。六〇年代中期，勢不可當的現代科學開始與刑事鑑識調查結合。生物化學與生物學的大量引進，促使法醫養成教育的研究出現極大突破，而相當精密的實驗室檢驗技術與設備也已發展出來，用以鑑定指紋、體液、身體組織狀況、創傷結構、微量物質（如纖維、塵土、毛髮等），以及其他基本證物。新一代速度極快的電腦，使得檢驗分析加快千倍，而它所能彙整的數據資料庫規模與範圍，也是過去從未預想到的。革新性的外科技術，不論在手術檯上或解剖室裡，都同樣有用。到了一九六〇年代末，舊式的驗屍官型態，已經大幅演變為我們今日所習知的法醫制度；除了包含法醫病理學、高科技的檢驗方法與設備，更進一步結合相關的科學領域，如植物學、昆蟲學和彈道學。

「forensic（司法的、法醫的）」一詞，源於拉丁文的「forum」，意指與司法相關的事務（由於古羅馬城鎮的廣場〔forum〕，為當時舉行公開審判、主持公道的地點）。現今的「forensic」意指司法事務與在法庭內進行的活動；而它的另一個定義，跟上述意義也有關連，意指論證、理性的爭辯，或正式的辯論。幾乎所有學科都具有涉及論證、法規、司法的部分。法醫昆蟲學（forensic entomology）便是與犯罪相關的昆蟲研究；例如可藉由當地蟲類出現在腐屍內外的時間先後，推斷死者的死亡時間。法醫牙科學（forensic odontology）則為透過顎骨與牙齒的查驗，搜尋齒部創傷、齒痕等線索，用以比對出死者或犯罪者的身分。

「病理學」（pathology）一詞則源自於希臘文的「pathos」，意為「病痛」（suffering）。內科病理學屬於醫學當中的一支，主要研究身體在遭受導致痛苦的傷病侵襲時，身體器官和組織出現何種結構與功能上的變化。這裡所提到的「傷病」二字含意很廣，主要是指任何偏離身體健康常態的狀況，例如因槍傷導致的伊波拉病毒[9]感染，以及任何可能致死的因素。

因此，法醫病理學這塊醫學領域，是關於涉及司法刑事方面的身體創傷與暴力致死，它尤其著重於查出造成死亡和創傷的工具、方式與原因。此一專業融合了人類的深入查證與科學的探索，可說是一種理性與科學、創意與客觀分析、心智與器械的最佳結合。

法醫調查的依據，是針對每件犯罪行為及其遺留之影響的全面認知，無論罪犯如何狡猾地掩蓋他們的犯罪痕跡。透過法醫調查可明瞭，只要能確切追蹤並分析每個線索，它們便能無聲地透露隱藏在每一樁強暴、謀殺，或自殺案件背後的內情，引領我們將罪犯繩之以法。就法醫調查工作來說，無論是多麼難以解釋的線索或狀況，最終都一定能找出破解答案；而且在被害者屍體或一堆骨骸所在的現場，絕對沒有一樣事物是獨立存在的。犯罪現場的每個部分都相互關連；只要我們抱持公正無偏頗的態度，藉助各種科技工具仔細搜尋，便能發現並建立它們的關連性。

在法醫學中，這種關連性被稱為「羅卡交換論」（Locard's principle）。愛德蒙・羅卡（Edmond Locard, 1877-1966）是一位傑出的法國警察，也是福爾摩斯探案作者柯南・道爾爵士（Sir Arthur Conan Doyle）的朋友（羅卡個人認為，柯南・道爾是法醫學真正的奠基者）。羅卡教導每個追隨他的探員一個重點：某人每次只要接觸到另一人或另一物，無論多偶然或多不明顯，都會造成實體物質的交換。今日整個刑事偵察學，都是奠定在這個簡單的原則基礎上。

舉例來說，如果我們撿起一把刀，便會在刀鋒或刀柄留下我們的皮膚油脂和指紋。倘若我們摩擦到沙發，衣服上便會沾上極細小的纖維。假使我們走過草地，鞋子和衣物便會黏到小孢子、種子，以及少許泥土與草葉。如果我們和某位朋友握手，雙方手上都會留下極小的殘屑。有人甚至對這個理論做進一步的延伸（雖然此推測並未得到證實）：即我們吸入的每一口氣，都可能含有凱薩、莎士比亞和其他前人所呼吸空氣裡的微粒子和原子。

簡而言之，我們與周遭環境、物件，及他人的接觸和互動，都會留下證物。我們在這個情境下帶走和遺留的痕跡，都會如影隨形。

因此，就法醫學來說，小即是大，無用的即是不可或缺的，瑣碎的即是重要的，掩藏的即是顯明的。

我們或許可以暫時逃離或躲過法醫病理醫生的檢驗，但不可能永遠隱形。

會見病理醫生／法醫

須將死者屍體送至法醫處驗屍與解剖、供法醫仔細檢驗者，包括以下幾種非自然的死亡狀況：

- 所有謀殺或疑似謀殺者
- 所有自殺或疑似自殺者
- 任何種類的意外死亡者，不論意外的性質為何
- 疑似因藥物、毒藥，或墮胎致死者
- 所有職傷致死者
- 受污染以及可能威脅大眾健康的屍體
- 無名屍

負責此類屍體的檢驗與解剖工作的是病理醫生或法醫[10]。這些與警察和刑事偵察人員配合的專家，是原因可疑和暴力致死案件調查的先鋒部隊。

法醫應具備何種訓練與知識？

首先，必須取得醫師資格，然後接受解剖病理學（anatomic pathology）訓練，並獲得合格證書。解剖病理學的研習訓練，包括傷病方面密集的基本研究，而法醫病理學的研習訓練，則包括原因可疑的死亡、暴力導致的死亡、藥物或毒藥導致的死亡、意外死亡、車禍死亡、溺死、觸電死亡、雷擊死亡、爆炸致死，以及外力侵入導致的死亡。

以上訓練都另需配合其他進一步的知識，包括槍傷與刀傷、各種類型的彈藥武器、有毒植物、昆蟲學、毒物學，以及許多與猝死或暴力致死等領域相關的知識。身為法醫，還必須精通解剖、胚胎學、放射學、外科技術、各種創傷研究、電子顯微鏡應用、相位差顯微鏡[11]應用、偏光顯微鏡[12]應用，以及科學與醫學方面的訓練。

最後，則是法醫的特質。一位法醫或法醫病理醫生所必備的個人特質，包括須具備一般常識、好奇心、打破砂鍋問到底的決心、能與同比例的直覺相平衡的精確推理能力，以及相信世上每樁刑案最終都能破案的堅定信心。

等一切具備後，法醫便像是一個熱切而專業的福爾摩斯，熱愛追尋真相的過程以及辨明真偽的挑戰，總是遵循自己的直覺和專業知識，並且永遠讓自己的思考、辨別與觀察能力保持敏銳。

生死交關

你只要想想法醫學如此迷人地結合科學、邏輯、法律和心理學等領域，就能明瞭我當初為何會深受此一學科的吸引，以及為何渴望成為這個刑事司法新紀元中的一份子。

非常幸運，當我正尋求職業生涯更寬廣的空間，並愈漸受到法醫病理學的新進展所激勵之時，洛克蘭郡恰巧需要一名主任法醫。當時，洛克蘭郡剛廢止舊式的驗屍官制度，也正在興建新的處室辦公大樓、招募新雇員，並購置最先進的法醫鑑識設備。當我有幸獲得這份工作、成為此郡第一位主任法醫時，內心十分興奮。後來，我在這個職位上持續工作了三十三年。

我從未對此決定有所質疑。

然而，我也從未停止回顧，從未停止反覆思考、評估這三十多年來處理過的案件；而我在本書提及的，都是其中最奇特、怪異、知名的案件。每一樁都各有不同的破案情節，而且透過親身參與者的角度，呈現法醫在調查刑事案件時的心理與技術操作過程。

法醫病理學最終可歸結到一個認知，即瞭解人類的生命與行為，與解析死亡同等重要。就如美國前司法部長蘭西．克拉克曾寫道：「無法尊重生命的人，也無法面對死亡。」

透過本書接下來的章節，你便能體會到這句話的真諦。

譯註

1. 愛德華．霍柏（Edward Hopper, 1882-1967）：美國畫家，擅長描繪美國小鎮或鄉間生活景致，畫作常帶有孤冷蕭條的氣氛。
2. 尤朵拉，衛爾提（Eudora Welty, 1909-2001）：美國小說家。
3. 主任法醫（Chief Medical. Examiner）：通常須經州委員會審查、由州長任命之，須具有醫師資格、法醫病理執照，與多年經驗。
4. 辛普森案（O.J. Simpson）：美國著名的黑人職業橄欖球球員，因殺害前妻與其友一案，於一九九四至一九九五年間被起訴、審判，後因證據不足，辛普森獲判無罪開釋。
5. 局部假牙托（partial dental plate）：用於填補被拔除的同排且連續相鄰之牙齒的空缺處，作用如假牙。
6. 華氏三十二度：即攝氏零度。
7. 螯合劑（Chelating agents）：醫療用的螯合劑為乙二胺四乙酸（Ethylene Diamine Tetraacetic Acid, EDTA）。
8. 驗屍官制度（coroner system）：為美國早期由英國引進的制度，此制度可追溯至中世紀時代。當時英國各郡的郡守都須處理所謂的王室訴訟（pleas of the crown），即涉及國王與王室利益的案件。「驗屍官」（coroner）一詞便是從當時負責此事者的職稱「crowner」演變而來。當時，若有人死亡，須立即通報驗屍官，他一接獲通知，便會開始進行死因調查。不論死者是自殺還是被謀殺，這兩種行為都是違逆上帝與國王的罪行，自殺者或凶手的財產都得沒收，繳入王室金庫。

9. 伊波拉病毒（Ebola virus）：一九七六年在非洲首次發現，會引起高熱和內出血。

10. 美國目前尚未全面改採法醫制度，採用法醫制的有二十二州，採驗屍官制的有十一州，採法醫與驗屍官混合制的有十八州；且因專業法醫不足，有些州仍由病理醫生或一般醫生擔任驗屍工作。

11. 相位差顯微鏡（phase microscopy）：由一九五三年諾貝爾物理獎得主荷蘭科學家澤爾尼克（Frits Frederik Zernike, 1888-1966）發明；此種顯微鏡對研究透明無色的生物標本助益極大。因肉眼僅能區分光波的波長（顏色）和振幅（亮度），當光線通過透明無色的生物標本時，波長和振幅變化不大，因此很難觀察到標本。而相位差顯微鏡利用受檢物體的光程差，將肉眼無法分辨的相位差轉為可辨的振幅差，使無色透明的樣本清晰可見。

12. 偏光顯微鏡（polarizing microscopy）：特別廣泛用於檢驗具有雙折射特性的物質，如晶體，因此常用以檢驗礦物和化學物等，尤其當受檢物無法以染色法檢驗時；生物學和植物學方面的檢驗也常用到。

第二章

犯罪現場：兩名失蹤的美女蘇珊

◇「在犯罪現場，命案死者的屍體，尤其是被犯罪者精心處理過的，往往會成為在場所有人的目光焦點。即使屍體如石像般靜默無聲，但它怪異而沒有生命的存在，卻讓周遭空間都籠罩在它呆滯又令人難以抗拒的光芒當中。」

——本書作者

空寂

屋裡冷冷清清的，靜得詭異。

餐桌上空無一物，感覺不出有人在屋內；廚房靜得反常，差十分就晚上六點了。沒人做晚餐嗎？

還有，蘇珊・海恩斯（Susan Heynes）呢？

一九七五年十月六日，紐澤西北柏根郡（Bergen County）的這條寧靜街道，兩旁樹木的葉子已經開始變黃了。強納森・海恩斯（Jonathan Heynes）剛下班回家；他是英國利蘭汽車公司（British Leyland Motors）的品管工程師（海恩斯的父親是公司的創辦者之一）。他和蘇珊才新婚四個月左右；通常他的新婚太太都會在大門口等著迎接下班回家的丈夫。

強納森在屋裡到處搜尋，喊著太太的名字。

沒有回應，屋內靜得令人不安。

他察覺事情不對勁，開始急切地仔細檢查屋內。他先察看各個進出房屋的門：全鎖得好好的。接著他走進客廳，猜想蘇珊可能在她最喜歡的椅子上睡著了。沒人。樓上也是。

他察看車庫，發現妻子的黃色奧斯汀汽車還在；前座擺著她打算今天寄給在英格蘭的母親的生日禮物。但郵局現在已經下班了，而禮物包裹還沒寄出去。

蘇珊和母親感情很好，理應不會忘記寄禮物。

強納森・海恩斯想起他早上給了妻子四十塊美金，她總是會把錢和皮包裡的一堆信用卡與英國護照放在一起。於是他到處找尋她的皮包。

皮包不見了。

海恩斯太太是個有責任感的女子，出門一定會留字條，而且總會帶著皮包。像這種莫名其妙不見蹤影的情況，當然很反常。但或許原因很簡單：塞車或臨時跟朋友碰面。海恩斯太太是個護士，可能因為加班晚歸了。於是強納森查了她的排班表。

她今天休假。

搜尋

時間一分一秒過去，海恩斯先生依然沒有接到任何電話。他一直等到晚上六點四十四分，終於忍不住打電話到警察局，通報妻子失蹤。警員維特・比薩（Victor Pizza）很快便抵達海恩斯家，仔細搜查了整棟屋子，並詢問所有鄰居。一名住在對街的婦人表示，她在下午三點半至五點五十分一直坐在自家前院。

「今天沒發生什麼不尋常的事。」她宣稱。

警員做進一步的搜索，但沒有結果，於是又詢問更多當地住戶，得知最後見到蘇珊・海恩斯的是住在隔壁的老婦人，時間大約在下午三點半。當海恩斯太太在後院收衣服時，兩人隔著樹籬聊了好幾分鐘，之後她的去向便沒人知道了。

就如許多人所知，不少謀殺與失蹤案是親近的家人或親戚所為。因此比薩警員不得不詢問失蹤者的丈夫一些令人不舒服的問題。

他想知道，海恩斯先生最後一次跟妻子說話是在何時？

海恩斯先生回答，大約中午時，他曾從紐華克港（Port Newark）打電話回家給妻子；而他堅稱，在電話中，她完全沒提要出門的事。

不過他們之前吵過一架。蘇珊・海恩斯和丈夫都是英國公民，搬到美國沒多久。強納森盡責地坦承，當天早上他們曾起口角。因為海恩斯太太思鄉情切，想回英格蘭，但海恩斯先生告訴妻子，他喜歡自己的新工作，也喜歡美國。

當發生配偶無故失蹤的狀況，初期的猜測通常聽來很刺耳：丈夫或妻子應該是離家出走，有些是自行逃家，但大多數是跟情人私奔。海恩斯先生和警員都想到這點，於是他們決定察看蘇珊・海恩斯的衣櫃；但她的裙子和外衣都整整齊齊地掛在衣架上。他們也檢視了她的梳妝檯；所有物品都在原處（不過後來偵辦人員發現她的首飾不見了）。

海恩斯太太當天晚上原本要到柏根高中（Bergenfield High School）上陶藝課。她做事向來有條有理，因此早已將準備穿去上課的衣服拿出來，放在床上；那些正是她下午跟鄰居聊天時收進屋裡的衣服。從這個跡象看來，她應該不是離家私會情人。

海恩斯先生還告訴警員，十月四日和五日，他跟蘇珊曾前往紐約觀看方程式賽車沃爾金斯站（Watkins Glen）的比賽，而且遇到好幾個從英格蘭包機來美國觀賽的朋友。

警方開始尋人，紐約暨紐澤西港務警察也在機場詢問海恩斯先生提及的那些朋友，並搜查包機，但找不出任何關連。當包機於次日抵達英格蘭，英國警方又查問了那批朋友，飛機也重新搜索一遍，仍沒有線索。

警方也向紐澤西州所有公車站、火車站以及計程車行詢問，是否有司機載過符合海恩斯太太特徵的女子。

仍然一無所獲。

到了第三天，仍沒有這名護士的蹤跡，於是警方展開了密集的調查行動，並將海恩斯太太的資料傳給全州各地的警察局、車站和車行。對失蹤女子的描述如下：白人女性，二十八歲，一百一十九磅重，五呎六吋高，藍眼，及肩的淡褐色頭髮，容貌清秀，下巴右側有一條半英寸的小疤痕；失蹤時身穿白色襯衫、藍色牛仔褲、藍色鞋子、褐色毛線外套。

現在，警方認為這樁失蹤案很可能是綁架，甚至是謀殺案。

走下公車

蘇珊・李維（Susan Reeve）是位單身女子，二十二歲，住在紐澤西州的德馬雷斯鎮

（Demarest），距離蘇珊・海恩斯位於哈沃斯鎮（Haworth）的住處僅有幾英里遠。她在紐約曼哈頓一家規模頗大的廣告公司擔任接待和祕書，每天都會搭公車上班。

一九七五年十月十四日，就在蘇珊・海恩斯失蹤的八天後，蘇珊・李維大約在下午四點四十分下班離開辦公室，如往常一樣搭公車回家。一小時後，有幾個人看到她在德馬雷斯的安德森大道（Anderson Avenue）和鄉野路口（Country Road）下公車。蘇珊與父母和兄弟姊妹住在這個富裕的郊區，住處僅離公車站十分鐘左右的步行路程。

但這天，她一直沒回家。

一位當地的工程師稍晚告訴警察，蘇珊・李維失蹤當天，他曾在德馬雷斯的某條街上，看到她站在一輛紅色汽車旁。

另一位目擊者則指稱，他在同日下午六點過後沒多久，看到一輛紅色汽車停在安德森大道；他瞥了一眼車子，當時只覺得怪怪的。一、兩天後，他從收音機得知蘇珊・李維失蹤了，於是便前往警察局通報，並畫出那輛紅色汽車的大略模樣。

警方開始展開行動，搜尋這名女子，她是兩週內第二個在這地區失蹤的女子，而且也名叫蘇珊。

由於目前還未發現任何與犯罪有關連的跡象，因此也沒有所謂的犯罪現場。但這個狀況很快便有了轉變。

犯罪現場

所謂犯罪現場（the scene of crime）真正的定義為何？以海恩斯案為例，當強納森．海恩斯走進家門、發現妻子不在、察看全屋、通報警察、告知當日行止時，是否就算建立出一個犯罪現場？

不算是；這只能說是建立事件的先後順序，但不是犯罪行為發生的地點。有人或許會加以延伸說，若這真是犯罪案件，蘇珊．海恩斯很可能在家中或住家附近被人擄走，因此那一帶都屬犯罪現場。然而，大多數法醫都不會接受如此泛泛的說法。

犯罪現場是指屍體所在之處，或如凶殺、搶劫、強暴等罪行確實發生的地點。當某人在某一特定地點，對他人做出侵犯行為，而對社會結構造成損害，僅能透過刑事調查和司法審判的手段加以懲治，則那個罪行發生的特定地點，便是所謂的犯罪現場。

有時，刑案會有一個以上的犯罪現場。比方說，被害者可能在某處被殺，屍體則棄置另一處。傷重而死的被害者當初遭受攻擊的地點，也算是犯罪現場。另外，發現刑案相關證物的地方也屬此類。

大多數命案現場的景象都很駭人。就如某位法醫所言，犯罪現場可一點也不好看。鑑識人員可能會發現一灘血泊，或毛髮、骨頭、碎齒、糞便，也可能會有一些可怕的物品遺留此地：

如彈殼、被踩碎的眼鏡，或怪異的情趣用品。若是極為暴力的刑案，被害者屍體變形損毀的程度，對大多數從沒參觀過酷刑室的人來說，恐怕很難想像。但有時屍體完好得令人訝異，全身上下沒有任何傷口或變色的部位，看起來就像一具木雕或蠟像。這類通常需要進行很多檢驗和探查，以確定其死因。

有時，某人遭謀殺後，屍體可能經過數月或數年才被發現，通常早已腐爛，很難查出死因。有時我們必須在實驗室裡工作好幾天，才能查明死者生前的性別、身材和體重。

在犯罪現場，命案死者的屍體，尤其是被犯罪者精心處理過的，往往會成為在場所有人的目光焦點。即使屍體如石像般靜默無聲，但它怪異而沒有生命的存在，卻讓周遭空間都籠罩在它呆滯又令人難以抗拒的光芒當中。你很難將目光移開；即使是心腸最冷硬的警探和經驗最老道的法醫，在一旁工作時，也能感受到環繞在屍體周遭的神祕氛圍；它是人類之殘酷、甚至是人類之脆弱的沉默見證。

經驗豐富的法醫最後會習慣這類景象，但並非總是如此。當法醫以實事求是的態度研究屍體的姿態和腫脹狀況時，當他們描繪案件梗概、蒐集血液樣本時，當他們和同事開玩笑、喝咖啡時，大多數都依然惦記著某個人的生命被凶手硬生生地提早斷送，而無聲控訴這樁暴行的證物，就躺在自己面前。有時我在犯罪現場工作，會想起以前在新英格蘭某墓園看到的一個墓碑，上面寫著：「今日是我，明天就輪到你。」

犯罪現場永遠是個令人警醒的地方。

洩漏祕密的勒殺

十月二十七日的犯罪現場尤其令人警醒。

這天，克拉克鎮（Clarkstown）警察局的刑警打電話告訴我，他們在洛克蘭郡谷舍鎮（Valley Cottage）附近的樹林裡發現一具年輕女子的屍體，已嚴重腐爛。根據最近的警察公告，刑警認為那名死者應該來自州界另一邊不遠的哈沃斯鎮，很可能是三週前通報失蹤的女子蘇珊・海恩斯。

我在深夜抵達谷舍鎮，一位警官拿著手電筒，引導我從停車處走下蔓藤與荊棘叢生的林間小徑。等我走到陳屍處，便看見一具俯臥的白人女性裸屍，部分被樹枝和葉子所掩蓋。一根約六英尺長、只剩一半葉子的雪松樹枝橫在她背上。燈光在她裸露的肌膚上映出詭異死板的反光。

我檢查那具女屍。頭部和頸部已經腐爛，露出骨頭，肩頭則布滿了蛆，臉部已木乃伊化，而臀部和陰部曾遭林裡的野獸啃食，現場沒發現死者的任何衣物。

沒有衣物，除了一樣：一雙絲襪。

這雙濕漉漉的絲襪緊緊纏在死者頸部的第四和第五頸椎處，另一端則綁著一根粗木棍，依交纏的方式來看，顯然是用來當作絞死被害者的施力工具。

這種殺人方式具有悠久的歷史。在西班牙宗教法庭的地牢，絞刑是專用來逼供的。行刑者會將絞索套在犯人的頸上，每過十或十五秒鐘就以棍子轉緊一圈，直到犯人的供詞讓審訊官滿意為止。在十九世紀的印度，一個名為薩吉（Thuggees）的教派[1]經常使用套索加棍子絞殺英國士兵和旅人（即為「thug」〔有惡棍、殺手、殺人越貨的盜匪等意〕一字的由來）。今日，西班牙和幾個南美洲國家仍會使用這種刑具處死罪犯。

對我們來說，絞殺的方式具有特殊的意義；通常使用絞索和棍子的目的，是要讓被害者永遠閉嘴。如果你看過電影《教父》（*Godfather*），應該會記得裡面有一段敵對的幫派分子絞死教父親信盧卡．布拉西（Luca Brasi）的情節；殺手只用一條鋼絲就解決了盧卡。不過當女子的屍體被運回法醫處、經我解剖之後，我們卻發現吊死的典型特徵：喉部的甲狀軟骨，以及位於甲狀腺附近的馬蹄形的舌骨都有骨折現象。

然而，只要將一雙絲襪綁在喉部拉緊，就足以讓人窒息；但不論用什麼方式扭緊絲襪，它都沒有足夠的力道造成支撐那段頸部的骨頭和軟骨破裂，尤其是年輕人的骨頭。在稍加研究相關資料後，我發現僅用如繩索或鐵絲等的套索絞殺而造成舌骨斷裂的比例，小於百分之一。

此案在這點上相當特殊。

雖然我判定的正式死因為「因套索絞勒而窒息死亡」，但我認為喉部的骨折透露了其他訊息。根據我的研判，它顯示凶手在絞殺死者時，一手忙著扭緊絲襪，另一手的大拇指則用力壓在死者的舌骨上，力道還需大到足以壓斷它。

若要造成如此的骨折狀況，抓住頸部的角度必須正確，還要有雙非常有力的手，才能使勁擠壓喉部。因此凶手很可能是男性，而且相當強壯。在壓斷死者頸部骨頭的同時，還要扭緊絞索，這兩種不同的動作也需要很好的協調能力。這種特殊的絞殺手法，符合警方所說的：凶手留下了自己的「簽名」（signature）或「名片」（calling card）；這點或許可引出更多線索。

最後則是一個非得查明的疑問：這名被謀殺的女子是否曾遭強暴？我們無從得知。在進行解剖時，我發現死者的下半身腐爛得相當嚴重，因此無法分辨是否有過性行為。雖然子宮出乎意料地尚未完全腐敗，而它通常也是柔軟的器官當中最後分解完的，只不過這部分已沒剩下足夠的結構組織可供檢查化驗。

即使如此，自己的直覺和經驗強烈告訴我，這是一樁性犯罪案。

第二位失蹤的蘇珊

兩個年輕貌美的同名女子，於數週內都在柏根郡失蹤的消息，引起極大的關注。幾星期來，電視新聞不斷報導這兩名女子已經「從人間蒸發」。警方也呼籲民眾，若發現這兩名失蹤女子的行蹤，盡快向警方通報。就連向來不碰腥羶色的《紐約時報》（*New York Times*），也刊登了一、兩篇相關報導。本地報紙刊出了她們的照片，正如一家小報的標題：「兩名失蹤的美女蘇珊」，另一家小報則稱她們「苦情姊妹花」。從照片看來，除了髮色不同之外，她們的確長得很像。這點相當耐人尋味，因為獵殺者通常會選擇外型相似的被害者。

我們很快就接到從英格蘭和南非送來的牙醫病歷，證實谷舍鎮的女屍是蘇珊・海恩斯。接著，才不到二十四小時，我便蹲在另一位蘇珊的裸屍旁。這次屍體呈仰臥姿勢，雙腿敞開，頸上纏著絲襪，纏繞方式相同，也用了一根木棍當絞刑棒。她的屍體是在上午九點十五分，被兩名洛克蘭郡托曼山州立公園（Tallman Mountain State Park）的巡邏員發現的。

我幾乎可以斷定，這名死者就是蘇珊・李維。

躺在蘆葦叢中

當我的勘查小組抵達現場，指揮探員、檢視屍體，以及監督證物搜尋的重責大任，便全落在我和組員身上。在抵達刑案現場的最初幾小時，我們即是以層層下達指令的方式運作。

此時，身為最上層的主任法醫的好處，便是大權在握。在圈圍起來的管制範圍內，我擁有國王般的權力，所下達的指令不容違背，而且由我全權決定何時以及用何種方式處理屍體，同時還須督促並確認每個組員和探員都達到最高的工作效率。在場的所有人都瞭解，無論在犯罪現場，或隨後在實驗室裡，法醫只要疏漏一點蛛絲馬跡，就可能無法鑑定出死者真正的死因。即使死者身上有彈孔，而現場的一切都顯示應該是椿謀殺案，但鑑識結果可能會證實這是自殺或意外身亡，甚至可能是死後才中槍。無論表面看起來多明顯，都不應視為理所當然，而遽下判斷。

在晨光照耀下，我們面前的那具女屍，就躺在河邊優雅纖長的蘆葦叢間。此處位於州立公園內的哈德遜河沿岸沼澤區；這附近有幾條自行車道，還有野餐區，以及一座於一九三〇年代由「振興就業管理處」[2]所建的雅致石屋。托曼山州立公園也經常被幫派與職業殺手當作棄屍的好地點。不過從現場的各種跡象看來，不像他們的傑作；我認為凶手應該是個獨行俠。

我當下需進行的，是盡己所能，根據這名年輕女子致死的方式、手法和死因，從頭到尾以文字和圖片做出一份完整報告。依以往的經驗，這份報導做得越詳盡確實，偵察就能進行得越順利，也更容易追查到凶手。

取得確實的相片資料

我們將整個現場圍起來。

犯罪現場勘查的鐵律是：等所有必需的照片都拍完之後，才能觸碰屍體。當負責的攝影人員在拍攝死者時，屍體必須保持被發現時的原樣，無論是它是倒在地上、從懸崖摔下，或被火燒過的。在所有照片還未拍完、法醫也尚未全部檢查過之前，即使是執法人員，或其他任何人，都不可以移動、拉扯、翻轉或搜查屍體，就連碰觸都不行。任何干擾屍體的動作，無論多微小，都會改變它原本的位置，而且會留下外來者的指紋，或使器官移位、影響屍體內部液體的平衡，這些都會降低法醫鑑識的可信度。

在屍體被干擾後才拍下的照片，不僅可信度低，更糟的是，可能會造成誤導。既然命案現場的主角屍體，經碰觸或移動過，已非原本的狀態，法庭審理時便不會將照片列為足以採信的物證。在某些特定案件中，這類照片甚至會被辯護律師拿來做為審判無效的爭論依據。

因此，我找來了自己信得過的專業人員——洛克蘭郡罪犯鑑識局（Rockland County Bureau of Criminal Identification, BCI）的攝影師。他們都是這方面的專家，而且也必須是才行，因為犯罪現場攝影是一門精細的技術。我也不准任何閒雜人等在目前這個階段拍照，包括媒體，甚至警察。犯罪現場狀況的變化出奇地快；體液會蒸發，腫脹會改變容貌，路旁被分開或壓彎的樹枝草葉會回復原狀。若要迅速確實地進行拍照工作，專業是最基本的要素。

BCI的攝影師們工作時，都會遵循犯罪現場攝影的首要原則：以順時鐘方向移動，漸進式地從外圍到中心，從全景到特寫。換言之，他們會從可含括整個區域的遠距角度開始，接著一邊朝屍體所在方向逐漸前進、一邊拍照，最後則拍攝屍體全身各處的特寫。如果剛好有人在鏡頭範圍內，也應該拍下來。凶手經常會在犯案前後躲在犯罪現場附近，當屍體被發現後，也常會回到現場混在圍觀人群當中。不少凶手曾出現在犯罪現場或其附近的照片裡。最著名的例子，便是傑克．路比（Jack Ruby）在溜進達拉斯警局（Dallas Police Department）、槍殺李．哈維．奧斯華（Lee Harvey Oswald）[3]的前一晚，被人拍到他混在警局裡的一群記者之中。

當漸進式的現場景物拍照程序完成後，便進行極仔細的特寫拍攝。此階段的重點，不只在於記錄屍體的具體細節，還須記錄屍體與周遭景物的關係。在托曼山州立公園現場，BCI的攝影師們開始從四個方向，與俯角、側邊、平視角以及地面仰角等各種不同角度，拍攝被害女子的特寫。他們記錄死者的腿部姿勢、軀體、敞開的雙臂、鬆開的手掌、臉部，特別是纏在她頸部的絲襪。他們也已從不同角度拍攝了周遭景物。有時，研究犯罪現場的照片，能發現在勘查當時忽略的某些可資舉證的物件。

隨後，所有照片會註明日期，並加上文字說明。

現在，現場勘查的第一階段已完成，可以移動屍體了，因此我開始做初步的檢查。首先要觀察的，是死者約略的身材和體重、大約年齡、性別、種族、膚色和屍身變色狀況；還有頭髮顏色與髮型、衣物和保存狀態（不過在此案中沒有死者的衣物）；是否有看得到的嘔吐物、唾液、精液、不屬於死者的毛髮或纖維，血液、疤痕、疾病的徵象、繩索、鐵絲、泥土、草葉。我也會記下屍體是躺在濕地或乾地，或是草叢中。

可證明死者死亡多久的跡象也很重要。屍體僵硬的程度、屍身裡的蟲卵、屍溫、眼睛的混濁或清澈度，以及其他許多跡象，都可以用來推測死亡時間，這些隨後大部分會送到實驗室進行檢驗。

我也會找尋附近是否有任何可做為線索的物品，如武器、瓶罐、包裝紙、衣物碎片；仔細檢查刺痕、彈孔、撕裂傷，或斷骨。我也會搜尋顯示曾使用毒品、酒類，或工業化學物如膠、柏油等的明顯痕跡。同時，也會記下屍體或其周圍是否有首飾（手環、戒指、手錶）或其他裝飾品。

接下來則是關於屍體腐化程度的部分；這通常被視為在推算死亡時間的所有方法當中，可靠性較低的一種。因為屍體腐化的程度，會隨各種變動條件而有所不同，包括溫度、氣候、光線狀況、環境影響、蟲類和細菌侵襲程度、死者的體重和年齡，以及其生前的身體狀況，如是否患有慢性疾病等。

假使屍體是在冬天的室內被發現的，室內的恆溫控制器有時可提供重要的依據，讓我得以推算出在如此特定的溫度下，屍體通常會腐化到何種程度。有次我奉命處理一樁雙屍命案，第一名死者的屍體躺在冰冷的地下室，第二名死者的屍體則被塞在悶熱閣樓的床底下。雖然他們都死亡四十八小時左右，但地下室的低溫保存了第一名死者的屍體，使其外觀看起來與生前差不多。而第二名死者的屍體因處於閣樓的高溫之下，因此皮膚已出現綠紫色斑點，雙眼突出，腹部腫脹，舌頭變黑，身體各孔洞也流出大量惡臭的屍水。

在初步檢查過蘆葦叢裡的那具女屍後，我告訴負責的偵辦人員，根據過去在類似環境查驗腐化狀況相近之屍體的經驗判斷，這名年輕女子可能死亡兩週左右。

我還指出，這名女子是在別處遭殺害，之後屍體才被棄置此地，而且中間可能曾暫時放置在某處。有幾個跡象證明這點，首先是所謂的屍斑。

屍斑會說話

由於死者的心臟已不再跳動，血液循環也停止，因此所有留在血管中的血液，都會隨地心引力，墜積到身體最低的部位。依照教科書的說法，這種現象稱之為屍斑（livor mortis），即一般所說的「lividity」，這種過程會使在血液墜積處的屍體皮膚上，呈現從深粉紅到紫的色調。

死者的屍斑位於哪個部位，視兩個條件而定：一是被害者死亡之時的身體姿勢；二是他或她保持此姿勢多久。舉例來說，如果我遭射殺，臉朝下倒地，那麼大量的血液便會立刻流到我的腹部、臉部和雙腿的前部。積在這些部位的血液，會使皮膚變成紅紫色。總而言之，屍斑會在死後一至二小時內開始形成，到五至六小時後，變得最為明顯。過了這個階段，血液便不再流動，永遠凝結在它墜積的部位。

再回到方才的例子。我被射殺，面朝下倒地，血液積在我的臉和腹部約一小時，然後有人將我翻過來。

此時，我的血液尚未完全凝結，因此仍會隨地心引力，從我的腹部流到背部。如此經過五到六小時以上，血液便會永遠凝結在我的背部。但如果我被射殺、面朝下倒地超過六小時，即使之後有人將我翻過來，血液仍會留在我的腹部和身體前部。

就是如此簡單的物理原則，讓無數命案得以偵破。

後來經解剖及牙醫病歷 X 光片比對，蘆葦叢裡的那具女屍確認是蘇珊，李維，而她被發現時，是頭高腳低地躺在斜坡處。然而，屍斑卻出現在後腦和背部上半段；腿部和臀部則無屍斑。這點代表屍體以目前的姿勢棄於此處之前，應該是頭低腳高地躺在某個斜坡六小時以上。

我從當場驗屍所得出的結論是，蘇珊．李維的屍體已腐爛兩週左右，也就是說，被害時間大約在她失蹤當天，即十月十四日。這點隨後也在我們取出屍體子宮內膜細胞做顯微鏡檢驗之後，得到證實。蘇珊．李維的家人表示，她約在失蹤前兩週來經，而顯微鏡的檢驗結果，也符合我所推算的死亡時間。

蘇珊．李維被害後，屍體很可能在原地留置六小時以上，因此頭部和上半身出現屍斑，血液也凝結在那裡。之後凶手才將屍體從紐澤西運到紐約州境，中間可能還不只搬移一次，目的是想讓警方以為凶殺地點在其他地方。

幾個疑問已獲得解答，而下一個、也是最重要的問題，則是兩樁命案究竟有何關連。殺害這兩名女子的凶手是同一人嗎？她們都在同一州、幾乎同時間遭殺害，而殺害她們的工具和手法相同，且死者都是年輕貌美、長相類似的白人女性，顯示應該是同一名凶手所為。但這些仍不足以全然證明此一推測；直到我們發現少許看似微不足道的植物葉片，才得到真正的解答。

黃色的落葉

在檢查蘇珊・李維的裸屍時，我留意到不少尖長形的黃葉嵌進她的胸部上半和腹部。基於個人在植物學方面的自修和對洛克蘭郡植物生態的研究，我認出這些是垂柳（*Salix babylonica*）的葉子。由於它們深深嵌進死者的皮膚裡，因此我知道她曾臉朝下躺在一片落滿這些樹葉的地面起碼數小時。

我到陳屍現場尋找它們的蹤跡，但方圓幾百英尺、甚至數百碼內，都沒看到垂柳樹。發現屍體的那兩位公園巡邏員，對園區內的植物生態可說瞭若指掌，他們也表示園內沒有垂柳。

於是我向警方報告自己的發現和判斷：首先，死者身上的屍斑顯示，屍體先是以仰臥姿勢躺在某地的斜坡上；頭部位於低處。其次，屍體曾面朝下地放置在附近有垂柳樹的地方——時間長到足以讓樹葉嵌進死者的皮膚。既然陳屍現場一帶沒有垂柳，因此我告訴警方，我認為蘇珊・李維的屍體在棄置於托曼山州立公園之前，被搬移過兩次。

警方由此接手，並展開調查行動。

好幾個月後，我為蘇珊・李維命案的審判出庭作證。法庭上展示了一張照片，要我說出自己所見。我回答，那張照片是第一個失蹤的蘇珊，即蘇珊・海恩斯在谷舍鎮的陳屍處；我同時也指出從照片可看到那裡有棵垂柳樹。

我由此得出什麼結論？

首先，雖然蘇珊・李維的屍體被發現時，是頭高腳低的躺在斜坡上，但她的血液凝固在軀體的上半部，因此我斷定她是在第一現場遭殺害，或在死後的一、兩個小時內被抓著雙腳拖行到那裡。屍體在第一現場留置超過六小時、等血液凝結之後，又被移到第二現場，即谷舍鎮的蘇珊・海恩斯陳屍處的垂柳樹林下。

最後，從垂柳樹葉和屍斑可知，蘇珊・李維的屍體在經過一段不確定的時間後，又被搬動了一次，運到位於托曼山州立公園的第三現場，凶手如此做，很可能是為了讓兩樁命案看起來沒有任何關連。我在法庭上指出，蘇珊・李維的屍體，顯然曾被搬運兩次以上。

這是為混淆犯罪現場，卻反而製造出其他證物，將警方引到凶手家門口的最佳實例。

如果犯罪者直接把蘇珊・李維的屍體棄置在殺害她的現場，而非出於某些難以言明的可怕意圖而移來移去，我就無從由屍斑得知她曾被移到其他地點，屍體也不會嵌著能證明兩案出自同一人之手的落葉。

別忘了羅卡交換論：凶手永遠會在犯罪現場遺留或帶走某些蛛絲馬跡。就此案而言，雖然凶手實際上搬走了屍體，但這麼做也成了導致他落網的原因。

決定性的證據

另外，還有一個重要的比對要做。雖然兩名女性死者屍體曾被置於同一地點，已足以證明兩樁命案是同一人所為，但法醫仍得忙著收尾，並盡可能蒐集更多證據。

我們將蘇珊·李維的屍體放進屍袋，從托曼山州立公園運到我們位於波摩納鎮（Pomona）的法醫處。但當卡車運達後，我們打開屍袋，卻發現一個令人不快的狀況。在陳屍現場時，屍體還保存得頗好，但現在卻腐爛得相當嚴重。腐化之所以會如此快速，是因為屍體悶在屍袋裡，結果導致細菌大量繁殖。悶熱和細菌使得身體組織快速分解，釋出氣體，導致屍體腫脹變形。在我們從陳屍現場返回法醫處的這段時間當中，蘇珊·李維已變得不成人形了。

對我們的實驗室小組來說還滿幸運的是，我此時已經不須在器官和骨骼上找尋證據，而是將驗屍的重點放在被害者的頸部和纏在上面的絲襪。

我打算進行的方式需要精細的解剖技巧。為了避免失手弄斷骨頭和軟骨，或在下刀時不慎夾帶沙塵或毛髮等外來物，我通常會運用所謂的「普林斯盧」（Prinsloo）解剖法。這種方法是從後頸部切入，而非頸部前方。首先，我先將屍體頭部和胸部的血液放光，以減輕頸部的壓力。接下來，從耳垂後方切入，下彎至頸根的胸骨上凹（suprasternal notch），即位於鎖骨交接處上方的凹處，再往上劃至另一邊的耳垂後方，如此便形成一個可掀開的切口，讓我能檢查喉部，而不會像由頸部正前方切入般可能傷到舌骨和甲狀軟骨。

當我檢查這塊區域時，發現蘇珊．李維窒息而死的方式，和蘇珊．海恩斯一模一樣。她們的頸部都曾被緊緊抓住，用絲襪勒斃，而且舌骨都有斷裂現象：這正是兇手的「簽名」。

解剖時，我們也檢查了被害者的骨盆腔和陰道。雖然沒找到精液，但我們發現陰道內有擦傷。陰道內之所以會有過度摩擦或擦傷的跡象，是因為被害者生前曾進行時間過長或被迫的性行為。幾乎可以肯定的是，這名女子在被勒斃前曾遭強暴。

現在，所有參與調查的人都一致同意，蘇珊．海恩斯和蘇珊．李維是遭同一人的毒手。

難以遏抑的強暴衝動

在蘇珊．李維和蘇珊．海恩斯命案案發前的兩星期，有位女子打電話到柏根郡檢察官辦公室給一名檢察官。她以慌亂的語氣描述以下事件：

某天晚上，她和一個名叫羅柏．瑞登（Robert Reldan）的男子在她的公寓喝酒、抽大麻；後來兩人開始擁抱愛撫。突然間，瑞登無預警地一改之前的柔情蜜意，露出猙獰面孔，勒住她的脖子，拇指緊壓她的喉嚨，她感到極為疼痛。

她掙扎叫喊，要他住手。

但他仍沒停手。

她盯著他的臉，竟看到……他的雙眼露出邪惡的光芒。此時，她本能感覺到對方想殺害她。驚恐之餘，她叫得更大聲。

女子的驚叫引起樓下酒館客人的注意。幾個她認識的男子衝上樓察看究竟發生什麼事，瑞登立刻溜走了。

檢察官後來在一次錄音的討論會上告訴我，他當時並沒有太在意這件事，由於鎮上所有人都知道，這名女子是個酒鬼，而且經常說謊，因此在審判瑞登時沒有採用她的證詞。「況且，我們辦公室每星期都會接到一大堆這類電話，」他堅稱，「如果你把每件都當做可能演變成謀殺的案件來處理，準會發瘋。」

好吧，或許有時真的如此。

但當檢察官得知海恩斯和李維命案的凶手不只勒死被害人，還用拇指壓斷她們的舌骨後，他想起之前那名女子在電話裡告訴他的事，便決定查查羅柏·瑞登的底細。

結果讓他大為驚訝。

在查過監獄近年來的性侵案假釋犯名單，檢察官發現羅柏·瑞登曾於一九六〇年代晚期因強暴案入獄服刑。當時紐澤西州全境的監獄正推行一個名為「性侵犯改造計畫」（Sex Offenders Rehabilition Program）的開創性方案，受過良好教育且口才便給的瑞登自願參加，不僅在小組療程中表現出色，而且成為此方案首位結業的服刑犯人。當他的改造課程結束，監獄的心理醫生們一致宣布他已改邪歸正。

身為犯罪心理學新突破的模範，瑞登還受邀至當時頗受歡迎的電視訪談節目《火線》（*Firing Line*）擔任特別來賓，接受主持人威廉．巴克利（William F. Buckley）的訪問。他在博學多聞的巴克利面前毫無懼色，表現堪與主持人匹敵，侃侃講述了改造課程如何根除他侵犯女性的邪惡衝動。

約一年後，瑞登於一九七一年假釋出獄。

但才出獄三個月，他便在紐澤西州邁特森鎮（Metuchen）性侵害一名女子。他尾隨那名女子到她的車旁，在車內撕開她的衣服，並勒住她的頸部。被害者奮力反抗，並設法抵在汽車喇叭上，喇叭聲引來了附近的警察。

瑞登被捕，重回監獄；而一九七五年，就在兩名柏根郡女子失蹤前的幾個月，他再度出獄。

五十萬元保釋金

瑞登的一生，可說是一連串巧合、奇怪轉折和意外好運的組合。

他並非一般出身中下階級家庭的罪犯。天資聰穎、具有魅力的瑞登，本名為羅柏．奈德勒（Robert Nadler）。後來他將姓氏的字母倒過來，改名為羅柏．瑞登（Robert Reldan）。他來自富裕的望族，原本可繼承一筆豐厚的財產（但後來他便喪失這個權利），同時也是IBM電腦公司創辦者之一的遺孀李莉安．布斯（Lillian Booth）最疼愛的姪子。青少年時，他學過駕駛飛機、騎馬，也常陪他姑媽遊歷歐洲，或跟一群搭噴射客機到處旅遊的富豪混在一起。隨後，他便開始犯下一堆小案件，例如偷車和偷竊商品。靠著家族的影響力，他都能大事化小、小事化無。但等他滿二十歲之後，瑞登升格為真正的罪犯，除了偷車，還犯下搶劫案，不過都沒造成什麼嚴重的後果。

直到一九六七年，瑞登終於顯露真正的邪惡本性。他在紐澤西的提聶克鎮（Teaneck）假扮洗衣店送貨員，尾隨一名婦人進家門。他在門口制服了她，再將她拖進客廳，壓在地上強暴。

他很快就被捕、定罪、送進監牢。

被害者向警察描述強暴過程時表示，瑞登抓住她的頸子，拇指壓在她的喉頭上，以特殊的手法勒住她，使她無法反抗。後來柏根郡檢察官辦公室也得知這樁案件。

根據瑞登在邁特森鎮強暴未遂的那名女子所言，侵犯她的男子也使用相同的勒頸手法。

如今是一九七五年，瑞登假釋出獄後的幾個月。

柏根郡的檢察官已知瑞登是性侵案假釋犯，最近曾試圖勒死一名女子，而那兩樁命案的被害女子也是被勒死的，於是他決定把這名前科犯找來談一談。在他們見面的幾天後，瑞登在紐澤西州的克羅斯特鎮（Closter）因闖入一處民宅被捕。因懷疑他涉及海恩斯與李維命案，同時也希望能暫時羈押他，以待進一步調查，於是檢方裁定瑞登必須繳交一筆數目驚人的保釋金五十萬美元，方能保釋。

緊追紐澤西州兩名蘇珊失蹤案的幾個記者，獲知檢方竟為了私闖民宅的小罪，裁定如此驚人的保釋金額，便猜測瑞登的價值對紐澤西當局來說，非比尋常。他們挖掘瑞登的過去，很快就發現他的性侵犯前科。沒多久，當地報紙便出現相關報導，指稱這個前科累累的強暴犯是謀殺兩名蘇珊的嫌犯。

在此同時，警方的調查行動又有新進展，不過是出於偶然。

完全吻合

一九六〇至七〇年代，紐約市的許多百貨公司不只販售珠寶，也會購買一般大眾賣出的首飾。為避免讓百貨公司成為銷贓管道，當局訂定了嚴格的法規，規定所有珠寶首飾專櫃必須保留詳盡的商品購入紀錄；經手交易的店員都須不厭其煩地登記、詳細註明細節，並存檔。

無巧不巧，這段期間，梅西（Macy's）百貨公司的一名店員在查對前一天購入的珠寶和交易紀錄時，表格上的一個名字引起他的注意。這個人是誰？為何我聽過他的名字？

店員想起來了。

當天早上，這名店員剛好讀到《紐約時報》一篇關於羅柏・瑞登的報導，指稱他可能涉及紐澤西州兩名女子的失蹤案。現在，那個男子的名字就寫在前一天珠寶交易紀錄的其中一張表格上。

於是那位售貨員向柏根郡檢察官辦公室通報。

瑞登在賣出首飾時，使用的竟是他的真名。他賣給梅西百貨的四件首飾，為白金婚戒、鑲有一顆大鑽石和五顆小鑽的訂婚戒、亞米茄純金女錶，和純金項鍊與墜子。警方將百貨公司登記的珠寶交易紀錄，和海恩斯太太首飾的報失資料做比對。

完全符合。

進一步調查後發現，瑞登將這批首飾賣給梅西百貨的日期為十月二十日，第二天他便被柏根郡檢察官辦公室約談。這對瑞登造成壓力，使得他想消滅所有形跡，於是在十月二十二日，他又前往梅西百貨，將首飾買回來。

如此行為，在法律上稱做是一種「對其罪行有所認知」的表現。

這條直接連到瑞登身上的新線索，使他無所遁形，並讓檢方立刻以謀殺蘇珊・海恩斯與蘇珊・李維的罪名，正式起訴瑞登。

審判與無效審判

接下來的過程細節雖不在我們法醫關切的範圍內，但由於當中發生出人意表的怪異轉折，因此我概略描述一下大致情況。

在一九七九年首次的開庭審判中，瑞登因殺害蘇珊．李維，且證據顯示她曾遭性侵害，而被控一級謀殺罪。至於蘇珊．海恩斯一案，他僅被控二級謀殺罪，因為屍體被發現時，已嚴重腐爛，因此我們無法斷定海恩斯是否曾遭性侵害。

審判以讓瑞登無可抵賴的如山鐵證做為開場：警方在瑞登姑母的車庫發現蘇珊．海恩斯的血跡，車庫地點離蘇珊．李維失蹤的地點僅數英里（多數執法人員認為，兩名女子都是在那個車庫裡被勒斃）；警犬嗅聞搜索時，在瑞登的車內找到那兩名女子的毛髮、纖維和血跡；另外還加上好幾位可靠證人提出對瑞登極不利的證詞。然而，即使有這麼多針對被告的罪證和前科紀錄，但由於技術性問題，導致這次審判最後因陪審團無法達成共識而宣告無效。

第二次審判是在一九八二年二月，這次陪審團倒很快做出裁決：二級謀殺罪加一級謀殺罪。但在這次的審判中，發生了一段驚人的插曲。

審判期間，瑞登每天早上都由一名法警陪同，獨自坐在被告席上；一天，坐在椅上的他突然轉向法警，無預警地對準法警的雙眼噴催淚瓦斯，接著從三樓法庭破窗而出，被一輛停在樓下街道、由某位不明人士駕駛的車子接走。

一小時後，我接到來自柏根郡檢察官辦公室的電話。第二次審判中，我曾提出屍斑、嵌在被搬移的死者皮膚上的垂柳葉、相同的勒殺手法等證詞，對瑞登非常不利。檢察官辦公室告知我，當天，瑞登在逃跑前曾宣稱，他在洛克蘭郡還有一些「未了的事」要處理。而我正好住在洛克蘭郡，且提出的證詞又對他很不利，因此檢察官懷疑，他所說「未了的事」正是指我。

實情是否如此，到今天仍是個謎；因為瑞登在逃到洛克蘭郡之前就被捕了。他隨後被帶回法庭，繼續未完的審判，最後被定罪。

整個北柏根郡終於鬆了一口氣。但他的罪名判決在上訴時出現逆轉。又是更多的技術性問題。

接著是一九八六年的第三次審判。開庭前，瑞登先是向庭方抱怨，前兩次審判代表他的公設辯護人水準不夠；到了審判開始前的最後一分鐘，他請求法官准許他自己另請律師。法官駁回了。

接著瑞登宣布他要代表自己做辯護。

每個律師都知道：「凡是想親身上場為自己辯護的人，一定對律師很不爽。」瑞登的這個計畫似乎正好讓自己徹底完蛋；檢方當然很高興。不過當他一開始對陪審團發言，便清楚顯示瑞登不僅很熟悉法庭程序，而且精通紐澤西州刑法。這麼一個極精明狡猾的人，說不定早在過去十年便通盤研究過律法，就是為了這一刻……只有天曉得。

在這第三次的審判當中，瑞登反詰問了好幾名證人，其中包括過去曾遭他強暴的被害者。而整段過程的高潮，是已回英格蘭定居的強納森．海恩斯，特地為這次審判重返美國出庭。擠滿法庭的報紙記者，飢渴地等著看好戲。「當瑞登走近證人席，整個法庭霎時籠罩在一片緊繃的靜默當中……」一九八六年二月十一日的洛克蘭郡《紀事報》（*Journal News*）寫道，「海恩斯在瑞登面前把臉轉開，雙脣和雙手顫抖著。高等法院法官斐德列克．庫肯梅斯特詢問他，是否需要暫時休庭，證人回絕了，並告訴法官：『我要繼續。』整段交互詰問的過程中，海恩斯都不願直視瑞登，並一直強迫自己保持鎮靜。當身穿藍色法藍絨西裝的瑞登有次未將意思表達清楚，海恩斯厲聲反問：「你這算是哪門子問題？」同樣場景也出現在第二名被害者的母親芭芭拉．李維（Barbara Reeve）身上。她接受瑞登的反詰問時，也不願直視他，且答話極為簡短。」

「我瞭解這過程對他們來說很艱難，」瑞登在庭訊後接受《紀事報》的電話訪問時表示，「我並不希望讓他們更痛苦。」

「但你知道，」他接著說，態度就像一個受過良好訓練、絕不會亮出客戶底牌的律師般。「儘管他們可能早已認定奪走他們女兒和妻子的人是我，但我們仍須交由法庭審判釐清一切。」

判決在一、兩個星期後出爐。

雖然瑞登在法庭上唱做俱佳，但他仍因兩樁謀殺案定罪。這回沒出現審判無效的狀況。

鐵欄內的創作

由於這兩樁絲襪絞殺案發生於紐澤西州恢復死刑前的一九八二年，因此瑞登的最高刑罰為無期徒刑外加三十年有期徒刑。一進監獄，瑞登便受不了牢友的百般騷擾，沉重的心理壓力導致他精神崩潰，後來被移送到崔頓鎮（Trenton）的紐澤西州立監獄精神病院，他很快便從院裡脫逃。當他再次被捕，看守變得更嚴；如今他已放棄所有脫逃的念頭，努力訓練自己成為一個作家。他的創作沒多久便開始在一些文學報刊和網站上出現。

直到今天，瑞登仍與獄改倡議者、知名作家、他指導過的初學寫作者，以及熱愛他詩作的讀者保持頻繁的通信。這個奇特男子的創作，大多關於孤獨、監獄生活的黑暗，以及聽來可能很諷刺的浪漫愛情。在閱讀瑞登的某些詩作時，偶爾會隱約感覺到，他彷彿在描述自己和兩名多年前被殺害，並棄屍於陰森樹林的年輕女子一段遙遠如夢的邂逅。

譯註

1. 薩吉（Thuggees）：這個教派崇拜印度教的毀滅與創造女神卡莉（Kali），經常藉卡莉女神的名義，絞殺旅人，奪取財物。到了一八三〇年代，經過英國派駐印度殖民地的斯里曼爵士（Sir William Sleeman）大力掃蕩，才逐漸絕跡。
2. 振興就業管理處（Works Progress Administration）：屬於美國總統羅斯福在經濟大蕭條時代推動新政時設立的機構，主旨為資助藝術發展，並提供藝術家工作機會。
3. 李・哈維・奧斯華（Lee Harvey Oswald）：槍殺美國總統甘迺迪的刺客。

第三章

戴皮面具的死屍

◇「我們很快便斷定，他不是告密者，而是凶手。」

——洛克蘭郡首席地方檢察官肯尼斯・葛里貝茲（Kenneth Gribetz）

山丘上的空屋

死屍不一定都會發出惡臭。若放置在適當的環境，它只會發出淡淡臭味，甚至可能完全沒有味道。這類死屍通常已被燒成灰，或只剩骸骨，或兩者皆是。

這樁命案的年輕被害者，被棄於離紐約市約四十英里的一個十八世紀的燻肉坊，由於沒發出可疑的惡臭，因此經過多日才被發現。

那間燻肉坊位於綠草如茵的山丘側坡，露出地面的部分為磚造，有人說它原本其實是煤窖，地窖主體則以石塊砌成，裡面只有五英尺寬、四英尺長，高度僅能容身材矮小的人站直而不會撞到天花板。

沿燻肉坊附近的一條林蔭小徑蜿蜒而下，即可到達一棟美國獨立戰爭時期的小旅舍，伊利旅館（Erie Hotel）；當年，華盛頓將軍曾在此接見下屬，如今只剩下石砌地基和幾座側屋，而且大部分被蔓生的野莓和灌木叢所掩蓋。這處風景如畫的遺跡位於北洛克蘭郡湯普金灣（Tompkins Cove）城鎮附近的私人別莊內，偶爾會有獨立戰爭歷史迷前來朝聖。

即使今日，洛克蘭郡內的這塊區域依然保有宜人的田園美景，令人不禁遙想，十九世紀中葉的風景畫家及尋幽訪勝的野餐者徘徊此地之時，哈德遜河下游谷地或許也是這般風貌。別莊的主屋位於丘頂，四周是近三英畝的整潔花園，及一大片延伸至山腳樹林的斜坡草地。從主屋可俯瞰哈德遜河，往南可遙望河對岸的新生監獄（Sing Sing Prison），往北則可看見河水一路蜿蜒到與西角（West Point）相望的小島。

這處美麗的莊園地標，幾年前由約翰．勒傑羅斯（John P. LeGeros）買下。他來自菲律賓，在聯合國負責第三世界發展計畫審計暨管理審查司的工作。他和妻子通常只在夏季來此度假，因此全年大部分時間，這裡都無人居住，只有他的兩個兒子，大衛（David）和柏納（Bernard），偶爾會來度週末。他們兩人都定居紐約市，過著豪奢的單身生活。但柏納近來尤其常出入此地。

健行者

一九某某年暮冬的一天下午，當天正是聖派翠克節（St. Patrick's Day）[1]，五個十幾歲的健行者抄近路穿過勒傑羅斯的別莊，到附近一條小徑的起點。他們知道自己闖入私人土地，不過裡面似乎無人看守。其中一名健行者發現藏在灌木叢中的燻肉坊。

少年們決定溜進去一探究竟。他們撥開堵住入口的一株大枯樹的樹枝，從空隙擠進去打開燻肉坊的門。一走入地窖，便看到有個木框壓著某種大型生物的骨骸；他們猜想大概是如大狗或鹿之類的死掉的動物。一會兒，有人突然驚叫：「那是人類的屍體！」

其中一人立刻打開手電筒。

他們看見石室中央有具乾縮的死屍，蜷曲在焦黑的木頭和灰燼上；大部分僅剩一根根燒黑的骨架。不過他們之所以會察覺這是人屍，是因為它的頭部戴了一張如滑雪面罩般密合的黑色皮面具。

這類極貼身的物品，通常是性虐待時使用的道具。面具的眼睛和鼻子部位各有孔洞，嘴部則有一個縫了拉鍊的開口，這是為了讓戴面具的人無法言語或增加快感。一名少年後來在敘述發現屍體的經過時表示，他覺得那張皮面具非常精巧，收邊也做得很細緻，完全貼合臉部。他驚奇地說：「買下它的人肯定花了一大筆錢！」

由於命運與物理作用的神祕安排，這張不祥的面具竟毫無損傷，完全沒有丁點燒痕顯示它曾陷入火葬堆的烈焰中。不過藏在它底下的那張人臉恐怕就沒這麼完好：張開的焦黑下顎鬆脫，露出兩排潔亮整齊的牙齒，下排牙齒則移位了。

少年們一明白自己發現了什麼後，便立刻報警。這是在物欲橫流、古柯鹼與迪斯可風行的八〇年代時，最駭人、複雜、轟動的謀殺案之一。而此刻，它正緩緩揭開序幕。

完整與損毀

罪犯鑑識局（BCI）的一名調查員帶著他的相機和拍照小組，會同我和我的組員，在警方的帶領下抵達燻肉坊。現場立即封鎖。

首先，我們將擋住燻肉坊大門的枯樹移開，一邊分階段拍照。進入石室後，我們看見一扇破損的紗門蓋在屍體上。我們小心地將紗門及其他廢棄物抬到一旁，騰出空間，以便檢查屍體。

燻肉坊南面的牆壁覆著一層煤煙垢，地面散置著燒焦的木塊、玻璃碎片和一隻襪子，門口附近則有一隻燒焦的靴子。室內有股令人暈眩的汽油或煤油味。

骨骸呈東西向側躺著，身體的右側朝上，雙腿蜷曲如胎兒；右手臂向外攤開，左手臂則朝內彎。

大部分的骨骸上有層薄薄的炭化物，而左手殘存的肌肉已炭化乾枯。焦黑的殘渣應該是火和煙造成的。右手掌、右橈骨和雙腳都不見了。最顯而易見的是，屍體從下巴到殘缺的雙腿都沒剩下多少肌肉組織。檢查灰燼後，我們估計燃燒時間應該是在數週前，而在這段期間內，屍體一直都留在這個陰森的石室內。

發現屍體時，面具口部的拉鍊是打開的，拉鍊頭在左側。面具後面有排金屬釦眼，以皮帶子緊緊繫住，不過從中間的小縫隙，可看到豐美的波浪狀金髮，面具的眼孔也露出少許頭髮。我們檢查了這幾簇頭髮，還發現面具竟完好無缺，便不禁期盼當我們揭下面具、進行解剖時，死者臉部至少還存留一點肌肉組織。

在完成現場拍照和初步驗屍工作，並做好紀錄後，我們便將屍體運回停屍間。解剖前，我們先小心地將皮面具揭開。

揭開面具的那剎那，在場的每個人都吃驚地倒抽一口氣：除了燒焦鬆脫的下巴和嘴脣之外，橫過上牙齦的面具邊緣以上，竟是一張俊美無比的年輕男子臉龐。然而，這張保存得出奇完整的俊俏臉龐，和他身體其餘部位形成了令人痛惜的對比。

年輕男子的金髮整齊地往右旁分，雙頰圓潤，骨肉勻稱，睫毛和眼皮未遭火波及，一雙藍眼也完好如初，只是已經變得混濁不清。事實上，這名年輕男子的臉龐不僅肌膚柔細，而且帶有一種清新，甚至奇特的安詳純真特質。火焰和殘酷的腐化過程，都沒蹂躪到這張藏在皮面具下的面容。當我低頭凝視著他，竟感覺那雙眼睛彷彿會突然動起來。在我的法醫生涯中，極少看到死屍是如此怪異地結合不可思議的完整與怵目驚心的毀損。

傷口

當我一開始檢查死者的頭頂和後腦，立刻產生跟乍見其面容時截然不同的看法。右耳道和外耳全布滿血跡；從鼻梁到另一側臉頰上有大量凝結的血塊，後腦的頭髮則被血黏成一團。

我們在他的後腦發現三個彈孔。造成傷口一的子彈，在頭顱的下枕葉區形成一個大於子彈射入孔的洞，內壁有火藥顆粒，但射入口邊緣沒有槍口直接接觸皮膚擊發所形成的火藥灼傷、火藥粉粒刺青（tattooing），或是燒灼刺痕（stippling）痕跡。而且沒有發現造成傷口一的子彈。

傷口二位在傷口一的側下方，呈星形，而且我在頭皮下發現一小片鉛，顯示這是傷口一的子彈射出口。

傷口三位於後腦、比傷口一低的位置，沒發現火藥顆粒，整體外觀與前兩個傷口類似。深入探查後發現，子彈射穿第二頸椎，擊碎死者的脊椎上部。他的椎管和周圍區域都有充血的跡象。靠近頸部處發現一小片彈頭外層[2]。雖然警察仔細搜索現場多次，但沒找到子彈的其餘部分。

我們研判，這名戴面具的被害者曾被近距離槍擊頭部兩次，造成傷口一和傷口三。傷口一的子彈穿過死者腦部，傷口三的子彈擊碎他的脊椎，傷口二則是傷口一的子彈射出口。

但被害者是在生前還是死後遭槍擊？

這個問題的答案到時候將會影響罪名判決。

骨骸

這個年輕人頭顱的大部分因受到面具神奇的保護，因此保存得還不錯。相對的，他的軀體卻只剩下骨架。

胸骨和好幾根肋骨都不見了，這點很奇怪，那些骨頭究竟到哪裡去了?另外，一大片如皮革般、附著毛髮纖維的皮膚從骨骸上脫落，彷彿被人硬生生剝下。這也很奇怪；火焚極少導致如此狀況。

死者的大部分骨頭都因炭化而呈黑色，一些附在骨頭上的肌肉在燒焦後形成堅硬的黑色結塊。骨頭上有齒痕，而且大多被剔得很乾淨。

警方在目前的調查初期，根據實際所見狀況推演，重建出以下的犯罪過程：

首先，這名年輕男子在勒傑羅斯的別莊某處被殺害。

其次，凶手將他的屍體搬到燻肉坊。

第三，凶手取木塊與樹枝堆在死者身上，澆汽油後點火。

第四，凶手縱火將屍體燒到只剩骨骸，好讓偵辦人員難以確認死者的身分及死因。

我個人則不這麼想。據我的經驗，在所有命案中，大家對縱火命案的瞭解最少。大致來說，問題在於一般沒有法醫學知識與經驗的人，常以為火的摧毀力比它實際具有的還強。這類錯誤的認知非常普遍，因此維農．賈伯斯（Vernon J. Geberth）便在他的經典著作《實用命案調查》（*Practical Homicide Investigation*）中提醒讀者：

> 基本上，一般調查人員在調查縱火案的專門知識上仍嫌不足。不過，大多數與縱火相關的命案，手法都相當業餘，很容易讓調查人員察覺不對勁……然而，縱火案的調查是一種高科技且複雜的工作，因此這些線索必須交由專家解讀與鑑定。

從法醫學的角度來說，縱火的目的是焚毀人體組織。若被害者是在生前遭縱火焚燒，解剖檢驗時，便會發現血液中含有大量吸入性一氧化碳，且由於被害者在痛苦掙扎時吸入滾熱的濃煙，因此鼻腔深處會呈黑色。手腕和腳踝若有未遭焚燒的皮膚，顯示被害者的手腳在火起時遭綑綁。如果頸部有一圈未遭焚燒的皮膚，表示被害者先遭勒頸再焚燒。

在許多火災或縱火案中，屍體被發現時，通常呈所謂的拳擊手姿勢；因為在遭火焚燒時，肌肉會變緊收縮，使身體屈曲，有如拳擊手出拳前的站姿。在燻肉坊發現的年輕人屍體，便呈現這種屈曲縮起的姿勢。

要理解燻肉坊命案當中的線索，必須先知道一個重點，就如賈伯斯以下所提醒的：

> 大多數縱火案的目的，是要毀屍以湮滅證據或掩蓋罪行。然而，屍體並不如大部分人所以為的一般容易火化。事實上，屍體對火的破壞具有驚人的承受力，足以讓法醫根據遺骸進行分析鑑定。

多年來，我見識過空難、戲院大火、化學物爆炸，甚至淋汽油引火自焚的燒焦屍體。這種經大火焚燒過的遺骸大都類似：熟硬焦黑，但大部分還算完整。只有像火化場或鋼鐵冶煉廠之類的極高溫，才可能讓屍肉完全化為灰燼。

不過也有少數例外。一、兩歲幼童的屍體只需數小時便會火化為幾盎司的骨灰，新生兒則為一小時左右。穿衣者比裸身者更快火化（燻肉坊命案的凶手大概很幸運地知道這點），肥胖者比纖瘦者火化得更徹底。

在密閉的小空間內焚燒屍體，比在開放的戶外更有效率。例如當第二次世界大戰接近尾聲、俄軍朝柏林挺進之時，希特勒的貼身隨扈架起了龐大的柴堆，火化希特勒的屍體。據專家估計，大火燒了數日之久。但火化是在戶外進行，阻礙大火全面發揮破壞力，因此科學家得以根據希特勒的牙醫病歷與未燒毀的牙齒做比對，鑑定出這位德國獨裁者的身分。

燻肉坊命案的凶手，大概以為柴火堆就足以將屍體燒成灰——只要點火、轉身離開，便可讓自然的力量接手完成工作。但人體是一種很有韌力和彈性的物體，它能承受高溫、極大的壓力、砍剁、酸液溶蝕、爆炸，以及其他試圖快速毀屍滅跡的方法。不少粗心大意的罪犯就是因為這點而落網。

若以相對較低的溫度焚燒屍體，例如凶手在燻肉坊所引的火，溫度大約在華氏一千兩百度[3]，不但無法將屍體燒光，反而會將屍肉燒熟，就像烤肉一般——請恕我使用這個譬喻。如果你有過烤肉的經驗，就會知道，即使你把肉擱在火上好幾小時，它也不會化成灰。相反地，火焰會讓肉的表面形成一層脆硬的殼，保護肉塊的最內部。以柴火焚燒，並不會讓屍肉化成灰，反而會燒熟它、保護它，最重要的是：保存它。

野獸

之後，焚燒過的屍體引來了很可能是鼠類，還有浣熊及野狗等林間的小型動物。這些在郊野潛行覓食的動物，通常只會啃掉小肉塊，而不會像狐狸、郊狼，或美洲獅，一咬便是一大塊肉和軟骨。失落的肋骨、雙腳、手指以及一片片被剝下來的皮膚，很可能就是被那些小野獸拖回巢穴。

解剖時，我們發現清楚的小動物啃食痕跡。死者的整個胸骨和幾條肋骨末端，都散布著一排排小動物的齒痕。脊椎、雙肩、肋骨和大腿等骨架結構的表面，可看到參差不齊的細絲，這是啃囓的特徵之一。在屍體旁發現的小片脫落皮膚，邊緣也有符合小動物啃食特點的不規則咬痕；已變得有如皮革的左上臂皮膚邊緣，亦散布著小齒痕。

我們也知道另一個重要資料。

這名年輕死者剛被發現時，骨骸上有一層薄薄的炭化物。既然我們已知最初放的那把火燒焦了屍肉，而在隨後的數週，或可能數月內，那些變硬的組織還曾遭野獸啃食，照理殘留下來的應是啃得相當白淨的骨骸。因此我們研判，遺骸後來又被縱火焚燒一次。就法醫學來說，只有再次縱火焚燒，才會使骨頭焦黑。

是什麼原因促使凶手回到犯罪現場，做出這麼冒險的行為？如此不僅可能引人留意到這個廢棄已久的燻肉坊，還可能被人當場逮個正著。或許，凶手在焚屍後不久，想知道結果如何，因此回到現場，結果看到那具白骨。

他認為（其實是誤以為）火已經將屍肉全部燒光，因此在高估火焰摧毀力的情況下，決定再次縱火焚燒殘骸，以湮滅所有證據。

但骨頭很難燃燒。結果反而只在骨頭上形成一層薄薄的黑色炭化物，骨架仍幾乎保持完整。

戴皮面具的男子

這名死者是誰？剛開始，似乎不太可能查出他的身分。指紋和器官組織樣本顯然已無法採集。這一區也沒有年輕金髮男子失蹤。我們最多能做的便是牙齒比對，但死者的齒模跟美國境內的所有牙醫病歷紀錄都不符合。

接著，就如往常一樣，謎團總會機緣湊巧的出現解答。

起初是紐約曼哈頓的流行設計學院（Fashion Institute of Technology, FIT）四年級生艾吉爾・達・維斯提（Eigil Dag Vesti）的朋友和同學，發覺他突然沒來學校上課，一點也不像這個積極又有野心的學生平日所為。

二十六歲的維斯提來自挪威首都奧斯陸，最後出現的時間是在二月二十二日的凌晨一點半，兩個朋友開車送他回位於雀爾西區（Chelsea）的家。接著，這名挪威年輕人便突然失去聯絡，既沒回電話，到他公寓樓下按鈴也沒人應門。於是擔心他的朋友進公寓探看，發現屋內的所有物品看起來已經好一段時間沒人動過。

維斯提的友人到處探問找尋，卻一無所獲，最後決定報警。

維斯提的尋人海報很快便貼在下曼哈頓各處的電線桿和布告欄上，三月十七日的《紐約日報》（*New York Daily News*）也刊出維斯提神祕失蹤的報導和他的照片。一、兩天後，奧斯陸的報紙亦刊登同樣的消息。於是維斯提的兩個姊妹搭機前往美國幫忙尋人。

她們前來法醫處指認屍體，並提供了維斯提在奧斯陸的牙醫地址。我們將死者的齒模寄給牙醫，很快就得到確認。透過停屍間的閉路電視，她們也指認螢幕上的那張臉正是自己的兄弟維斯提。因此我們終於確定，在湯普金灣燻肉坊內發現的骨骸是屬於艾吉爾．達．維斯提。

我們對這個年輕人瞭解多少？

他是個高瘦、方下巴、如模特兒般俊美的年輕人，充滿歐陸風格的魅力，流行設計學院的同學都對他傾慕有加。「維斯提是FIT的話題人物。」他的同學塔美拉．史潘格勒（Tamela Spangler）告訴《紐約日報》的記者，「他長得那麼英俊，又那麼時髦，你很難不注意他。每個人都被他征服了。」

俊美的外表加上和悅的個性，維斯提很快便打入紐約市最時髦浮華的享樂圈。在著名的「聚光燈」（Limelight）迪斯可舞廳，他可以隨意進出頂級貴賓室；每夜在那間木樑裝飾的小廳裡流連的，都是如米克・傑格（Mick Jagger）[4]、楚門・卡波提（Truman Capote）[5]之類的名人。而在維斯提最後現身那晚，開車送他回家的兩名友人之一，正是影星理查・波頓（Richard Burton）[6]的養女。「他是個野心勃勃的人，很清楚該怎麼打進時尚圈。」維斯提的朋友，時裝顧問丹尼斯・漢德（Dennis Hand）表示。「跟適當的人一起出現在適當的圈子，是聰明的做法。」

維斯提也以他的同性戀身分為傲，據說他有相當強烈、甚至極度的被虐傾向。一星期當中，他總有幾個夜晚會去同性戀夜總會，而且也是同志性虐待酒吧的常客。他也經常周旋於紐約的藝術圈，許多藝術家和藝品交易商都認識他。他還常擔任攝影師的裸體模特兒。

簡言之，凶手應該也是紐約聲色場所的常客。

警方開始匯集維斯提的朋友以及他朋友的友人資料，名單上出現一個年輕男子的名字：柏納・勒傑羅斯。

壞孩子

柏納・勒傑羅斯是個壞孩子。

發現維斯提屍體的私人別莊，正是屬於他的父親，菲律賓外交官約翰・勒傑羅斯。柏納・勒傑羅斯從十五歲起便不斷闖禍。

這名二十二歲的年輕人長久沉迷於暴力、武器和死亡的奇想當中，曾數度嘗試自殺（據說他試過跳樓和服食氰化物）。他曾告訴朋友，他十幾歲時常溜進紐約大學醫學中心（New York University Medical Center），在他母親的牙科研究室隔壁的病理學實驗室，待上好幾小時「玩」屍體。

現在的他，不僅是古柯鹼吸食者、在紐約藝術圈和迪斯可舞廳充闊的豪客，而且是毒販、軍火走私販，以及戴克斯（Dax）和瀝客（the Leak）等布朗克斯區（Bronx）二流塗鴉藝術家的朋友。柏納以他的英俊外型和宣稱自己本性邪惡的古怪言論出名。他會對那些願意聽他說話的人吹噓，說自己曾當過殺手、黑手黨的保鏢、緝毒警察、中央情報局特工。他喜歡打扮成警察，穿著深藍色警察制服，帶著警棍和手銬，巡視他父母的別莊。他曾數次向朋友提議，他願意以幹一票三千美金的代價，受雇去殺人。

一位勒傑羅斯的熟人作證時指稱，他喜歡打扮成「地獄之門守衛者」的模樣。在維斯提命案案發後，勒傑羅斯的一位攝影師朋友表示，他曾跟一群行蹤飄忽、喜歡在深夜吸食毒品的人宣稱，他殺了維斯提，而且他和同夥在槍殺維斯提後，將屍體開膛剖腹，從肚子舀了一杯血喝下去。勒傑羅斯還說，那杯血太稠，所以他吐掉了。勒傑羅斯附帶強調，他想開始製作一本與這次及未來他想進行的謀殺有關的剪貼簿。他宣稱，殺人不可動感情，應該把它當成和點菸或開車一樣稀鬆平常的事。那名攝影師是在某個朋友帶了一公克古柯鹼來給他們吸食時，聽到勒傑羅斯的瘋狂宣言；不過他們早已習慣勒傑羅斯的胡言亂語和古柯鹼吸食者常有的幻覺奇想。

「他常有藍波式的幻想，」一位勒傑羅斯的舊識挖苦地說，「早在藍波這個人物被創造出來之前。」

雖然他聲稱自己是異性戀，而且常和女人約會，但包括「礦井」（Mine Shaft）、「墮落園」（Badlands）、「地獄火夜總會」（Hellfire Club）、和「鐵砧」（Anvil）等紐約最知名的真槍實彈男同志性虐待夜總會，都認識柏納這號人物。

這些「酒吧與地牢」式的作樂場所，大多設在下曼哈頓河畔的倉庫內，在八〇年代初期到中期生意興隆，直到愛滋病肆虐和數樁醜惡的謀殺案發生後才沒落。

勒傑羅斯會在這些夜總會的後包廂，以及後包廂後面的房間，參與極暴力的性儀式，例如生殖器穿洞，或綁住男性志願者的陰囊、將他吊起來。（某次我的一位法醫心理學朋友指出：「有種類型的男性，即使性虐待別的男子並從觀看中得到快感，或是跟同性有過性行為，但他依然會認為，把『其他』男性都視為同志，而自己絕不是，這二者並不矛盾。」）

柏納．勒傑羅斯的這些行徑終於流傳出去，偶爾還登上小報的八卦專欄。沒多久，他常出入紐約所有叫得出名號的性虐待次文化熱門場所，就不再是祕密了；而最常跟他連袂光顧同性戀酒吧的，是一位有錢有勢的四十歲藝品交易商，安德魯．克里斯波（Andrew Crispo）。

值得一提的是，克里斯波本身向來有強迫別人跟他進行性虐待探險的惡名。

據報導，他長久收藏一張皮面具，展示在他數百萬美金的鄉村別墅裡的一具人形模特兒臉上。那張皮面具和維斯提所戴的，竟令人心寒地相似。某次有人誤觸別墅的竊盜警鈴，因此警方前往察看；他們還記得那張面具。「我看到那東西在屋內一角，」某個不願具名的警員向一份紐約的報紙透露，「面具的嘴部有條閃亮亮的拉鍊，讓我覺得很可笑。它戴在一個桃花心木人形模特兒的臉上，就是那種你得使女人看了別激動的人形模特兒。」

勒傑羅斯在克里斯波的藝廊工作，經常充當這位藝品交易商的保鏢。傳言說他是經過克里斯波的調教，才領略性虐待的箇中之妙。根據警方在維斯提命案報告中引用的證人說詞，這兩人經常狼狽為奸，邀約毫無警覺的男子到克里斯波的藝廊或公寓，將對方毒打一頓，或強迫他從事怪異的性行為，然後威脅對方，如果敢去報警，就要殺掉他。

不過其中一名受害者還是報了警。

一九八四年秋，就在艾吉爾．達．維斯提失蹤的半年前，克里斯波和勒傑羅斯被控強行綁架一名年輕的同性戀者到克里斯波的公寓虐待折磨。克里斯波最後以強暴罪被起訴；若定罪，刑期最高可達二十五年。「那男人被鞭打，」此案的一名共犯告訴《浮華世界》（*Vanity Fair*）雜誌的記者，「安德魯在他身上撒尿……我也用鞭子打了那男人……最後，他感謝克里斯波饒他一命……他嚇壞了。」（作者註：參見一九八八年九月號《浮華世界》的〈克里斯波能脫罪嗎？〉〔Will Crispo Walk？〕一文）

維斯提命案案發之際，這樁強暴案仍在等候審判。

因此，既然已知勒傑羅斯從深夜到凌晨常出入的地點，還有他的暴力癖和謀殺告白，接著又想到頭戴性虐待皮面具的維斯提屍體，是在勒傑羅斯的別莊發現的，警方自然會想找這個年輕人談談。

過程

第一次訊問勒傑羅斯是在三月十八日，維斯提失蹤近一個月後。

起初，勒傑羅斯告訴偵訊員，他前一次到家族別莊度週末，是在二月初，跟一個名叫約瑟芬（Josephine）的女孩。他解釋道，約瑟芬為一家色情電話服務業者工作；兩人是在「聚光燈」舞廳結識的。

偵訊員想知道，他最後一次到鄉下別莊是在哪一天？

二月二十一日，去那裡拿些衣服。

警方那時已知柏納擁有一把AR-7點二二步槍，經常藏在別莊的不同角落，包括他房裡一塊可掀開的地板下。

柏納是否剛好知道那把步槍目前在哪裡？

不知道；勒傑羅斯回答。它不見了。也許警察該去搜搜屋子周圍的土地，也許凶手從他父親的別莊屋內偷走那把槍，用它殺了維斯提，然後丟在樹林中。

接著勒傑羅斯話鋒一轉，宣稱自己正好認識許多可能幹出這種性虐待殺人案的男子，並幫警方列出一份名單，然後訊問便結束了。

接下來的一星期內，勒傑羅斯不時打電話給偵辦人員，大談他對同性戀、失蹤的步槍、殺死維斯提的是誰、為何原因、在何時及如何下手的推論和想法。

他有時甚至會在半夜三更打電話給警方。他講得越多，就顯得越可疑。

例如，勒傑羅斯會突然說他記起自己把步槍放在何處，接著又說忘了。

他還說，或許凶手是個「小雞鷹」（chicken hawk）[7]，也可能是個常去男同志酒吧閒晃、找下手目標的瘋子。

凶手以前可能殺過人，也可能沒有。

我想他搬動過屍體。為何這麼說？我也不確定，只是一種感覺。反正，我想我知道是誰幹的！不對，不對，可能不是。不是他，是別人。可能是女人幹的。但不是本地人。應該是從紐約上州來的。可能是……

勒傑羅斯對警察講得越多，就顯得越可疑。最後，經過二十八小時的馬拉松式訊問，他不知不覺洩漏了顯示自己涉案的一些訊息，包括說出在維斯提被害當晚，他人就在維斯提現身的夜總會附近。

警察宣讀了他的權利。

「對勒傑羅斯長達二十八小時的訊問，可以說是我入這行以來，個人所遇到最大的挑戰。」主導調查的警官威廉・法蘭克（William Franks）隨後表示，「柏納並不打算輕易吐實，但我認為他很享受被人重視的感覺。」

在警局裡，勒傑羅斯是鬆口了，但言詞閃爍。

他信誓旦旦地對偵辦人員說，他並沒有親自下手，但事情發生時，他的確在場。

他說，事情經過是這樣的。

二月二十二日當晚，他和以前在紐約拉薩爾學院（LaSalle Academy）預備學校的老同學比利．梅耶（Billy Mayer），巧遇艾吉爾．達．維斯提，於是邀請他一起去紐約上州參加一場「瘋狂派對」。

維斯提答應了。

勒傑羅斯用他父親的奧斯摩比（Oldsmobile）商旅車載他們北上，經華盛頓大橋（George Washington Bridge）上帕利沙迪景觀道路（Palisades Parkway）。半途，梅耶開始以一副主人的姿態對待他的新「奴隸」；他假裝自己是納粹審訊官，用「猶太玻璃」、「愛幫猶太人口交的賤胚」之類的字眼來侮辱維斯提。

維斯提顯然對這些言詞不以為意，也可能他早已司空見慣。一路上，維斯提反而顯得頗愉快，還說，「我或許該帶滑雪用具來。這一帶滿漂亮的。我們要去哪？」

梅耶回道：「你會回挪威……被塞在他媽的棺材裡！」

雖然維斯提顯然把這個威脅當成梅耶扮演納粹軍官的台詞；但這一刻，據勒傑羅斯所言，他頓時明白梅耶真的打算幹掉他的年輕男奴。

車子在夜色中飛馳，終於在天亮的一、兩個鐘頭前抵達洛克蘭郡的勒傑羅斯別墅莊園。

據勒傑羅斯所言，他們三人走進別墅客廳，柏納向梅耶和維斯提炫耀他所收集的刀、劍和槍枝，其中包括那把AR-7點二二步槍。

比利・梅耶接著帶維斯提到地下室，兩人開始沉溺在極暴力的性虐待遊戲當中，而勒傑羅斯則坐在樓上聽著犧牲者的慘叫。過了一會兒，勒傑羅斯堅稱，因為鞭打和尖叫聲太大，所以他打開收音機，好蓋過那些聲音。

經過一小時左右，梅耶用鐵鍊拉著維斯提，回到客廳。維斯提此時全身赤裸，頭上戴著皮面具，看起來仍是出於自願的承受這一切。

由於勒傑羅斯已經知道梅耶打算殺害維斯提，於是便把他的朋友叫進另一個房間，要梅耶到屋外去幹他的骯髒勾當。勒傑羅斯既不想牽扯進去，也不想親眼目睹殺人過程。

梅耶答應了。他抄起勒傑羅斯的點二二步槍，拖著他的俘虜走出大門，消失在夜色中。

然而勒傑羅斯既害怕又心癢難耐，過了幾分鐘，便改變主意跟出去。

他尾隨那兩人的身影走下草堤、穿過網球場、沿著小徑抵達燻肉坊。勒傑羅斯看著梅耶綑綁維斯提，強迫他跪下，要他以各種不同姿勢與方式性交。接著，勒傑羅斯看到站在維斯提背後的梅耶舉起步槍，對準下方，朝維斯提的後腦射了兩槍。

已發現勒傑羅斯站在山丘暗處偷窺的梅耶接著大喊：「我們現在得收拾這堆爛攤子！」

於是兩人找了一堆樹枝，從車庫拿了一桶汽油，返回燻肉坊，將維斯提的屍體放在柴堆上點火。然後他們開車離開別墅，沿著河岸行駛。途中曾在哈德遜河畔停下來一次，將點二二步槍扔進河裡。被害者的衣物則丟棄在帕利沙迪景觀道路旁的樹叢。最後，他們回到紐約市區。艾吉爾・達・維斯提的屍體一直靜靜躺在燻肉坊內，沒人發現。直到八天後，柏納開始擔心：屍體是否完全燒光了？火焰是否確實達成任務？

他越來越擔心，於是回到現場，發現維斯提的屍體已變成一把骨頭。為了徹底滅跡，他又拿了些粗樹枝和細木條塞在維斯提骨骸下的焦木間，澆上汽油，再次點火，然後離開現場，任由火焰繼續燃燒。但勒傑羅斯不知道的是，正如解剖所顯示，維斯提的骨骸在燃燒時仍會保持近乎完整的狀態，等火熄滅後，骨骸也只會覆蓋著一層薄薄的灰與煙垢。

勒傑羅斯覺得工作完成了，便坐下來休息了一會兒，然後走進主屋，撿起維斯提那天遺留在長沙發上的帽子。「一頂寬邊灰氈帽。」他描述道。之後，勒傑羅斯得意洋洋地歪戴那頂他稱之為「紀念品」的帽子，一路開車回到他在紐約市的公寓。

勒傑羅斯的供詞到此為止。

照地方檢察官的說法，「我們立刻斷定，他不是告密者，而是凶手。」

不過他第一回合的供詞仍有所保留。兩、三個鐘頭後，勒傑羅斯又要偵訊員回來。他表示自己沒完全吐露實情。

怎麼說？

「呃，首先，」勒傑羅斯回答，「射殺維斯提的是我，不是比利・梅耶。」

「那麼，比利．梅耶當時在哪兒？」
「他根本沒去那裡。」
「他沒去？」
「沒去。」
「所以你剛剛說的一切都是鬼扯？」
「才不是！」勒傑羅斯大嚷，「我告訴你的一切都是真的。除了維斯提其實是我殺的之外。還有，跟我在那裡的另一個傢伙，不是比利．梅耶，而是我的老闆，那個藝品交易商，安德魯．克里斯波，是他要我那麼做的。」

審判

柏納．勒傑羅斯的審判訂在一九八五年九月，維斯提死亡近六個月後。即使站在被告席上的是勒傑羅斯，但眾人注目的焦點大多集中在安德魯．克里斯波，而非勒傑羅斯身上。

雖然勒傑羅斯在聲色場中算是二等名人，如今更上了報紙頭條，但他充其量只是個年輕混混和富家壞小孩。但克里斯波不一樣；搖滾明星、政治人物、博物館長，以及商業鉅子，跟他都有交情。他是個有本事的體面商人，至少之前所有人都這麼認為，也以符合此身分的態度對待他。

他一出生便是棄嬰，由費城一家天主教孤兒院撫養長大；十八歲剛到紐約時，既沒有大學學歷，又身無分文。但他很快便靠自己的努力，從第五大道一家百貨公司的商品上架員，一躍成為全美最博學且名聞國際的當代藝品交易商之一。

他當前正處於事業顛峰，經手的藝術品包括馬瑟・韋爾（Robert Motherwell）[8]和喬琪亞・奧基芙（Georgia O'Keeffe）[9]的畫作，客戶則是電影明星和瑞士億萬富翁之流，而且跟美國與世界各地美術館都維持長久的良好關係。

即使目前他擁有極大的影響力，在藝品交易市場引領潮流，賺進數以百萬計的美金，在南安普敦（Southampton）[10]擁有一棟房子，與上流社交名媛葛羅麗亞・范德比爾特（Gloria Vanderbilt）與藝術家利希滕斯坦（Roy Lichtenstein）[11]為鄰，但克里斯波肆無忌憚的性虐待癖好已流傳開來，使得徘徊在他私生活周圍的陰影更加黑暗，並開始朝他步步逼近。

他已因強暴一名年輕人被起訴，而勒傑羅斯供出他於一九八五年二月二十二日當晚在燻肉坊命案現場，對他更是不利。勒傑羅斯的供詞指稱克里斯波是真凶，是導致維斯提之死的「斯文加利」[12]式主謀。

勒傑羅斯在審判中從未坐上證人席。不過根據他在幾次審前偵訊時的供詞，二月二十二日當晚，他是在克里斯波的公寓見到艾吉爾・達・維斯提。警方的報告記載，「柏納（勒傑羅斯）陳述，他們於二十二日當夜，在克里斯波的公寓會面。他一進門，便看到他後來指認是維斯提的男子坐在沙發上。柏納說，維斯提全身赤裸，正在自慰……柏納陳述，他曾手持皮鞭，抽打維斯提好幾次……柏納說，當安德魯從洗手間出來，他們談了一會兒，並決定將維斯提帶到他父母位於洛克蘭郡的別墅，殺了維斯提。」

接著，如勒傑羅斯招供時所言，是說出真相的時候了。

「我們那夜離開主屋，走進那個地窖，克里斯波又和維斯提進行虐待式性交。克里斯波告訴我，維斯提想死，『所以我幫他一把。』他說。克里斯波強迫維斯提跪下，突然在他心臟刺了兩刀，然後要我用AR-7點二二步槍射擊維斯提的後腦。」

第五條修正案

克里斯波是真凶嗎？他該受審嗎？

警方的報告滿是對他極為不利的證詞，也有好幾個人表示，曾於維斯提被害當晚，聽到他計畫謀殺「聚光燈」舞廳的酒保。

一名男子報警說他在克里斯波的畫廊跟勒傑羅斯與克里斯波進行虐待式性交後，克里斯波威脅要殺了他，因為他「不像個男人」，並宣稱從現在起，他要把所有他遇到的男同志殺光。

曾與勒傑羅斯約會的一名女子告訴警方，「在她認識柏納後，無時無刻都感覺克里斯波似乎控制了他。柏納會為了取悅克里斯波，做出任何事。」一名友人引用克里斯波本人的話，「柏納只要幾杯黃湯下肚，就會為我做任何事。」

有次，克里斯波帶一位客人參觀他在南安普敦的別墅時，指著草坪中央的大型當代雕塑，宣稱那座塑像底下，是被他殺害的人「埋屍之處」。

一名自稱「懷特先生」（Mr. White）的男子，描述他有天晚上跟安德魯克里斯波在「墮落園」酒吧附近的街道上漫步。言談中，克里斯波指著附近的碼頭宣稱，「那是我最常棄屍的地點。」

克里斯波接著還說，有次他跟一個女人性交時，下令要柏納殺了她。他們用鐵鍊綁住那女人的屍體，到碼頭把屍體扔進河裡，後來他們也這樣處理了幾名女性被害者的屍體。好幾份報告也顯示，克里斯波喜歡綑綁、毆打、虐待女人的程度，不下於對男人。

對克里斯波不利的說法越來越多。若其中有半數為真，那麼他就算是連續殺人犯了。不過在警察的紀錄當中，沒有一個說法和這次審判有直接關連。克里斯波沒有因維斯提命案被起訴，甚至從未被當成嫌犯。他怎麼會？畢竟兇手都已經自承殺人了。

因為檢方在審判時不可以使用勒傑羅斯不利於克里斯波的任何證詞。加上沒有證據能證實勒傑羅斯的說法，尤其他又是此案共犯，光憑他的證詞，根本無法判克里斯波有罪。

最後，法院傳喚克里斯波（他已聘請聲名狼藉的羅伊．柯恩〔Roy Cohen〕擔任他的私人律師）擔任勒傑羅斯審判的證人。他雖到庭，卻拒絕作證。他在席上從沒看那個曾是他愛徒、現在卻舉發他的勒傑羅斯一眼。對於檢方的詢問，克里斯波一律以第五條修正案回覆：拒絕答覆任何會使他自證其罪的問題。根據美國憲法第五條修正案，任何人不得被迫做出證明自己有罪的證詞。克里斯波已向洛克蘭郡檢察官承認，艾吉爾・達・維斯提被害當晚，他的確如勒傑羅斯所言，在勒傑羅斯家的別墅；而他也的確曾和艾吉爾・達・維斯提進行過虐待式性交。克里斯波甚至承認，曾幫勒傑羅斯到屋內拿汽油和木柴焚燒維斯提的屍體，還幫他丟棄死者的衣物。在審前聽證會上，克里斯波的律師堅稱，他的客戶或許犯了某些罪，例如湮滅證物、阻撓執法，但他並沒有動手殺人。

是勒傑羅斯，是勒傑羅斯一個人按下步槍扳機，殺死被害者；克里斯波的律師在檢察官面前強調。勒傑羅斯已坦承殺人；然而是否有任何證據顯示，克里斯波真如勒傑羅斯所稱，刺了維斯提兩刀，或幫勒傑羅斯開槍射殺被害者？

沒有。

克里斯波只被控幾項輕罪，如協同犯罪與傷害，但後來都因缺乏證據而撤銷。他從未因維斯提命案遭起訴。

殺害已死之人

勒傑羅斯在法庭上以怪異的法律策略應對。

在他被捕後不久，他的律師便對檢方採取迂迴戰術，宣稱他的客戶心理狀態不適合出庭，也不會提出申訴。然而，就算勒傑羅斯有精神異常的徵象，例如極具侵略性、沒有對錯感等，但他顯然不是精神嚴重失常。

等到診斷判定他的心理狀態適於出庭，勒傑羅斯卻又矢口否認犯罪。這對一個已對警方坦承射殺維斯提、並在供詞筆錄上簽了名的人來說，實在是個奇怪的舉動。審判當中，勒傑羅斯的律師重申客戶的聲明，指稱在對維斯提開槍之前，克里斯波已拿刀刺入被害者的胸部，使維斯提當場死亡。

勒傑羅斯在維斯提被刺死後，因之前克里斯波要他吸食大量古柯鹼，所以在神智不清的情況下，盲從克里斯波的命令，對維斯提的腦袋開了兩槍；克里斯波告訴他，這是為了確定維斯提絕對會死。這便是勒傑羅斯的說詞。

最後，律師據此繼續申辯。

沒錯，勒傑羅斯的確對維斯提的頭部開槍。

但如果維斯提在勒傑羅斯開槍前，便因心臟的刀傷致死，那麼他在子彈射進腦部前，便已經死亡。

既然你無法殺害一個已死之人，凶手便不是勒傑羅斯；因此，勒傑羅斯並沒有犯下謀殺罪。

生前最後時刻

在聽過這段出色的辯詞後，法院傳喚我出庭，提供法醫對此案的見解，以釐清案情。

我當場出示數張維斯提屍體和三處頭部創傷的彩色放大照片，並請陪審團注意維斯提的肋骨上並沒有刀子刺入的痕跡。刀子刺入心臟時，有時，但並非總是會在由肋骨組成的胸廓上留下割痕、凹痕或削痕。

是否真有刀子刺入？也許有，也許沒有。

接下來我指著維斯提後頭顱的照片，請陪審團注意傷口一。我對陪審團說，我們回頭來討論被害者是否是死後才遭頭部槍擊。

解剖時，我們會將頭皮移除，讓顱骨露出來。如果被害者是死後才遭槍擊，你會發現沒有血液大量湧進傷口內和其周圍區域的跡象；子彈會俐落地穿過顱骨，留下一個清楚、不會血淋淋、甚至相當乾淨的射入孔。

傷口之所以沒有血液湧入的現象，是因為死人的心臟在子彈射穿顱骨時，已經停止跳動，所以循環系統不會壓迫血液通過血管，湧進彈孔。

但在這張維斯提頭部傷口一的照片中，可明顯看到大量血液湧進子彈射入口周遭的組織。如此大量的滲血，從法醫學的角度來說，只代表一種狀況，即被害者遭槍擊時，他的心臟依然強健地跳動著，因此艾吉爾．達．維斯提顯然是在生前遭點二二步槍射擊頭部。

餘波

沒有法醫鑑定結果的支持，勒傑羅斯的說詞當然站不住腳。他被判二級謀殺罪，刑期從二十五年有期徒刑至終身監禁。

二〇〇三年，他提出一項審後訴訟，控告洛克蘭郡。他辯稱自己之所以被定罪，是由於檢方的脅迫、虛假陳述和詐騙，即檢方故意「錯誤詮釋」法醫的鑑定結果，以支持被告是獨自下手殺人的論點，並在過程中刻意扭曲司法證據，好讓控訴成立。

此項控訴被駁回，他至今仍在州監獄服刑。

另一方面，安德魯．克里斯波雖因逃稅而被定罪、遭多位憤怒的客戶控告、所擁有的三十九幅最好的畫作被銀行扣押、面對拍賣公司和藝品商所採取的法律行動、正進行宣告破產的程序，還因多項強暴與傷害案被提起公訴，甚至必須為其中一項罪名入獄服刑……即使面對這些麻煩和運勢的起起落落，但克里斯波仍會活躍在藝品交易市場上，賣出無數當代藝術精品，其中一些可能就正掛在你所參觀的美術館內。

譯註

1. 聖派翠克節（St. Patrick's Day）：為每年三月十七日紀念愛爾蘭守護神聖派翠克的節日，在愛爾蘭以及愛爾蘭裔眾多的紐約市等地都會舉行慶典。
2. 薄薄包在彈頭鉛核外的一層金屬，通常為銅合金。
3. 約攝氏六百五十度。
4. 米克・傑格（Mick Jagger）：滾石合唱團的主唱。
5. 楚門・卡波提（Truman Capote, 1924-1984）：美國作家，作品包括小說《第凡內早餐》等。
6. 理查・波頓（Richard Burton, 1925-1984）：美國演員，曾與伊麗莎白・泰勒兩度結婚。
7. 指偏愛跟「幼齒」性交的色狼。
8. 馬瑟・韋爾（Robert Motherwell, 1915-1991）：美國抽象派畫家。
9. 喬琪亞・奧基芙（Georgia O'Keeffe, 1887-1986）：美國抽象派畫家。
10. 南安普敦（Southampton）：距紐約市約八十英里，風景優美，是不少紐約富豪名流聚居和度假地。
11. 利希滕斯坦（Roy Lichtenstein, 1923-1997）：美國畫家，普普藝術的先驅之一。
12. 斯文加利（Svengali）：英國小說家喬治・杜莫里哀（George du Maurier, 1832-1896）的小說《特里比》（*Trilby*）中，以催眠術控制女主角的音樂家。

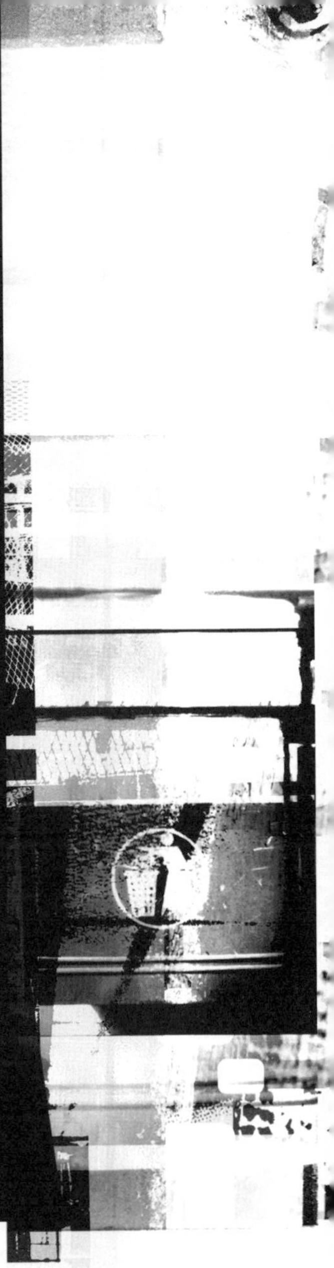

第四章

毀容殺人案

◇「這個嘛……牠們飛走了。」

——醫學博士暨洛克蘭郡主任法醫斐德列克・薩吉伯

踢飛的足球

假日飯店（Holiday Inn）後方的停車場，有四分之三是空的。這塊單調的水泥地唯一會吸引房客目光的，是幾個在那裡玩足球的飯店員工。

這是紐約州納努特鎮（Nanuet）一個秋高氣爽的日子。踢球的人興致很好；當大家玩得正投入，其中一人不小心太用力，足球偏斜地射入停車場後面的樹林裡。在這個位於紐約州南部的城市，樹木尚未開始落葉，林蔭仍很濃密。

把球踢出界的人跑進樹林撿球。他費力地撥開草叢和多刺的灌木，花上好幾分鐘走了二、三十英尺，終於在一處灌木叢中央看到球。他同時也瞥見不遠處有堆東西……是什麼？丟棄的衣物？還是垃圾？

他撥開雜草過去察看；這才發現，那顆踢飛的足球帶他找到一具女屍。女子仰臥著，衣著完整，雙臂平舉到頭側，臉部已經腐爛，露出嘴部和下巴的骨頭，對著他展露死神的微笑。

那名員工嚇得目瞪口呆，加上腐臭味令人作嘔，於是他轉身便跑。逃離前，他注意到一個尤其可怕的景象：那名死者的臉被劃了好幾刀，而且每個刀口都爬滿蠕動的蛆。

案件，現場

警察接到通報，前往察看，我也奉命抵達旅館後方的現場。我仔細檢查屍體，採取樣本，並做紀錄。

以下是我在解剖報告中所做的一部分官方陳述：

案件

一九八四年十月十一日，在紐約州納努特鎮五十九公路上的假日飯店後方，發現一名死亡的黑人女子，並於下午五時二十分做出正式的死亡宣告。

現場

在假日飯店所屬之汽車旅館東北角，距公路約三十英尺六英寸的緩斜坡上，發現一具仰臥的黑人女性屍體。屍體腳朝西北方，頭朝東南方，雙臂上伸，手肘彎曲，手部攤在頭部上方。臉部腐爛見骨；下巴和左臉的骨頭露出。上下排牙齒完全裸露。臉部皮膚有割痕，極可能是銳利物造成。屍體有動物啃咬的痕跡。

屍身無明顯特徵。死者衣物完整，無任何凌亂跡象。死者穿著式樣新穎的灰色風衣、便褲和毛衣。左胸的心臟位置有一處刀傷，死者的風衣背部有垂直的草漬痕跡，顯示屍體被拖動過。女子的年齡估計為二十九至三十歲。

記者、調查人員和當地民眾很快擁至犯罪現場。第二天，晚間新聞便播出命案的報導。洛克蘭郡首席地方檢察官肯尼斯・葛里貝茲表示，洛克蘭郡警方已公布死者描述，目前仍無人出面指認。他也告訴媒體，這名女子已死亡多日，而確實的死亡時間尚未查明；她可能是在假日飯店的停車場遭凶手勒斃，拖至樹林，且「由於死者臉部嚴重腐爛，因此很難確認她的身分」。

媒體早已知道不到一年前，這家假日飯店也曾發生一樁凶殘的命案，至今尚未偵破，再加上現在這一樁，敏感的記者們便緊纏著飯店經理理查・懷茲（Richard Weiss），想從他身上挖點新聞。

但懷茲三緘其口，「假日飯店的其他員工也不會發表任何評論。」他的發言僅止於此。

但媒體可沒這麼容易打發。一名記者自行探查停車場，立刻發現，為安全因素掛在這棟兩層樓旅館角落的幾架監視攝影機，理應拍攝到停車場，但基於無人能解釋的理由，沒有一架是對準停車場。如果它們的位置正確，很可能就會錄到整個命案發生過程，凶手也能很快落網。

但命運卻另有安排。調查工作仍持續進行。

陷入死胡同

要鑑定這名被毀容的女性死者身分，其實比地方檢察官葛里貝茲猜想的容易。解剖時，我們採下指紋和齒印，送往都會區的各警察單位和醫學中心。同時，一開始便接下這樁命案調查工作的刑警珍妮絲・羅根（Janice Rogan），提供了一項重要資訊。「我記得這星期前，紐約市有一名黑人女子失蹤，」羅根警探說，「我在《紐約日報》上看到她的照片。我就想，嘿，我們在納努特鎮發現一名黑人女子，而他們那邊剛好有一個失蹤了，不妨查查看。」

我們送出的齒印和指紋跟通報失蹤的那名女子比對之下，確認在假日大飯店後方發現的那具女屍是瑪莉・傑弗森（Marie Jefferson），三十二歲，一個半星期前由家人通報失蹤。她已離婚兩年，和十三歲的兒子同住在布朗克斯區的一棟公寓，在西五十街（West Fiftieth Street）的紐約電信公司（New York Telephone Company）擔任行政助理。

甚至連殺人嫌犯都有了，是瑪莉・傑弗森的前男友和前未婚夫，山繆爾・麥克勞（Samuel McCullough），三十九歲，在布朗克斯區的一家咖啡館擔任快餐廚師。警察很快得知，兩人在命案發生前的幾個月分手，麥克勞仍不斷糾纏，要求復合，但她拒絕了。警方也查出，在瑪莉・傑弗森失蹤當天，有人見到她和麥克勞在一起。電信公司的幾名雇員在一九八四年十月三日下午四點鐘左右，看到他們兩人在公司大樓前。但根據目擊者的說法，麥克勞和傑弗森見面打招呼的方式親切友好，而且兩人挽著手一同離去，沒有爭執或拉扯，也沒有試圖叫喊求助或逃跑的跡象。

幾名旅館房客告訴偵辦人員，他們在同一天的傍晚時分，在假日飯店的停車場看見一輛白色的林肯大陸型轎車，和麥克勞的車類似。不過那幾名房客隨後又對車子顏色的說法分歧，也不確定車窗玻璃是有顏色的，還是無色透明的。有數名房客提到曾聽見尖叫聲；他們當時認為只是某個青少年在胡鬧，或是情侶吵架、毒蟲叫嚷，或某個住在附近的婦女發洩怨氣的叫聲。但誰會去管閒事，查個究竟？還有一名女子告訴警方，她看到一個符合麥克勞外型描述的黑人男子坐進一輛汽車，駛離停車場。但當警察出示嫌犯的照片時，她又無法指認。

除了這些無多大幫助且相互矛盾的說詞外，沒有一條明確的線索可讓檢察官追查下去，也沒有任何能將麥克勞與犯罪現場搭在一起的確實訊息。有人看到停車場有一輛類似他所有的林肯轎車。好，但每個人對那輛車的描述都不相同。沒有人目擊命案發生，而房客聽到的尖叫聲，可能的來源也很多。

不過有人的確於瑪莉．傑弗森失蹤當天，在曼哈頓見到她和麥克勞在一起，而那幾名目擊者堅稱，她和她的前男友一起離開時，沒有絲毫勉強的神色。此外，警方的偵辦人員也不知道她是否在失蹤當天便遭毒手。即使她最後出現時是跟麥克勞在一起，但也不代表就是他殺了她。隨著調查工作的進行，確認傑弗森的被害日期，也變得越加重要。

麥克勞在接受警方偵訊時，態度禮貌且很有技巧地採取防守策略。他沒有以謊言搪塞或悍然拒答；只是大部分以聳肩、目光茫然，和一堆「我不記得了」應付偵訊員。

這對助理地方檢察官沒多大幫助。他再次檢視此案的所有資料後，確認手上沒有足夠的確鑿證據可以讓罪名成立；首席地方檢察官葛里貝茲也同意他的看法。畢竟，沒有一個檢察官喜歡在法庭上輸掉案子。

調查工作碰上了死胡同，並且如此膠著好幾個月。

剖繪凶手

我們先回到犯罪現場，以及發現瑪莉．傑弗森被毀容的屍體當天：一九八四年十月十一日。

在犯罪現場，她的屍體經過檢查、拍照、註記，然後運到法醫處準備解剖。屍體先在停屍間經過秤重、拍照、照X光，在冰庫存放一夜，第二天早上便進行解剖。

我們先將死者身上的衣物脫下，一件件檢查。雖然她的衣著完整，不過風衣上有垂直的草漬，代表她曾被人在地上拖行過一段距離。這個拖行動作應該是在她被害後進行的，因為草漬呈現同方向的均勻直線，代表死者在被拖行時沒有扭動或掙扎。我們也在死者的風衣和上衣發現兩個因染血而變色的洞，血跡很可能是來自刀傷。

不過，衣物能提供的線索不多。我們檢查上面是否沾有精液（無），有無彈孔（無）、口袋裡有無可供鑑定的物件（無）、撕裂處（無）、外來的液體或化學物（無）、嘔吐物和黏液（無）、藥物（無）、不屬於死者的血跡或體液（無），以及樹枝、草葉或自然界的殘留物（無）。於是我們開始進行解剖，從身體前方的頸部至腹部切開一個Y字形的切口。

從她胸廓下部至腹股溝的器官都在正常位置，沒有特別之處，意即：沒有偏離它們原本的位置。呼吸、消化、內分泌、神經和其他主要身體系統，看起來一切正常。沒有遭性侵害的跡象。

不過殺害瑪莉．傑弗森的凶手是以一種有目的的殘酷手法進行他的工作。死者不只在胸前被刺兩刀，而且臉部被交叉劃了長長的三道傷口，其中一條直接橫過死者的雙眼，另外還有一刀位於膝蓋。這些狠毒的割傷本身便是一個線索，它幫助我描繪凶手的行為反應，還有他在最投入之際的心理狀態。

以下是我根據死者的外觀所得出的推論。

首先，發現瑪莉．傑弗森的屍體時，她全身衣物完整。除了因刺傷而破損的位置之外，衣服沒有撕裂或扯破的地方，臨床檢驗也沒發現性行為的跡象。因此強暴並非凶手的原始動機。

其次，兩處刺傷皆刺進被害者的胸膛，在部分肋骨上留下非常清晰的刀痕，這顯示凶手壯碩有力，幾乎可以肯定是男性。

第三，我擔任法醫至今，曾檢驗過遭職業殺手以及搶匪殺害的被害者屍體；這類凶手極少浪費時間折磨獵物。他們較在意的是讓被害者死亡，而非看他們受苦。這不是出於憐憫，而是因為他們知道自己折磨被害者越久，就越可能當場被逮，也越可能留下證據。時間的控制很重要。

另一方面，殺害傑弗森的凶手顯然毫不匆忙，也不是出於一般案件常見的劫財動機。瑪莉．傑弗森臉部和膝蓋的割傷，目的是毀容和屈辱被害者，使她痛苦，而非讓被害者立即死亡。這些割傷都太殘忍、太有目的性，絕不是隨便亂劃一通。而胸部的刀傷，則像是凶手在怒氣衝至頂點之下所做的激烈行為。我和我的助手們都認為，如此集中的暴力，可能是出於惡意與憤怒，甚至，我會說：可能是出於報復的欲望。

目前為止的證據顯示，凶手一開始是以刀子割劃被害者，對她施以緩慢且有目的的折磨，最後以快速、趕緊了事走人的兩刀，大發慈悲地結束了她的性命。我相信，這名躺在解剖檯上的女子是被她所認識的人殺害，甚至可能是熟人。

解讀刀傷的方法

既然被害者的下半身很完整，因此我將注意力轉到胸口的兩處刺傷和臉部的三處割傷。

前者在解剖報告上以胸部傷口一和胸部傷口二註明；它們呈狹長狀，邊緣沒有摩擦痕；兩處都造成大量內出血，但皮膚表面的出血不多，這顯示刀鋒很薄利。

就如你所猜想，法醫在解剖檢查刀刺傷時，必會用上這方面的知識，不同類型的凶器所造成的傷口形式也各不相同。大型的鈍器，如撥火棒，會形成陷入肌肉、邊緣參差不齊的傷口，且周圍會有大量瘀血。碎玻璃刺入，會造成不規則狀的深口，但很少深到傷及體內主要臟器。砍剁工具，如切肉刀和砍刀，會造成可怕而鮮血四濺的大傷口。這些都屬於較易判定由何凶器所造成的傷口。

尖端較鈍的凶器，如螺絲起子或安全剪刀，會造成小而深的孔狀傷口，孔洞邊緣參差不齊，會有內出血與傷及骨頭的狀況。

有趣的是，由於骨頭是由高密度的鈣質組成的堅硬物體，它們反而比皮膚或軟組織更容易留下銳器所造成的印記。在某些情況中，光檢驗骨頭上的痕跡，就足以鑑定它是由何種凶器造成，並推斷出凶器的大小和構造。尺寸、刀鋒寬度，以及凶器刺入的深度，甚至可以非常清楚地從骨頭上的痕跡看出來，就像刺在一塊西印度輕木上般，讓我們能在解剖時精確測量。

另一個關於刀傷的重點是，傷口外觀是寬而開敞，還是緊而窄，取決於刀鋒是順著皮下的自然紋路藍格式線（cleavage lines of Langer），還是橫向切入。

幾乎每個人體的藍格式線皆同，它是循著有彈性之真皮纖維的方向所形成的天然張力線。外科醫生也對它瞭若指掌。他們知道，如果手術刀的切入方向與藍格式線平行，切口可癒合成一條緊而細的線；若有時不得已須橫切過這些藍格式線，就會留下明顯可見、和正常膚色不同、甚至形狀難看的疤。至於刑案中所見，凡是橫切過藍格式線的刀傷，都會造成開敞的傷口；而那些順著藍格式線的傷口，最多只會有一條縫。

瑪莉·傑弗森胸部的傷口一與傷口二，都是順著藍格式線，造成相對上較為平整的切口，這進一步顯示傷口為金屬製的武器所造成，可能非常鋒利，因此刀子在進出身體時，僅有最小程度的扭轉動作。

最後，她胸部兩處刺傷口的右側都比左側平整。這表示刀子可能是單刃，也可能表示凶手是左撇子，所以持刀時自然而然會將刀鋒朝內。

測量致命刀傷

我將胸部的解剖切口開得更大，進一步檢查傷口。我在傷口一發現凶手的刀子穿過位於第二條肋骨正上方的鎖骨，刺進左肺葉的上部。

在傷口二，刀子滑入第三與第四條肋骨間的左胸肌，穿過左心室，最後刺進第十枚胸椎。我發現從被害者胸部外觀來看，這兩處刀刺傷僅在表面造成少許破壞，但在體內卻對器官造成致命的創傷，足以讓瑪莉·傑弗森快速死亡，幾乎可以肯定最多只經過幾分鐘，她的生命便結束了。根據以上的檢驗結果，我能非常確定地指出死因：出血致死，更專業的說法，則為失血（exsanguination）致死。

其次，我嘗試鑑定凶器的長度。

由於犯罪現場沒發現凶器，因此我必須盡可能從刀鋒留在屍體上的痕跡去判斷。若警方偵辦時正好在草堆或某人的衣櫃抽屜找到可疑的刀子，先知道真正凶器的大小長短，將有助於比對。

根據傷口二的深度和肋骨上的痕跡，我判斷刀鋒長約十四公分，即五英寸半。不過根據傷口深度判斷刀長會有誤差。因為身體每個部位的伸縮度或彈性各不相同。比方說，腹部組織很有彈性，因此一把三英寸的刀可從腸子一直刺到脊椎骨，造成一條六英寸深的傷口。

一位訓練有素的法醫在解剖當中估算凶器長度時，必會考慮到身體組織的彈性，而做出適度的調整與增減。不過法醫偶爾也會忘了把這個變動因素算進去，因而超估凶器的長度，有時甚至會有數英寸的誤差。我過去曾碰到一些深達六至七英寸的刺傷，但結果凶器長度卻只跟一把小摺刀差不多。

刺入胸部的創傷，倒不常會出現估計錯誤的狀況。胸腔有堅硬的肋骨和胸骨支撐，因此即使被短如匕首的凶器刺中，胸部也不會往內陷。不過在某些情況下，胸廓的確會因強力的戳刺而內陷，但我所看過的這類狀況大部分發生在骨頭較軟的孩童和骨頭較脆的老人身上。而健壯的成年人擁有由堅硬肋骨組成的胸廓以及胸骨，它們就如盔甲般保護著內臟，即使遭到攻擊，也很少會一擊便斷。

重建凶殺進行順序

根據被害者胸部兩處刀傷的鑑定結果，再加上臉部具虐待意味的劃傷所顯露出來的心態，凶手在殺害傑弗森時的可能過程如下：

首先，凶手割傷瑪莉·傑弗森的臉部和膝蓋，以懲罰和折磨她。這段侵害過程大約持續五到十分鐘。在看到他的犧牲者痛苦尖叫掙扎，也覺得對她的懲罰已足夠之後，凶手便迅速朝她胸口刺兩刀，完成他的工作。

胸部兩處傷口的刺入軌跡類似，位置也很近，代表這是迅速的連續動作，並且由同一人所為。由兩人分別下手的可能性基本上可以排除。

在刀子刺入時，瑪莉·傑弗森心臟的幾條動脈被割斷，心臟也嚴重受傷。在臉部遭受刀割折磨後，我們推測，也盼望，這兩刀讓這個可憐人立刻斷氣。

從證據研判致命時刻

檢驗死者的衣物、器官和創傷。

推測凶手以如此可怕方式損毀死者臉部的意圖。

鑑定死因。

提出凶殺進行的可能過程。

最後，將這些集中在一起仔細思考前，我必須面對一個所有法醫驗屍時都須解決的大問題：被害者在哪一天，或至少在幾星期或幾個月前遭毒手？若不知道這點，要將嫌犯與犯罪現場連起來，或是要將目擊者證詞與實際狀況做比對，便會困難重重。查出被害者的死亡時間，有助於證實或推翻不在場證明。它可以排除或增列涉嫌者，查出符合的殺人方法（例如當凶手使用藥效緩慢或迅速的毒藥時）；在某些特定情況中，它能顯示死者是自殺還是遭謀殺；也可在法庭上用來支持犯案手法的相關論點；在民事案件中，它可決定保險單上的某一條款在某種死亡狀況下是否有效。死亡時間就有如房子的地基，讓調查人員得以在堅固的基礎上重建案情。

我們都已習慣看到電視劇和犯罪小說裡的法醫，皺著眉頭站在慘遭謀殺的死者屍體前，大略檢查一下，便宣稱死者是在前天，可能是下午兩點三十分左右，遭到射殺。

太厲害了！

但問題是，這只是為了戲劇效果。

在現實世界中，精確鑑定出命案被害者的死亡時間，是一項最複雜、最富挑戰性，而且是比我願意承認的還要艱難的任務。在鑑定死亡時間時，常會遇到各種阻礙：沒有目擊者，屍體被移動過，氣候、濕度和溫度的變化，證物保管欠佳或採集不全，屍體經過刻意處理或破壞

（如冷凍或以酸液溶解），以及最常見的嚴重腐敗狀況。

而讓這個任務難上加難的是，目前還是缺乏某種可靠的化驗方法，能在發現屍體的幾天之內準確鑑定出死亡時間。在這種狀況下，法醫通常很少僅使用「死亡時間」四個字；他們會寧可為自己留條退路，語帶保留地以「『估計』的死亡時間」稱之。

當然也有些命案的死亡時間是不證自明的；警方和法醫輕而易舉就能得到答案。例如，有目擊者提供命案發生的最接近時刻，或至少指明日期；被害者的屍體還未僵硬，代表死亡尚未超過六小時；或是像法醫常會拿來開玩笑的狀況（類似可能在《梅森探案》〔*Perry Mason*〕小說裡出現的情節）：凶手擊發的一顆子彈剛好打中牆上的鐘，指針正停在被害者中槍死亡的時間。

不過傑弗森命案沒出現這種好事。在法醫實驗室裡，我將盡一切力量鑑定出真正的死亡時間。這是我的職責，但無法保證一定成功。

剖析屍體腐化過程

從檢視被害者遺體和組織腐爛狀況，我初步研判瑪莉．傑弗森已死亡六至十天；不過這種猜測在法庭上是沒什麼分量的。腐化過程牽涉到許多如：溫度、濕度、死者年齡、身材、身上有無衣物等變動因素，若只憑目測估計被害者死亡時間，一個好律師可以很輕易就讓法醫的說詞顯得毫無效力。

不過，仍有一些徵象提供起碼的指引，即使不是明顯到一眼就能看出來。「分解」這個平淡中性的字眼，指的是一種令大多數人嫌惡的現實狀況：腐爛，或更精確的說：被吃。我們活著時便是各種菌叢和生物的食物來源，死後也不例外。這種在顯微鏡下可觀察到的盛宴，即腐化的過程，其實是藉助已存在於我們體內的酶發酵進行的。

例如，人體消化液中的酶，將食物分解成必要營養素。在人死之後，它仍繼續作用，不過此時酶所分解的是身體的細胞結構，尤其是胃腸道的內壁，經過相當時日便可被酶溶解，達到內爆點。在較溫暖的氣候下，真菌也能明顯促進屍體的分解。由於這種微生物需要充沛的氧氣，因此它們只在暴露於空氣中的屍體皮膚表面繁殖。放置在緊緊封住的棺材或墓穴裡的屍體，便很少發現真菌的蹤跡。

組織分解的速度快慢，取決於作用的微生物類型與數量，以及屍體所在處的天候狀況，特別是溫度。在華氏七十到一百度[1]，腐化進行得最快，溫度越低，分解速度就越慢，當溫度降到冰點以下，腐化便會停止，狀況就如那具被吊在「冰人」工業用冰庫裡的屍體一樣。

大部分存在人體內、尤其是腸道裡的細菌，在分解進行的初期便相當活躍。這些細菌在活人的體內負責重要的消化工作，當人死之後，它們便搖身變成掠食者，突破腸道的隔離，大舉進犯身體大部分的腔室。它們以驚人的速度吞食肌肉，將固態的細胞組織液化；這群大軍很快便與來自外界的微生物軍團會合。即使才死亡幾小時，屍體內部就滿是這些不計其數的食屍大隊，其中包括了大腸桿菌、鏈球菌、葡萄球菌等普遍存在的細菌。

雖然細菌大軍幾乎在人一死便開始分解屍肉，但在正常情況下，要經過二至三天後，屍體外觀才會開始顯露腐爛現象。雖然也有數不清的變數與例外，但下列順序仍不失為追蹤身體組織分解階段的有用範例。

初期：開始出現肉眼可見的初期腐敗徵象。胃部和生殖器官變成綠色或綠紅色；無論死者生前的膚色深淺，都會出現這種變色現象。

在這個階段，死者的頸部、肩部、腹股溝會浮現縱橫交錯的深藍色血管，即所謂的大理石紋（marbling）。

在這段剛開始數天的分解過程中，如果天候狀況佳且沒有動物來破壞屍體，法醫仍可估算出尚稱準確的死亡時間。根據轉成綠紅色的變色狀況以及皮膚上慢慢浮現的血管紋路，法醫即可告訴你，這個人很可能已死亡四十八到七十二小時。

早中期：綠紅色的變色現象開始蔓延至腹部、胸部和大腿，不久便會散布到幾乎全身。此時較難估算被害者已死亡多久。不過同樣的，如果天候等客觀狀況佳，法醫專家仍可從這種變色現象估算被害者已死亡約一週。

中期：當死亡一週內，屍體除了變色現象，外觀看起來尚保持原形。然而，到達死亡二至三星期的這個階段，身體變形和組織腐壞急遽加快；皮膚浮起水泡，直腸排空，肺部和胃部的液體從口鼻排出。腐化作用劇烈改變容貌，使臉部看起來有如一張猙獰的面具，也更難從死者長相辨識其身分。皮膚從紅綠色轉為紫色，最後變成黑色。細菌繁殖所製造的氣體，造成軀體和四肢膨脹，屍體外觀呈腫脹狀態。

在這個階段，屍體產生極大量的氣體，據說甚至有爆開的可能。某個未經證實的傳言曾提及，腐壞的屍體偶爾會因體內積聚過多氣體，而在棺材內爆開；據稱英國女王伊麗莎白一世的屍體便是如此。法王路易十四統治時期的朝臣與軍官聖西蒙公爵（Duc de Saint-Simon），曾在他的回憶錄中描述一位伯爵夫人的屍體在供人瞻仰遺容時，已腫脹到非常之大，最後爆開來，當場把弔唁者淋得滿身是血。較具可信度的說法是關於一九六〇年代英格蘭哈德菲爾（Huddersfield）的醫學專家掘出四十具棺材的報導。其中有幾具棺材鼓起，推測應是氣體所造成。而那些沒鼓起的鉛襯則都有腐蝕痕跡，沿著邊緣形成小洞，推測應是氣體釋出之處。

晚中期至最後階段的早期：在經過三週後，屍體開始變得越來越支離破碎。柔軟的器官，如腎臟、腦和肝臟等液化，而頭髮、指甲和皮膚脫落。有時手部和腳部的皮膚甚至會整片脫落，完整如手套般，這種現象稱之為「手套構形」（glove configuration）。

我偶爾會發現，有些手套形的脫落皮膚上，竟還保留清晰的指紋。採集指紋時，我會先戴上外科用手套，將手伸進這種手套形的脫落皮膚內，將手指印墨，捺在指紋卡上，如此便能取得一組清晰的死者指紋。

數月和數年後：即使腐爛過程仍持續進行，但如心臟和子宮等肌肉器官，多少還能保持一段時間的完整。若屍體是置於棺材或墓穴中埋葬，可能經過數年、甚至數十年，才會分解完。

然而在某些特定情況下，尤其是極乾燥的氣候，屍體的肌膚會變得很難腐爛。在撒哈拉和戈壁沙漠，偶爾可能會發現某個許久以前死亡的不幸者，屍體已木乃伊化，這是因為所處環境的氣候極乾燥，使得造成腐爛的微生物相對稀少所致。

一連串徒勞的檢驗

我必須強調，以上所列的各個腐化階段，僅為參考範例。我們實際接觸到的，通常會是腫脹、發黑的屍體，尤其是已被昆蟲和獸類取食的屍體。它們與原貌相差甚遠，光憑外觀，不僅難以鑑定身分，也很難判斷他或她的膚色、種族、甚至性別。即使我們已知那些檢驗的幫助也相當有限，但我們還是可以運用各種科學技術，盡可能查出一切，特別是死亡時間。

在解剖瑪莉．傑弗森時，我們進行了幾項標準的例行檢驗，以盡可能推估出最接近實際狀況的死亡時刻。

首先，發現她的屍體時，屍僵已緩解，因此我們知道她已死亡超過三十六小時。屍斑的位置與屍體發現時的姿勢一致，代表被害者即使曾被搬動過，也應該是在她死後一至兩小時內。這點很有意思，但沒多大用處。

人死後八至十小時左右，雙眼瞳孔會變得混濁，並一直保持數日之久，這也可以做為推算死亡時間的指標之一。但瑪莉．傑弗森顯然已經死亡不只數天了，因此這點也無關大局；更何況，被害者的雙眼已經腐爛到無法看出是否混濁了。

有時我們也會用直腸溫度計測量屍溫，大致推算出死後時段。一般人的體溫約為華氏九十八點六度[2]，在死亡的那一刻起，體溫會逐漸下降。根據經驗，在死後最初的六小時內，每小時約下降華氏一點五度。當然，天候與陳屍處的環境也會影響降溫速度。

死後十八到二十四小時，屍溫便會降到和陳屍處氣溫相同的溫度，而氣溫的轉變也會影響屍溫。因此，測量死亡未超過一天者的屍溫，有時可以估算出相當準確的死亡時間。但這個方法也不適用於瑪莉．傑弗森，因為她的屍溫早已降到和陳屍處一樣的溫度。

接下來進行眼球玻璃體鉀含量化驗。我們從死者左眼的玻璃體採取樣本，化驗其中的鉀含量。玻璃體是一種凝膠狀物質，充滿在眼球內水晶體後方。人死後，玻璃體中的鉀含量會增加到一個特定比率，因此玻璃體鉀含量化驗一度是所有測試法當中最受推崇的一項，其所估算出的死亡時間，誤差為正負五小時，對法醫病理學而言，可說是一大躍進。

但實際操作經驗和後來的研究很快便澆了眾人一頭冷水。首先，這種測試法的誤差範圍其實通常為正負十小時，而非五小時，且僅限死後第一天之內。隨著時間增長，誤差也會變得越來越大。此外，陳屍處的溫度只要有些微地升高，也會影響鉀含量指數。

其他測試法也是運用相同的原理——化驗特定的人體物質，如血糖、膽固醇、血清含鈣量、酶、腦脊液等，看它們在人死後是否增加或減少到某個特定比率——這些方法都經過實際操作驗證，但基於各種不同因素，都無法穩定可靠的鑑定死後時段，尤其若測試對象已死亡數日之久。然而，玻璃體鉀含量化驗雖然成效有限，但仍是目前各項實驗室測試技術中，我們所能用上的最佳方法。

我們從這項化驗當中，得出瑪莉・傑弗森應該已死亡至少六天以上，誤差範圍高達數日之多。這個資訊很有用，但不是絕對的。六天以上的「以上」究竟有多久？七天？十二天？二十天？

我們似乎碰到死巷了。

但接著我想起一件事。

莫忘貝傑瑞

法醫昆蟲學是一門奇妙而獨特的科學；它運用蟲子繁殖週期、產卵習性以及取食模式，來破解命案。隨著病理學家持續發現從觀察食屍甲蟲、胡蜂和蒼蠅的生死循環與習性，可獲得法醫鑑識資料，而使得法醫昆蟲學這門相對上較新的學科，在過去二、三十年來越來越受重視。

近代法醫昆蟲學鑑識的第一個已知範例，與貝傑瑞醫生（Dr. Bergeret）有關。我們僅知他的姓，他於一八五〇年在一棟寄宿公寓發現一名新生兒的屍體塞在煙囪裡的兩塊鬆動磚塊後。貝傑瑞注意到嬰兒遺體上有許多蛾的幼蟲。他靈機一動，決定採集一些樣本回實驗室培養，研究它們的成長模式。他推測，也許可以從樣本得知，它們需要多久才能長到和嬰屍上的那些幼蟲同等大小，然後就能依此回溯嬰兒的大約死亡時間。

這是因求知欲引發行動，最後竟造就出一門學科的絕佳範例。一開始，它不僅毫無前例可循，也沒有任何基礎和架構，而且通常是由一個從未因此出名，且很快就被世人遺忘的小人物所開創出來的。

不過可以確定的是，當觀察了一個完整的生命週期，得知幼蟲需花多少時間長到相當大小之後，貝傑瑞便能推算出被塞進煙囪牆裡的嬰兒死亡日期。他的研究很快就得到印證：在貝傑瑞所算出的嬰兒死亡日的那段期間，鄰近一名年輕婦人正好租住那個房間。有人知道她已懷孕，但生產後卻從沒人見過她帶著嬰兒。於是她因謀殺罪被起訴。

在法庭上，雖然嬰兒的確是那名婦人所生，但無法證明的確是她下的毒手。她辯稱嬰孩是自然死亡，因沒錢支付喪葬費，所以她才將屍體藏在煙囪裡。她最後因罪名無法成立而獲釋。究竟她有沒有殺嬰，永遠無人知道真相。

接下來的數十年，美國和歐洲的刑事偵查員對蟲類的孵化週期都有斷斷續續的研究；然而，一直到一九七〇年代以前，法醫昆蟲學的討論仍很少含括在法醫學教科書內。即使到了一九八〇年代初，大多數的醫學必修課程中，也沒有列入昆蟲學科。

半因天意、半靠運氣，我在瑪莉．傑弗森的屍體被發現、並進行解剖的那星期，剛好在一本農業期刊上讀到某品種的食肉蠅孵化模式。我很久以前便對這個主題感興趣。當我一邊閱讀，一邊思索傑弗森命案時，想起了研究成果並未完全被世人遺忘的貝傑瑞；於是我決定，或許也可運用蒼蠅的孵化週期推算出瑪莉・傑弗森的死亡日期。

在犯罪現場當時，我已從被害者臉部的傷口蒐集了許多把那位將球踢飛的仁兄嚇壞的蛆。我將其中一部分泡在酒精溶液中保存，剩下的那些活生生的蛆，則帶回實驗室。我當時只是想研究它們的生命週期，說不定某天能就這個主題寫成一篇論文，投到法醫學相關期刊。

但此時，我的興趣不再只限於學術方面。我已從昆蟲學文獻中得知，蒼蠅即使在很遠的地方，都能聞到腐肉。一旦牠們落在腐肉上，便立刻開始取食，像迷你螺旋鑽似地鑽來鑽去，直到吃飽為止。

接著雌蠅開始在屍體傷口上產卵。如果沒有傷口，它們便會將卵產在身體的各孔洞，包括眼睛、耳朵、嘴巴和鼻子。沒多久，這些卵孵化成蛆，靠它們周圍的肌肉組織為生。等長成到特定大小，便進入蛹的靜滯階段，與蝴蝶幼蟲化為蛹的過程類似。

最後，它們破蛹而出，化為成蠅，然後再尋找腐肉、取食、產卵，繼續繁衍下去。

我目前所知道的最重要資訊是，從卵變成蠅的所需天數是固定的。就像母倉鼠的懷胎期為十六天，人類則為九個月，而蒼蠅從卵到長成的所需時間也是不變的。

然而，與其反覆思考這些資料，還不如直接回實驗室培養一些蛆，每天測量牠們的尺寸，或許還簡單得多。我推想，第一天，蛆的長度為X；第二天，長度為Y，第三天，長度為Z；依此類推。

等它們長到和在瑪莉．傑弗森臉部傷口發現的蛆相同大小時，理論上，我就會得出一個明確的數字，也就是從她死亡到屍體發現中間經過的時間，誤差大約一天。這顯然值得一試。

計算天數

結果我在陳屍現場從被害者雙眼採下的蛆樣本，是屬於一種最常見又討人厭的蒼蠅：麗蠅（屬於 Caliphora 種）。

美國南方人稱這種昆蟲為藍肚蠅（bluebottle fly）或藍尾蠅（bluetail fly），也就是民謠〈藍尾蠅〉（Blue Tail Fly）所唱的，把主人的小馬叮得又跑又跳又踢、害主人摔進溝的那種蒼蠅。當你穿過樹林或野餐時，它總會不斷繞著你嗡嗡飛舞，俯衝攻擊你的雙眼和耳朵。不論你是死是活，麗蠅的唯一目的，就是要叮你一口。

在氣候溫暖的五月到十一月，麗蠅於人獸死後的幾分鐘內就會抵達，並立刻開始產卵。一般來說，其他蟲子，如食屍甲蟲或蟎，要過幾天才會到位並進攻同樣的傷口。蒼蠅，尤其是麗蠅，動作非常快。從法醫學的角度來說，若傷口裡發現麗蠅卵，代表被害者已死亡一天，最多兩天。在傑弗森命案中，屍體傷口已出現其他蟲類，因此被害者應該死亡超過兩天。這點當然早就不是新聞了。

其次，我蒐集了過去兩週的每日氣象資料。這段期間的氣候溫和，沒有溫度劇降的情形，因此在傑弗森雙眼發現的蛆，成長速度符合一般標準狀況（它們處於低溫時成長較慢）。我也得知麗蠅不會在夜間、雨天或上午產卵，而過去兩週都沒有下雨。我將這些發現一併加入之前的資料當中。

最後，我將注意力放在麗蠅從蛆到蛹、最後化為成蠅所需的確實天數。我手邊已有之前從瑪莉·傑弗森身上採集、並泡在酒精溶液中保存的蛆，可做為比對尺寸的標準；同時，我也在實驗室裡自行培養一小群麗蠅。牠們的成長紀錄如下：

麗蠅卵經過二十四小時，孵化為蛆。
第二天，蛆的長度為三到四毫米。
第三天，蛆的長度為五到六毫米。
第四天，蛆的長度為七到八毫米。
第五天，蛆的長度為十到十二毫米。
第六天，蛆的長度為十三到十四毫米。

到第六或第七天，蛆化為蛹。因此蛆在變為成蠅前，需要大約七天的成長期。

我測量之前從瑪莉·傑弗森身上採集到的蛆；它們已長到十三至十四毫米，因此已經過六天的成長期。我接著測量自己在實驗室培養的蛆，六天大的蛆也是同樣長度。

我在犯罪現場也從死者傷口採集了一些蛹；跟我所培養的活體樣本相比對，這些化為蛹的幼蟲應該已經過數天的成長期。蛆在變成蛹之前需要六至七天，然後以蛹的型態存活一到兩天。因此我在死者屍體上採集到的蛹，距離產卵時間應總共有九天左右。

我連同天氣與溫度因素一併思考分析，最後估算出一個應該能讓法醫組的每個人都滿意的死亡時間。歸納所有證據後顯示，瑪莉・傑弗森已死亡七至九天。

我們將這個結論和解剖資料一起歸檔。這樁命案如今已暫時陷於膠著，不過我們推估出來的死亡時間或許以後會派上用場。

怨言傳出

結果我們並沒有等太久。

傑弗森命案懸宕數月之後，警方偵辦人員和檢察官辦公室開始傳出不滿的雜音。負責此案的一些刑警抱怨聲特別大，尤其是珍妮絲・羅根；之前就是她提起《紐約日報》的一篇報導，才幫我們確認了瑪莉・傑弗森的身分。

羅根向她的同事表示，之前對目擊者的詢問不夠深入，沒逼他們把一切和盤托出，而且他們的描述方式也有問題，或者也不夠完整。羅根也相信，她的偵察小組正挖出嫌犯山繆爾・麥克勞犯罪的重要證據，但檢察官辦公室和地方檢察官葛里貝茲並沒有正視這點。最讓她痛心的，莫過於聽到葛里貝茲宣布，檢察官辦公室認為沒有足夠的確鑿證據可打贏官司。羅根和其他偵辦人員，甚至警察局長，都認為這個結論下得太早了。

幾個月來，她不斷纏著地方檢察官，企圖說服他重新偵辦這個案子。她堅稱，許多證據顯示麥克勞涉有重嫌，其中有些顯然足以將他定罪。雖然這些的確都是間接證據，但只要間接證據夠多，仍可以打贏官司。況且她和其他人都相信，只要檢察官辦公室同意重開調查，絕對還可以找出更多證據。

最後，羅根找上了湯瑪斯・薩吉伯（Thomas Zugibe）；他是洛克蘭郡第一助理檢察官，順帶一提，他也是我的次子。羅根安排了一個會議；在會中，她、警察局長、加上其他偵辦人員一同向薩吉伯解說他們的發現，以及對此命案處理方式的疑慮。他們將所有資料拿給湯姆看，然後問：在看到這些證據之後，依他的評估，檢察官是否可就這個案子提出告訴？

這段期間，湯姆正忙著打另一件案子的官司，因此他不太願意牽扯進去，即使他已聽說大家對傑弗森案處理方式的不滿。「起初，我並不怎麼熱中，而且也沒時間管這些。」他在那天稍晚告訴我，「因此我只是坐在那裡聽他們說。但我聽得越多，他們給我看的那些紀錄就越引起我的注意；其中包括了目擊者報告和其他那些同等重要，但必定還有一些被遺漏、忽略或誤解的資料……我越看就越覺得這確是一個可開庭審判的案子。太多足以定罪的證據了。」

第二天，湯姆便去找葛里貝茲。

他告訴葛里貝茲，這個案子，我們很有希望贏。

地方檢察官葛里貝茲在花了好幾分鐘仔細查問細節、聆聽湯姆的論點後，也越來越有興趣，最後他被說服了。「好吧，孩子，」他告訴湯姆，「既然你這麼想辦這件案子，它是你的了。」

洛克蘭郡法醫接下來和洛克蘭郡第一助理檢察官的合作，我想，大概是法醫史上少有的父子聯手破案的例子吧！

司法力量重新啟動

湯姆立刻投入工作；檢視紀錄、閱讀之前的證詞、再次詢問目擊者、造訪被害者工作的電信公司與假日飯店、推演案情、調查、督促、忙著彙整所有證據，將一切拼成清晰的場景。

經過幾星期，他得出以下案情：

在瑪莉・傑弗森失蹤的幾個月前，山繆爾・麥克勞不只騷擾她，還會盯梢。每天打十幾通電話到她辦公室和家裡，在街上跟蹤或尾隨她到超市，在奇怪的時間守在她家公寓樓下，最令人不安的是，他甚至威脅要傷害她。她的朋友們都提到，在瑪莉・傑弗森死亡的幾個星期前，她十分畏懼山繆爾・麥克勞的暴力傾向與糾纏，不得不每天繞路去上班，而且當她走在街上，只要一感覺他在附近，便會趕快找地方躲起來。

調查人員也得知，麥克勞曾攻擊瑪莉・傑弗森兩次。在一九八三年他們準備舉行婚禮的四個月前，他曾手持棒球棒，對著她的側腹打下去。她雖然沒報警，但取消了婚禮。

有人可能會納悶，為何她還繼續待在這個危險的男人身邊。不過可以確定的是，四個月後，麥克勞和傑弗森前往南卡羅萊納州（South Carolina）度假，有天早上麥克勞竟持斧頭試圖攻擊傑弗森，幸好被他們兩人的朋友攔住。在他因命案接受審判的當天，法院還有一張麥克勞傷害未遂的傳票尚未執行。

之前的調查都沒查出這些事。

瑪莉・傑弗森的兒子（之前調查時沒詢問到他）透露，他母親失蹤的前一天，麥克勞在公園堵到她，想跟她說話。根據這個十三歲男孩的說法，他母親不斷大叫，「我們已經結束了，山姆！你難道搞不懂嗎？結束了！」麥克勞的反應則令人有不祥的預感；他對瑪莉・傑弗森說：「好，如果我不能得到妳，別人也休想！」

第二天，即被害者失蹤當天，有人目睹他們倆在電信公司大樓前。當湯姆要求目睹麥克勞和傑弗森見面的電信公司員工將當時情景描述得更詳細時，他們仍表示見到麥克勞拉著前女友的手臂，兩人一起平和地離開。

湯姆希望他們示範那兩人的動作；他親自扮演其中一人。

「假設我是瑪莉・傑弗森，」他對那些員工說，「請示範那天麥克勞是如何拉著她的手臂，表演一下他帶她離開的方式。」

幾名目擊者在個別示範時，都抓起湯姆的手臂反扭到他背後緊緊抵住，然後推著他往前走，類似警員押送囚犯的方式。湯姆訝異地看出他們所示範的動作，其實具有脅迫的意味。他告訴目擊者，警察押送犯人時，常使用這種技巧。然而，口頭敘述之所以會與親身示範有落差，是因為對於雙眼所見的景象，身體本能常會比我們腦子所能想起來的，記憶得更清楚。因此當目擊者以實際的身體動作重演時，記憶就會自我調整，變得較清晰、精確。

電信公司的目擊者隨後便修改他們的說法，肯定的表示，當時瑪莉．傑弗森是遭挾持，而非「自願」地被帶離。目擊者還想起，當兩人從電信公司大樓離開後幾分鐘，曾看到麥克勞的白色林肯轎車從街上駛過；瑪莉．傑弗森坐在前座，麥克勞的一隻手臂緊緊環住她。從此，他們再也沒見到她。這些細節在之前的調查中也沒受到重視。

最後，在那天下午稍晚，假日飯店的幾名房客曾看到停車場有輛林肯轎車，外型和麥克勞的車子類似。之前警方詢問他們時，如前文所述，目擊者對汽車顏色究竟是白色還是棕黃色，以及車窗玻璃是透明還是深色的，說法不一。

為了查個究竟，湯姆提借了麥克勞被扣押的白色林肯轎車，開到假日飯店的停車場，停在那天目擊者所指稱的同一位置，然後從他們當時所住的兩間客房拍攝車子的照片。拍攝時間是在傍晚，接近房客看到林肯車開出停車場的時刻。

照片出來後，湯姆和他的調查小組很快便看出，目擊者之所以會對車子有兩種不同的描述，是因為他們於落日照在車子表面時，其所在位置的角度不同所致。照片顯示，從其中一間客房看出去，林肯車的顏色呈棕黃色或奶油色，車窗玻璃為深色。而從另一個房間看出去，落日的光線是直射在汽車上，因此林肯車的顏色呈白色，車窗則是透明的。

簡言之，目擊者看出去的角度不同，就會出現兩種不同的描述。其實兩個房間的房客看到的都是同一輛白色林肯轎車。

停車場實地調查的工作仍在進行時，湯姆無意中驚喜地發現，麥克勞的林肯車頂上有一條長長的刀刮痕跡。之前，飯店的目擊者都沒提到這點。於是湯姆找來所有目擊者，架了一張梯子，高度和角度與他們當初看到車子時大約相同。他要他們爬上梯子，俯瞰那輛車。其中一名目擊者立刻在梯頂大喊：「對，沒錯，我想起來了，我當初有看到那條刮痕！只是後來忘記了。」

那名目擊者的說法進一步證實，他當時看到的林肯車的確是嫌犯所有。不過何時及如何造成那條刮痕，可能性仍很多。但若將凶手所使用的凶器以及被害者臉部和膝蓋的刀傷一併列入考慮，車頂上的刮痕便無啻是駱駝背上的最後一根稻草。

最後一根稻草

不利麥克勞的證據越積越多，但可能仍不足以起訴他。檢方還需要一個確鑿的鐵證，能將瑪莉・傑弗森、山繆爾・麥克勞，以及她的被害時刻清楚連結在一起。畢竟，他們兩人那天下午雖然在電信公司前碰面，但麥克勞可能只是開車帶走她、威脅她，甚至對她做出人身傷害，然後就離開了，結果傑弗森在隨後幾天內卻被別人以利刃折磨並殺害。

當調查工作進行到這個階段，湯姆跑來法醫處找我，告訴我此時死亡日期對傑弗森命案是一個極重要的關鍵，若少了這項資料，地方檢察官恐怕沒有十足的把握能贏。

湯姆知道自己要的是什麼。我當初剛接下法醫職務、正缺乏幫手之際，他只要一放假，就會從大學回來幫忙我勘查犯罪現場，也參與過不下百次的解剖工作。他從經驗中得知，想透過嚴重腐爛的屍體查出確實的死亡時間有多困難。他也明瞭，光這一項資料，對破案有多大的幫助。

他問，我是否查到任何資料？任何能指出瑪莉．傑弗森被害並棄置在那片樹林裡可能已經三天、五天、或十天的資料。

她的死亡時刻，是否和有人在假日飯店停車場聽到尖叫聲的時間相符？

它是否與她八天前在電信公司前被強行帶走的日期重疊？

我如一個幫人實現願望的神燈精靈般微笑著，走到檔案櫃前，抽出一個文件夾，裡面是我的麗蠅研究。湯姆花了一分鐘將整份文件讀完，接著露出笑容……賓果！死亡七天到九天。從有人於傑弗森失蹤當日下午在紐約市看到她和麥克勞在一起，到她的屍體在納努特鎮被發現，中間正好經過了八天。

就算這點沒有直接指出凶手，但卻是一個決定性的間接證據，顯示瑪莉．傑弗森在她生命終結的那天，是與山繆爾．麥克勞在假日飯店的停車場內。

這份最接近被害者死亡時間的資料，也一併加進湯姆所蒐集的大量證據之中。現在我們手上已握有頗具說服力的確鑿證據；而地方檢察官也開始摩拳擦掌，準備起訴麥克勞。

審判

一直到開庭前，麥克勞都對自己在傑弗森失蹤當天的行蹤含糊其詞。但等他站到陪審團面前，他的失憶症突然不藥而癒，而且一口咬定，當天下午絕對沒有跟傑弗森在一起；而且兩人好幾個月前就分手了。他宣稱，分手過程很平和，後來他就沒再看到她或和她說過話。

「她失蹤時，你人在哪裡？」湯姆詢問被告席上的麥克勞。

「在大西洋城（Atlantic City）的郊區，拜訪我表姊。」

然而當電信公司員工一個個作證指出，曾在傑弗森失蹤當天看到麥克勞在他們的辦公大樓前，被告稱他去拜訪表姊的不在場說詞便不攻自破。接著他的表姊也出庭作證，描述麥克勞來訪的情形；顯然他在殺害傑弗森後，便立刻驅車趕往大西洋城。麥克勞的表現很可疑，只要電話一響，便驚跳起來，而且老是緊張地盯著窗外，像被人追殺或著了魔似的。麥克勞還不斷對他表姊說，如果有人問起，一定要堅稱他在這裡住了好幾星期。

檢方接下來又傳了好幾位證人。一名電信公司員工走下證人席，站在陪審團前，以湯姆為示範對象，表演嫌犯如何將瑪莉．傑弗森的雙手反扭到她背後，緊緊抓著。

來自康乃迪克州瓦特福（Waterford）的另一名證人告訴陪審團，她才剛到假日飯店，便聽到尖叫聲。「我拿著鑰匙，正要插進房門鑰匙孔開門時，就聽到有人大聲尖叫。」尖叫聲之大，證人說，讓她覺得聲音「穿牆而入」。她跑到窗邊，「看見一名黑人男子坐進一輛白色大轎車。」由於傍晚的光線昏暗，無法看清楚那名黑人的長相，但看得出他身材高壯微胖。當問到為何沒有立即報案，她表示當時以為那名男子是皮條客（由於林肯大陸型轎車給一般人的印象），在教訓他「旗下」的妓女，她不想牽扯進去。

飯店裡還有另一名目擊者，是來自愛荷華州錫達城（Cedar City）的業務員。他作證指稱自己也聽到尖叫聲，大得蓋過他房裡的電視聲。「我清楚聽到一名女子痛苦地喊救命。」他說道，「她喊著：『救命，拜託，救救我！』當尖叫變得更淒厲時，我非常清楚聽到這幾個字，『喔，不，喔，我的天，不要！』」

聽到這裡，他趕緊穿好衣服，跑下樓到停車場。此時，尖叫聲已經停了，但他看見一輛車開走，他馬上記下車牌號碼，轉身上樓，將紙條放進公事包。幾天後，他整理公事包時發現那張紙條。由於沒聽到任何出事的消息，因此他將紙條扔了。結果三天後，警察便來找他。

檢方又提出另一個最具毀滅性的證據。

一位洛克蘭郡罪犯鑑識局的警員告訴陪審團，他們在被告的後車箱發現一撮非裔女性的頭髮，與被害者的頭髮相同，而且也在車內的氈毯上找到血跡。由於當時還未發展出 DNA 比對法，因此無法百分之百肯定那就是來自傑弗森，不過血型相同。

重建犯罪過程

最後，湯姆告訴陪審團，傑弗森命案的可能案情總結如下：

山繆爾·麥克勞對於瑪莉·傑弗森執意分手且堅不復合，感到非常憤怒，因此等她下了班，便挾持她、強押她上他的車。

在開車前往納努特鎮的一小時車程中，瑪莉·傑弗森數次嘗試逃出麥克勞的車。為了不讓她逃跑，麥克勞可能在中途將車停在路旁，強迫她躺進後車箱，因此車蓋才會夾到她的一撮頭髮。

然後，麥克勞將他的林肯轎車開進納努特鎮的假日飯店停車場。那裡相當僻靜，似乎四下無人，而且太陽快下山了。麥克勞被憤怒蒙蔽，再加上沒有任何聰明或有警覺的人在附近，因此他認為不會有人留意到，於是便打開後車箱，折磨被害者好幾分鐘，在她躺在裡面尖叫時，數次拿刀割傷她的臉，接著刺死她。

最後，他將屍體移出後車箱，拖行大約三十英尺，到飯店後方的樹林棄屍，甚至沒想到該謹慎的將屍體藏進草叢裡。

證據有力地顯示那個十月的午後所發生的慘案經過。麥克勞直到最後都堅稱自己是無辜的，不過他仍以二級謀殺罪定讞，並被判處最高刑期，二十五年至終生監禁，後來死於獄中。

藍尾蠅飛走了

這樁命案還有一個插曲。

審判時，負責此案的檢察官湯姆，要我出庭作證。我們在庭上一起審視我的昆蟲學資料：我向陪審團解釋，如何透過對麗蠅繁衍週期的研究，推算出命案被害者的死亡時間，以及如何從實驗室培養的麗蠅活體標本，斷定瑪莉．傑弗森的被害日期。

在湯姆的質詢結束後，輪到被告律師進行交叉質詢。

我猜想，他大概被我方才出示的昆蟲學資料搞得一頭霧水，再加上多少不確定如何反駁這個怪異但頗具說服力的科學證據，於是他開始詢問我麗蠅生命週期的相關細節，以及更多技術性的資訊。但他的問題大多重複或離題。

最後他問：「薩吉伯醫生，你宣稱研究過藍尾蠅的蛹和蛆，就是那些死蒼蠅……但活蒼蠅呢？蛹變成這些蟲子之後呢？你能否解釋，如何處理那些成蠅？你是否保留了幾隻蒼蠅？」

我對這個離譜的問題感到迷惑，只好搖搖頭，表示沒有。

「那麼，我想請問，那些成蠅後來怎麼了？」

我在回答前好整以暇地想了想。

「這個嘛，」最後，我盡可能以最嚴肅的態度回答。「牠們……飛走了。」

判。

陪審團和在場的旁聽者都忍不住大笑起來，法官花了好幾分鐘才得以恢復秩序，繼續審

譯註

1. 約攝氏二十五至三十七度。
2. 攝氏三十七度

第五章

微枝末節足以定罪：布林克運鈔車搶案

◇「星期一的布林克大搶案聯邦審判，竟淪為一場政治辯論；被告跟檢方與證人爭論，為何別人眼中的銀行搶匪和殺人凶手，卻被他們視為革命義士。」

——一九八五年八月十六日的洛克蘭郡《紀事報》

進行案件偵察時，從追查罪犯到將其繩之以法（我們期望）的各階段當中，鑑識科學都佔有一席之地，大至為檢方提供讓罪犯無所遁形的鐵證，小至發掘出微小卻至關緊要的細節。

比方說，這類細節可能包括接受緊急心肺復甦術的傷者肋骨折斷，是因為天生骨質脆弱，還是救護人員施力不當導致的？被機車撞倒的女子小腿肚上縱橫交錯的擦傷，是車胎造成，還是因為傷者穿著的網襪被車輪夾到所致？鑑識結果可幫助陪審團做出判決。無數民事及刑事案件，都是由於這類細節的建立，而獲得定論。

一九八一年發生的布林克運鈔車搶案（The Brinks Robbery）中（不是一九五〇年在波士頓發生的那樁布林克運鈔車大搶案），我和其他病理醫生在開庭審判時提供的證據，雖然不足以解開所有謎團，但我們的鑑識結果為檢方起訴罪犯的工作提供了部分依據，也使得此案為美國社會史開啟新頁。從布林克搶案的來龍去脈可看出，它不只是一場導致死傷的警匪槍戰；如今，社會評論者也同意，它是美國境內有組織之恐怖分子犯罪的首例。

搶案發生在洛克蘭郡納努特鎮一個不起眼的郊區購物中心。案發當天，我和我的同事奉命解剖三名執法人員的屍體；他們是在搶案發生及搶匪脫逃時的兩次主要槍戰裡中彈身亡的。後來，我們在布林克案的幾次審判中，提供了與槍傷特徵相關的證據。此一證據，就如我前文所言，雖然並未解開所有謎團，但的確解答了幾個核心問題，同時它也顯示，光是將一個相符的鑑識證據放入案情拼圖中，對執法單位深入瞭解一樁驚人犯罪的起因與過程，有多大的幫助。

此外，布林克搶案幾次審判所披露的內情，震驚了全國。就那些對人類行為及善意如何容易轉為暴行感興趣的人來說，這些審判揭露了存在此案中的一種近似法國與俄國大革命的心理機制，即原本具有奉獻精神的理想，竟轉為冷酷的意識型態和暴君式統治，接著形成暴戾的狂熱，最終演變為對無辜者的可怕殺戮。

震天動地

布林克運鈔車搶案究竟從何時開始，很難界定。

雖然這樁震驚全國的案件發生於一九八一年十月二十日，地點在納努特購物中心（Nanuet Mall），不過一些犯罪學家認為，日期應回溯到一九七〇年三月六日，在紐約格林威治村一棟褐砂石連排公寓發生爆炸的當天，一切便展開序幕。

事情發生得很突然。街上，婦人遛著狗，男子走出家門準備去私立學校接雙胞胎女兒，清潔工人正將垃圾袋扔進垃圾車。此時，一個巨大的爆炸聲響撼動整個街區，位於西十一街十八號的公寓冒出熊熊火焰。

遛狗的婦人、準備去接女兒的男子和清潔工人，全奔逃躲避四散的瓦礫，落到街上的石塊砸爛好幾輛停在路旁的車。整排相連的公寓——演員達斯汀．霍夫曼（Dustin Hoffman）就住在其中一棟——被爆炸威力所震撼，危險地搖動著。常見於化學物引發火災中的刺鼻黑煙瀰漫全區，火舌從十一號公寓的每個窗口冒出來，就如一名旁觀者後來所描述，「駭人的熾熱火焰」。

就在大火燃燒之際，發生了一件怪異的事情。

兩名年輕女子從冒著火舌和濃煙的火場踉踉蹌蹌地逃出來，在街上茫然遊蕩。兩人全身都被濃煙燻黑，其中一人的衣服幾乎被火燒光。

住在附近的電影明星亨利．方達（Henry Fonda）的前妻蘇珊．魏吉（Susan Wager），急忙出來將這兩名生還者帶進她的褐砂石公寓，幫她們處理傷口，並讓兩人換上乾淨的衣服。依魏吉所見，她們雖然全身顫抖，流著血，但傷勢都不嚴重。當她詢問兩名女子的名字及有關爆炸的事，她們從頭到尾都保持沉默。

她們嚇壞了，魏吉猜想。

熱心的她將兩名女子留給管家照顧，又回到街上尋找其他需要幫助的倖存者。沒多久，從火場廢墟抬出另兩名年輕女子蜷縮的屍體。（第二天又發現第三具屍體，是一名年輕男性。）

半小時後，魏吉回到家。管家告訴她，那兩個女孩離開好一會兒，說要去藥局「買些急救藥品」。

蘇珊．魏吉從此沒再見到這兩人；直到幾年後，才看到她們出現在晚間新聞上。

革命來了

鮑伯・狄倫（Bob Dylan）在他最有名的其中一首歌裡唱道，當我們漫步在窮街陋巷，特別是指西十四街，它僅離西十一街七個街區，但兩邊的住戶貧富差距懸殊；你便不需要氣象播報員來告訴你今天颳的是什麼風[1]。

從這首歌推出的那年，狄倫的歌迷們便不斷沉思這段歌詞的意義，相互交換個人的獨鬥詮釋，並懷疑它和這位歌手創作的〈隨風飄逝〉（Blowing in the Wind）一曲中隱含革命意味的歌詞，究竟有多密切的關連。

一個成員中不少也是「爭取民主社會學生會」（Students for a Democratic Society, SDS）[2]成員的學生激進團體，決定自己實現歌詞中的意義，並準備付出更多代價。他們認為SDS太平和了，因此分裂出來，自行成立一個主張直接行動、武裝起義的學運組織，並根據狄倫的歌詞，將組織命名為「氣象人」（Weatherman）。

這個新成立的組織即刻發表宣言，宣示革命的來臨。他們幫助迷幻藥教主提摩・西利瑞（Timothy Leary）越獄，視教派領袖查爾斯・曼森（Charles Manson）[3]為反階級的英雄（「刺吧！」反戰激進分子及「氣象人」成員柏娜汀・杜恩（Bernadine Dohrn）告訴其中一名極端的狂熱分子：「曼森殺死了那些豬玀，然後在同一個房間吃晚餐，再將叉子刺進其中一個犧牲者的肚子。」）。

在一九六八年芝加哥舉行民主黨代表大會的「盛怒之日」（Days of Rage）期間，「氣象人」在秣市廣場（Haymarket Square）引爆一顆炸彈，炸毀人行道上的警察雕像，碎片將一名巡警的腿炸飛到附近的快速公路上；鄰近建築的上百扇窗戶和櫥窗全被爆炸威力震碎。「氣象人」的成員還積極煽動反戰示威人士，示威者和警察雙方都有人受傷，數百人被捕，結果便是喧騰一時的芝加哥七君子（Chicago Seven）大審。

最重要的是，「氣象人」認為舉著標語牌平和示威、與階級走狗對話，根本無法解決美國最緊急的社會問題。甘地（Gandhi）或馬丁・路德・金（Martin Luther King Jr.）的方式如今對他們而言，都太緩慢又無法確定有多大作用。他們堅稱，改變階級次序最有效的手段，是槍與炸彈。一九六〇年代末期，他們在哈佛大學、大企業的總部，以及政府機關策動了一連串爆炸攻擊，全都沒有抓到作案者。

由於受到之前隱姓埋名打帶跑策略成功的激勵，加上他們的爆破手法變得更為熟巧，「氣象人」成員便接著於一九七〇年三月六日，躲在西十一街的公寓地下室忙著組合引線和炸藥，準備炸毀當地轄區內的一所警察分局。

據猜測（無人知道真正原因），其中一名炸彈專家在製作時接錯線，結果把自己炸死了。至於兩名在爆炸中倖存的年輕女子，凱西・鮑汀（Kathy Boudin）和凱西・威克森（Kathy Wilkerson），都是「氣象人」成員。她們幾年前因在芝加哥民主黨大會期間攻擊警察而被起訴，後來棄保潛逃。

出於對政府體制及參與越戰的不滿，加上對美國黑人的困苦、被剝奪權利者與窮人的處境，及現實和認知上的不公義感到憤怒，以白人為主要組成分子的「氣象人」後來改名為「地下氣象人」（the Weather Underground）（為了讓名稱看起來較無性別之分），接著於一九七〇年代之初完全潛入地下。

在一九七〇年代至一九八〇年代初暗暗策劃革命的潛伏期中，他們「武裝搶奪」銀行與運鈔車，以獲取挹注其行動的百萬美元資金。他們協助惡名昭彰的恐怖分子越獄，在全國各地方建立安全據點以藏匿爆裂物、攻擊武器、警察總部大樓的藍圖、破壞發電廠的書面計畫、偽造官方文件與身分證件的精密設備，以及暗殺重要政商人士的名單。

這段時期，警方和聯邦調查局都不清楚他們的規模和意圖，也將那些攻擊與破壞當成獨立事件處理，因此一直忽略他們其實正在進行一個更縝密的恐怖陰謀。政府當局沒有察覺，以白人為主的「地下氣象人」在七〇年代正積極與其他激進團體建立聯繫，其中包括波多黎各的桑定陣線（FALN），以及新非洲共和國（the Republic of New Africa）[4]和五月十九日共軍團（May 19）。他們也和全由黑人組成的「黑人解放運動組織」（Black Liberation Movement, BLM）有特殊關係。這個從激進團體黑豹黨（Black Panther）分裂出來的組織，以在街上隨機射殺非特定警員而出名。

最後，「地下氣象人」與「黑人解放運動組織」結合，自稱「家族」（the Family）。它形成一個組織嚴密、公然以暴力為手段的政治團體，成員極度忠誠，並堅持一個目標：摧毀美國的政體、司法制度、社會階級，及生活方式的根基。

為了朝這個目標邁進，「家族」對全美宣戰。他們認為，只要能達成目的，可不擇手段，必要時，即使殺害無辜也在所不惜。這麼做，除為了獲取勝利，也希望最終能為大眾創造福祉。

他們相信，當底層民眾認同「家族」目標的正當性並共同並肩奮戰、當黑人與所有被壓迫的族群起而對抗美國官僚巨獸、當美國政府的基礎被一連串游擊行動蠶食而終至崩毀，勝利者就能在南方數州建立一個新國度。這個以「真正」的自由、平等，與和平信念為基礎的國度，將會屬於所有黑人；若那些曾參與反壓迫戰爭的白人激進人士希望來這個新國度生活，必會受到歡迎，並被視為「貴賓」。

激烈槍戰

如此野心勃勃的持久戰，自然需要一大筆資金，因此「家族」開始搶劫銀行。「地下氣象人」和「黑人解放運動組織」在一九八〇年代初期究竟搶了多少金融機構，無人能確定，但據信在紐約市布朗克斯區、紐約州弗農山莊（Mount Vernon），以及紐澤西州派拉摩斯鎮（Paramus）所發生的數起搶案，都是他們所為。

這些搶案的手法都相當精確而有效率。隨著作案次數的增加，搶匪的劫款和脫逃技巧也有所精進。數次得手，無疑增強了他們的信心，去嘗試真正夠大的目標：布林克運鈔車。事實上，「家族」早已留意好一段時間：每週二下午，就會有一輛鐵甲運鈔車停在納努特購物中心的納努特國家銀行（Nanuet National Bank）前，載運一整週的存款。

運鈔車每次都會載運數百萬現鈔。「家族」在暗地偵察時發現，當現鈔從銀行運到車上時，通常只有兩名保全人員監看，當地警察很少在場。

於是他們決定下手。

在經過反覆策劃、加上一次流產的行動（因運鈔車遲到）後，一九八一年十月二十日週二下午，一小群「家族」成員：全為三、四十歲的「黑人解放運動組織」分子，其中包括唐納・韋姆斯（Donald Weems），又名庫瓦西・巴拉貢（Kuwasi Balagoon）；山繆爾・布朗（Samuel Brown），又名所羅門・布因斯（Solomon Bouines）；賽西里歐・楚・弗格森（Cecilio "Chui" Ferguson）；山繆爾・史密斯（Samuel Smith），又名塔亞利・桑狄亞塔（Mtayari Sundiata）；連同其他幾名一直未查出身分的男子，藏在一輛紅色廂型車的車廂內。他們攜帶了一批武器，包括 M-16 快速自動步槍、九〇手槍，以及獵槍。等一切就緒，他們便直接開車前往購物中心。

由於提早抵達目標區，因此他們暫時在停車場繞行，並不時停車片刻，再開車兜圈子，同時不斷地監視目標區狀況。

下午三點五十五分，運鈔車抵達，斜停在人行道上，警衛走下車。「家族」的廂型車也靜悄悄地停在它後方。

運鈔車駕駛坐在前方駕駛座等待，而布林克的兩名保全人員喬・卓比諾（Joe Trombino）與他的搭檔彼特・佩奇（Pete Paige）慢慢走進銀行。幾分鐘後，他們便拉著放置一袋袋現款的推車出來。

正當卓比諾將錢袋裝進運鈔車，而佩奇手持自動步槍守衛之時，紅色廂型車的車門突然打開，跳出幾名頭戴滑雪面罩的蒙面持槍男子，開始掃射。

M-16步槍的子彈從不同角度射中佩奇，佩奇當場死亡。

另一搶匪手持槍管鋸短的獵槍，打中布林克運鈔車的擋風玻璃，子彈在防彈玻璃上留下一個彈孔，並險些在駕駛撲倒時射中他。早先坐在附近巴士候車站裡等候運鈔車的另一名搶匪，後來確認是唐納・韋姆斯，此時也拔出一把自動武器，加入槍戰。

另一名保全人員喬・卓比諾，在找掩護時雖然躲過一槍，但接下來的連發子彈卻射斷了他的肩膀，僅剩一小條軟骨連著他的左臂。

「我的手沒了！」卓比諾哀嚎，接著便暈了過去。

搶匪開始動手從布林克運鈔車的車廂將高達一百五十八萬五千元整的六袋美金現鈔（車廂內其實還有一百萬美金，但搶匪漏掉了）扔進紅色廂型車，最後在輪胎的尖銳摩擦聲中絕塵而去，差點撞倒被案發過程嚇呆的目擊路人。

整個搶劫過程從開始到結束，不到四分鐘。

目擊者

離納努特購物中心一英里處，二十歲的大學生珊卓・托傑森（Sandra Torgerson）正在家做學校作業。

她從窗子可看見已歇業的柯維茲（Korvette's）百貨連鎖商場和它面積大如美式足球場的停車場。這家連鎖商場是今日郊區常見的廉價百貨大賣場的早期版，剛倒閉沒多久，停車場也開始長出雜草。

廢棄的停車場內，有輛貨運卡車不顯眼地停在角落。正在做作業的托傑森無意間望向窗外，注意到一輛紅色廂型車和一輛黃色本田（Honda）轎車駛進停車場，一直開到那輛貨運卡車旁才停下。接著，幾名手持步槍、衣服染血的黑人，從紅色廂型車跳下，從車廂搬出好幾個看似很重的綠色袋子，裝進貨運卡車和本田轎車上。托傑森感覺到一定發生了什麼可怕的事。

那群人的動作非常迅速有效率。

他們幾分鐘就完成工作，開著兩輛載著袋子的車快速駛離停車場。

托傑森打電話向當地警局報案。

「是一輛黃色本田小轎車和一輛貨運卡車，」她告訴警方，「他們往右轉，可能上了三〇四號公路。朝到府洗車服務公司的方向走。可能是一輛本田雅歌（Accord）。」

這個訊息立刻傳送到洛克蘭郡所有警察單位，全國警察也提高警戒，而珊卓．托傑森則回去做她的作業。

關於托傑森的報案以及這個美國史上重要的五分鐘，曾有一個有趣的假設。倘若那個年輕學生沒向警方通報那群人在停車場的可疑形跡，藏在貨運卡車內的搶匪很可能如他們之前犯下的多起案件般，消失在迷霧中。

歷史，與法醫鑑識及命案偵辦過程一樣，即使是最微小的細節，也可能影響大局。

血泊裡的兩個人

當珊卓．托傑森打電話報警的同時，逃逸的兩輛車正以一般的行車速度，行駛在五十九號公路上；這是一條繁忙的郊區快速道路，可通往開上紐約州高速公路的交流道。

警方猜測兩輛逃逸的車子可能會朝這個方向來，因此在靠近紐約州高速公路匝道的五十九號公路及山景大道（Mountainview Avenue）交叉口設置主要路障。奈亞克警方所屬的四名警察坐在巡邏車內，等待符合警用無線電所描述的車輛：一輛貨運卡車及一輛黃色本田轎車（可能是本田雅歌）。

其中一名警員，四十五歲的韋弗利．奇普．布朗（Waverly "Chipper" Brown），是奈亞克警界具有十三年經驗的老手，也是唯一的非裔美國人。他常關切鎮上的少年犯和輟學生，而備受鄰里讚揚。他已婚，育有兩個女兒，並計畫不久後退休，遷居維琴尼亞州。

另一名警察，三十三歲的艾德．歐葛拉帝（Ed O'Grady）巡佐，曾為陸戰隊員，打過越戰。一邊在大學修課的他，就快達成此生心願，取得刑事司法學士學位。他已婚並有三個年幼的孩子。

同時在路口戒備的，還有刑警亞提．基南（Artie Keenan）以及坐在巡邏車駕駛座上的警員布萊恩．藍儂（Brian Lennon）。警察們密切留意著行經車輛；大家神經緊繃地等了數分鐘，其中一名警員終於發現有輛貨運卡車正朝他們駛來。那輛紅銀色相間的卡車由一名白人青年駕駛，旁邊坐了一個年輕貌美的白人女子。

警察示意要他們將車停到路旁。卡車停住後，女子跳下車。當發覺警察全舉槍對著她時，她顯得很害怕，高舉雙手哀聲表示，她和丈夫只是安分守己的普通人。「拜託，這是怎麼一回事？」她大叫，「你們能不能把槍放下？」

貨運卡車的駕駛此時也跳下車，規規矩矩地站在車旁。

警察們知道納努特購物中心搶案的搶匪是黑人，加上對年輕女子的哀求心軟，便鬆懈下來。「把槍放下，」歐葛拉帝巡佐說，「我想他們不是。」

但警員基南沒那麼確定，他想檢查一下。

「我當時只是想知道裡面是什麼。」他在最近的一次訪談中表示，「當我試著拉開貨櫃門，卻打不開。我猜他們從裡面拉住了，因為門內有個可往上拉的把手。」

基南用力拍門，但沒有回應。

「我叫站在前方巡邏車旁的歐葛拉帝過來。但在他還沒來得及回答，大家也還沒反應過來前，貨櫃門便猛然打開，跳出那群人！」

那群人共有六個，全部手持重裝武器，如霹靂小組般從卡車內跳出來，立即開火。但在混戰當中，逃犯們很快便忘了所受過的軍事訓練，開始胡亂掃射。（槍戰過後，竟然在街道數百碼外的一座加油機上發現數十個彈孔。）

警員韋弗利．布朗首先中槍身亡。他被M-16步槍掃射，其中一顆子彈擊破他的主動脈，接著又被一顆九〇手槍的子彈直接射中。

接著，站在貨運車另一邊的警員基南也中彈了，子彈擊傷他的腿部和側腹。他先倒在地上裝死，然後趁隙滾到路旁一棵松樹後，開始反擊。

警官歐葛拉帝從警車內朝外射擊，一槍打中一名搶匪。對方晃了晃，但沒有倒下，後來才知道他穿了防彈衣。

槍戰持續進行。路人四散奔逃，呼嘯的子彈彈跳到附近的路標和牆上；瞬間，尖叫、鮮血、警笛聲和警用無線電調度員的瘋狂呼叫聲夾雜在一起，而三名仍活著的警察被密集的槍火壓制，根本無法回應。

槍戰中，警員歐葛拉帝的點三五七手槍子彈用完，正要裝彈，就被M-16步槍連發掃射，整個人飛撞到車門上。他仍活著，但子彈射中身體幾個重要部位，立刻陷入昏迷；不到兩小時後，他死在奈亞克醫院（Nyack Hospital）的手術檯上。

最後一個未受傷的警員：巡邏警察藍儂，此時立刻成為來自數個角度的自動武器火力的標靶，身在警車內的他只能坐以待斃。歐葛拉帝血淋淋的身體緊緊抵住前方乘客座的車門，將藍儂唯一的逃生出口堵死。他只能無助地眼看搶匪退進貨運卡車內，發動車子，直接朝他的警車加速衝過來。藍儂在絕望中開了幾次槍，使得貨櫃卡車急速偏向，但這還不夠。貨櫃卡車斜撞上巡邏車，玻璃與鐵片四處飛濺，並撞傷了藍儂警員。

此時，現場有如血腥的屠場。搶匪顯然察覺到後援警力很快便會抵達，於是倉皇離開。其中一名搶匪攔下一輛 BMW 轎車，將兩名婦人從前座拖出來，其中一人已八十一歲高齡；搶匪一腳把她們踹到人行道，開車離去。另外幾名搶匪擠進黃色本田轎車的後座，剩下的人則一起跳進貨運卡車，加速逃逸。

但那群搶匪漏掉一個人，就是那個原本坐在貨運卡車前座、試圖勸阻警察搜車的白人女子。她站在五十九號公路正中央的分隔線上，發覺自己被同夥拋棄，警笛聲也越來越接近，於是她驚慌地閃避疾駛的車流，衝過高速公路，逃進馬路另一邊的樹叢。

就在此時，一名剛下班的紐約市監獄看守員麥可．科赫（Michael Koch）正開車經過紐約州高速公路的交流道入口，目睹了那場槍戰。

他也注意到有名女子穿越一旁的高速公路，倉皇逃離。科赫猜想她一定跟那場混戰脫不了關係，便將車子彎到槍戰現場，跳下車子，閃避行經的車輛，追了過去。最後他追上那名女子，抓住她。

「是他開槍射他的，我沒打他，是他幹的！」女子驚惶地大喊。

科赫把又踢又叫的她拖回現場。而受了傷且虛弱得快暈過去的警員藍儂，也已用無線電請求支援。

警方很快便查出那名年輕女子是凱西．鮑汀，正是西十一街爆炸事件的生還者之一，同時也因當年芝加哥民主黨代表大會期間的暴力事件被通緝，如今則是這件紐約州史上最血腥的犯罪攻擊事件之一的共犯。

至於貨運卡車的駕駛，大衛．吉伯特（David Gilbert），是「地下氣象人」的首腦，而且是凱西．鮑汀的男友。槍戰停止時，他匆忙與其他同夥一同逃走，留情人獨自困在現場。不過很快地，他也被捕了。

跳過兩年

槍戰後，追捕行動立刻展開，但狡猾的搶匪似乎躲得無影無蹤。最後警方終於逮到幾個主犯（有幾人則銷聲匿跡，到今天都沒查出身分）。不過布林克運鈔車搶案後的幾個月內所發生的事件，則又是另一回事，與此案的法醫鑑識調查並無直接關連。

一九八二年一月，聯邦調查局查出唐納・韋姆斯，又名庫瓦西・巴拉貢，躲在布朗克斯區。而凱西・鮑汀早已被捕，另一名「地下氣象人」成員朱迪絲・克拉克（Judith Clark）不久也跟著落網，其他「地下氣象人」和相關激進團體成員也遭逮捕，當中幾人後來因相關的其他獨立案件受到審判。

案發後，我在法醫處解剖遭槍殺的兩名警察和一位保全人員的屍體，尋找證據，查出究竟是哪個嫌犯奪走他們的生命。

我和組員於一九八一年十月二十日搶案發生當天，進行解剖工作。鑑識結果付印並呈交地方檢察官和相關的調查人員，供他們參考研究。但這些解剖鑑識結果，直到一九八三年首次開庭審判布林克運鈔車搶匪時，才真正派上用場。

聆聽審判實況

等待許久的審判，終於在離曼哈頓數小時車程的紐約州高盛鎮（Goshen）法院舉行；被告為朱迪絲・克拉克、凱西・鮑汀、唐納・韋姆斯，以及大衛・吉伯特（凱西・鮑汀的男友與貨運卡車駕駛）。

他們放棄聘請律師的權利，而選擇親自為自己辯護；其中三名被起訴的「家族」成員抓住每一個機會，譴責法庭、司法制度和美國政府。所有被告在庭上高喊反帝國主義的口號，奚落證人，最後還大步踏出法庭，宣稱既然美國政府是非法的統治集團，因此審判不具效力。「我們在作戰，而且也不在乎法律、判決或刑罰！」其中一名被告大喊，「我們會繼續為自由奮戰！」

他們發表這種挑釁言論的用意，就是要它傳遍全國各地，煽動大眾起而革命。但事實上，它卻有如一記警鐘，讓大眾恍然警覺，布林克運鈔車搶案只不過是全美各地激進團體祕密策劃之龐大陰謀的冰山一角。這些組織有時共同合作，有時各自進行，其目的就是要以暴力顛覆美國政府，而且只要有任何人事物阻礙他們的行動，一律加以殺害或摧毀。這個發生在美國平凡小鎮購物中心內的銀行搶案，其實揭示了美國境內恐怖主義活動的開端。

在布林克運鈔車搶案的第一次審判，法院傳喚我出庭作證，提供關於布林克保全人員和兩名警察屍體的解剖發現，以及他們被何種武器殺害的法醫見解。

為了讓讀者瞭解在這類司法審判裡，針對法醫專家的交互詰問如何進行，以及細微的法醫觀察所得如何影響陪審團的判決，我們不妨一起回到一九八三年八月中旬審判舉行的法庭現場，聆聽實況。

洛克蘭郡首席地方檢察官和我在高盛鎮法院庭上的實際對話如下；較無關的部分已刪除：

檢察官：醫生，在您的執業生涯中，總共進行過多少次解剖？

薩吉伯醫生：這個嘛，我親自操刀或協助將近一萬次的解剖工作。

檢察官：據您所言，您是具有專業認證的法醫病理醫生，確實如此嗎？

薩吉伯醫生：沒錯。

檢察官：請注意我接下來提出的問題：一位名為彼得．佩吉的死者屍體，是否由您解剖的？

薩吉伯醫生：是，是我做的解剖。

檢察官：您第一次檢驗布林克保全人員彼得．佩吉的屍體，是在何時？

薩吉伯醫生：我是在前往納努特鎮購物中心的案發現場時，首次檢視他的屍體。

檢察官：在您第一次檢視他的屍體時，情況如何？

薩吉伯醫生：嗯，他仰臥著，而且，當然，他那時已經死亡；他的死亡時間，嗯，估計大約在我驗屍的兩小時前。

檢察官：可否請您告訴我們您的解剖發現？

薩吉伯醫生：可以。解剖發現是這樣的：我們在被害者的頸根左側發現一個傷口，創傷破壞了他頸子下段的肌肉，即頸闊肌和斜角肌。第一塊鎖骨的三分之一不見了，應該是被炸掉，因而在皮下造成一個表面看不出來的大洞。

檢察官：請繼續。

薩吉伯醫生：鎖骨下動脈，也就是從心臟彎到右手臂的動脈，少了一塊，實際上是那條動脈的前段少了一塊。而頸動脈斷成兩截，前段也少了一大塊組織。

檢察官：醫生，請解釋何為頸動脈？

薩吉伯醫生：它是將血液從心臟運送到腦部的主要動脈，通過頸部。上面少了一塊組織。此外，氣管處的前兩塊軟骨中央有個大洞；聲帶和喉嚨遭破壞。胸腔右側的第一至第五根肋骨也碎了。

檢察官：還有其他發現嗎？

薩吉伯醫生：在右腿膝蓋上方有一個子彈射入孔。但奇怪的是，子彈在褲子相對位置造成的洞和一般彈孔大小相同，但在皮下，我們發現一個相當大的圓形傷口。換句話說，子彈射入腿中，打碎大腿骨，即大腿的主幹，然後從大腿後射出，造成一個很大很大的子彈射出口，約為射入口的三倍大。

高速子彈傷口剖析

檢察官問到這裡，便要我詳細解釋那種創傷是如何造成的：子彈造成了一個圓形的小射入孔，但怎麼會在皮下造成一個大而深的創傷？

我回答，在布林克保全人員彼得．佩吉身上發現的傷口，是由快速步槍所射出的軟彈頭子彈所造成的。

高速子彈的速度為每秒一千兩百至三千英尺。放大來說，就像一顆高速飛彈，能在一秒鐘飛越十個美式足球場。發射這類快速子彈的武器，包括自動手槍和軍用步槍。另一方面，從左輪手槍等慢速武器射出的子彈，從槍口到目標的速度約為每秒六百英尺。

值得一提的是，快速的攻擊性武器，是運用氣體直推方式，將子彈推進空槍膛，每次發射後自動退彈。就法醫學來說，這是一個很重要的特點；因為自動武器的彈殼常會遺留在犯罪現場。開槍者通常沒時間或沒想到要將它們全找出來帶走，亦或是開槍者根本不在乎會留下彈殼，就如布林克運鈔車搶匪一般。

另一方面，左輪手槍發射子彈後，彈殼並不會退出，它會留在彈巢，直到有人以手動方式將它退出。對一個「有意」以槍枝犯罪的人而言，左輪手槍能避免留下可成為追查線索的彈殼，因此被捕的風險會比自動武器低。

當我在庭上指出，布林克運鈔車搶案中使用的快速武器所發射的子彈，是相當特殊的一種，它的彈殼非常軟。

地方檢察官問到那種彈殼的特殊之處。

我解釋，大部分子彈都有堅硬的銅製彈頭外層。當射擊一個人時，這類子彈會直接通過身體，不會在體內造成大量撕裂傷。

但軟頭子彈並沒有一層銅製彈頭外層，當它從快速自動武器發射出來時，速度極快。當這類彈頭射擊到薄軟的物體，例如人身上穿的衣服，會直接射穿，留下一個比子彈本身大不了多少的彈孔。但當這種軟頭子彈射入人的身體，一旦打到堅硬的組織或骨頭，便會立刻爆開，破壞力相當大，並會形成我們所謂的「火星狀」模式，炸成數百個小碎片，直接在皮下撕開一個大傷口，而且經常是在身體內部。

我補充說明，在預謀的犯罪攻擊中，凶手通常有意盡可能造成最大傷害，因此常使用填裝這類子彈的攻擊武器。

地方檢察官要我進一步說明。

我繼續說道，遭這種軟頭子彈攻擊的被害者，即使中槍位置不在胸部或頸部，傷勢仍會相當嚴重，範圍也很大。就算只是大腿被射中一槍，也可能毀掉整條腿。

我告訴檢察官，正是這種高速、軟頭、會爆開的子彈，造成了彼得．佩吉屍體皮下的大傷口，而且還將喬．卓比諾的左手臂炸斷。

我提供了佩吉屍體解剖的證詞之後，檢察官的提問重點轉到警員韋弗利．布朗的解剖上。當陪審團看過幾張在解剖布朗警員屍體時所拍的放大照片，檢察官問我，這個解剖工作是不是我執行的。

我的答案是肯定的。

檢察官：醫生，可否請您告訴我們（韋弗利．布朗的）解剖結果為何？

薩吉伯醫生：可以。首先，子彈從腋下射入，通過胸肌：即胸部最主要的肌肉（我指著照片）。它在通過這個區域時爆炸，造成一個極大的傷口，並打碎此區域的五根肋骨，留下一個很大很大的洞。從那五根肋骨和大洞，可看出子彈強大的破壞力。

檢察官：還有其他傷口嗎？

薩吉伯醫生：從手臂後面射入的子彈，穿過肱三頭肌進入胸腔，破壞上下肺葉，再進入包覆心臟的心包囊，切斷了主動脈。它是人體內最大的動脈，連接心臟，旁邊則是肺動脈。這個創傷造成胸腔內部的大出血。

檢察官：別的傷口呢？

薩吉伯醫生：接著，我們解剖腿部。從彈道發現，他是以俯臥的姿勢，被人從上往下射擊的。有人站在他的雙腳旁射擊他，子彈以大角度穿過腿後筋到臀部。我們在那裡找到子彈，是一顆九釐米口徑的子彈，就在迴腸彎處的下方，即相當於臀部的隆起處。

檢察官：您可否判定造成布朗警員創傷的子彈類型？

薩吉伯醫生：可以。它和我之前說明彼得·佩吉解剖結果時提到的子彈類型相同。

檢察官：您解剖布朗警員時，是否在他體內找到任何子彈或子彈碎片？

薩吉伯醫生：有的。

檢察官：是哪種子彈或子彈碎片？

薩吉伯醫生：我在他的胸腔找到五個子彈碎片，也在他的臀部內發現一顆變形的九釐米子彈。

檢察官：除了您發現的那顆變形的九釐米子彈外，你可否就他身體的其他創傷，判定它們是由何種武器造成的？

薩吉伯醫生：除了那顆九釐米子彈造成的臀部傷口外，其他在他腋下發現的兩處傷口，都是由強力、快速的步槍子彈造成的。

微枝末節足以定罪

這些證詞看起來只不過是陳述科學事實，並沒有指出下手殺人的是哪個特定的被告；它似乎僅單純陳述兩名執法人員，在案發當天因槍枝子彈重創其體內器官而死。但事實上，陪審團因此得以慎重考量法醫提供的許多重要證據，而做出判決。

例如，法醫的鑑識結果明指搶匪使用的殺人武器類型，讓檢方斷定殺害佩吉與布朗的軟頭子彈只可能是由M-16步槍發射出來的。而目擊證人指稱，搶案發生時，只有兩名搶匪是使用M-16步槍，其中一人為唐納．韋姆斯，即出席高盛鎮法院審判的被告之一。目擊證人也指認出另一名使用M-16步槍的搶匪是山繆爾．布朗。在高盛鎮法院舉行的審判並未將他列入被告；但沒多久他便會在威契斯特郡（Westchester County）的法院面對檢方的控訴。我在他的審判中，也針對搶案所使用的子彈及其所導致的創傷類型，提供相同的鑑識證據。

當布朗被喚上證人席時，他拙劣地企圖反駁這項證據，並向陪審團堅稱，他是誤上了貨運卡車，而且槍戰開始時，他正巧睡著了。但好幾位目擊證人指證他就是在搶案現場和高速公路交流道旁持自動武器射擊的歹徒之一。

簡言之，看似只是附帶提出的鑑識結果，即關於子彈射入與射出人體造成的創傷，以及武器和子彈類型的法醫資料，讓真正殺了人的兩名布林克運鈔車搶匪受到應得的法律制裁。

彈道分析結果加上目擊證人的指證歷歷，使得這兩名搶匪終於被定罪，並判處相當於終身監禁的漫長徒刑。山繆爾．布朗於一九八六年因愛滋病死於獄中。

諷刺的後記

大衛．吉伯特與凱西．鮑汀於同一天在高盛鎮法院的審判中被定罪。移送服刑前，他們獲准在橘郡（Orange County）監獄成婚。

吉伯特被判七十五年徒刑，在紐約上州的艾提卡監獄（Attica Prison）服刑。他為最近某本有關美國激進運動的書籍所寫的一篇文章裡提到，他仍信奉個人的革命理想，而且對自己在導致三名無辜者死亡的事件中扮演的角色毫不後悔。

鮑汀也被判處相當長的刑期，但經過積極辯護和媒體的喧騰報導後，鮑汀在六十歲時，即二〇〇三年夏，獲得假釋。直到今天，警察以及布林克搶案被害者家屬仍持續抗議這個假釋判決。

然而，整起案件的後記中，最令人難過的是喬．卓比諾的遭遇。他就是在納努特的布林克運鈔車搶案中，被搶匪打爛手臂的那名布林克保全人員。

搶案發生時，喬．卓比諾四十七歲；他歷經了三次外科手術及無數痛苦的療程，終於保住左手臂。經過兩年的復健，他已能回去繼續擔任布林克的武裝保全人員。他很高興有第二次機會。

「他都已經做了這麼久，」他的妻子珍（Jean）表示，「久到他似乎不知道自己還能做什麼別的工作。」

後來，在二○○一年夏末一個陽光明豔的晴朗早晨，已六十八歲仍為布林克保全公司工作的喬．卓比諾，依然老當益壯，正將車子停在曼哈頓一棟超高大樓前的人行道，準備上十一樓取貨。

他大約在早上九點鐘進入大樓，沒多久，牆壁便開始搖晃，高樓消防灑水器也噴出水來。卓比諾趕緊找了一具公用電話，打到布林克保全的調度中心，但電話突然斷線。

幾分鐘後，他所在的雙子星世貿大樓整個倒塌。

那天是九月十一日。

譯註

1. 出自狄倫的歌曲「暗自思鄉的藍調」（Subterranean Homesick Blues）。
2. 爭取民主社會學生會（Students for a Democratic Society, SDS）：原衍生自新左派組織「工業民主聯盟」（League for Industrial Democracy, LID），一九六一年成立，是六〇年代重要的學運組織之一，後來轉變成激進的學生組織。
3. 查爾斯·曼森（Charles Manson）：於六〇年代自創教派，稱之為「家族」（Manson Family），犯下數起謀殺案，其中最著名的是殺害導演羅曼·波蘭斯基的妻子莎朗·塔特（Sharon Tate）和其四名友人的案子。
4. 新非洲共和國（the Republic of New Africa）：於一九六〇年代在美國密西西比州成立的黑人民族主義團體。

第六章

金錢、香菸與透露祕密的鞋子：加油站命案調查

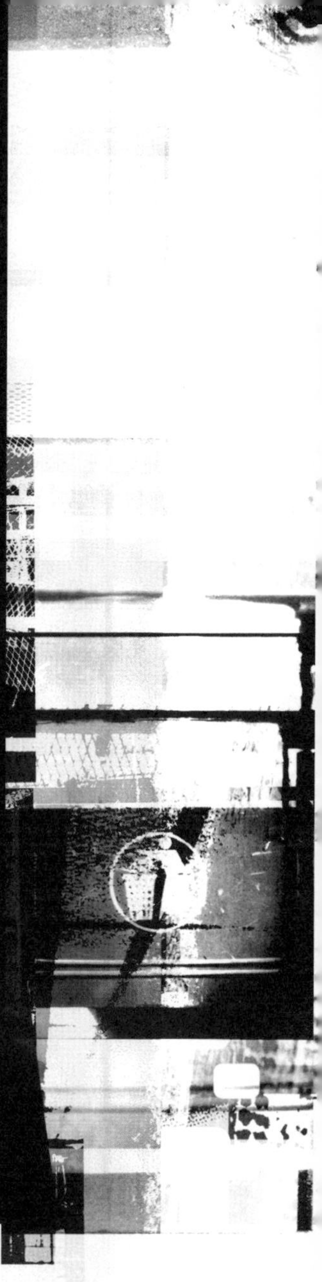

◇「金錢與香菸竟比人命還有價值，這實在太可怕、太令人不齒了。」

——被害者的室友亞克蘭・穆罕默德（Akram Mohammed）

地獄加油站

一九九二年三月三日清晨六點鐘。

一名開車路過的男子，停在紐約州珍珠河城（Pearl River）太陽石油天景加油站（Sunoco Skyview Service Center）加油。他加完油，打算付錢，卻沒看到服務人員。這個加油站彷彿空無一人。

在清晨黯淡的光線下，男子經過其中一個敞開的車庫。他走進陰暗的車庫，立刻被刺鼻的汽油與化學物臭味薰得受不了。他四處張望，接著，他呆住了。

在架著一輛商旅車的升降機旁，三十九歲的加油站服務人員臉朝上倒在水泥地的血泊中，呈大字形的屍體傷痕累累。

男子馬上奔到電話亭打九一一報警。警察和攝影師沒多久便抵達現場；我和我的組員在幾分鐘後也趕到了。我們將犯罪現場封鎖，警察也開始驅離早晨開車前來加油的民眾。但其中一人仍將車停在加油站前，憤怒地下車推開封鎖現場的警察，並咒罵一名巡警，一邊大嚷著說他的車沒油了，如果不加油，上班就會遲到。警察立刻以擅自闖越警察封鎖線與妨害安寧的罪名逮捕他。

此刻約為早晨七點鐘。一進車庫，刺鼻的化學物氣味便撲了上來。我蹲下來檢查被害者；

屍體還未僵硬。人死後二到四小時，屍體才會開始變硬，因此他死亡應該不超過四小時。屍體的一部分仍有餘溫，有些滲出傷口的血液也還沒凝結。我估計他可能在三小時前，即清晨四點鐘左右，遭攻擊並殺害。

我也發現這個可憐人身上傷痕累累，不可能全都在此一現場遭攻擊造成的。最顯而易見的是他胸前一處大而深的傷口，可能是某種利器刺入所致；此外，胸部還有兩道明顯的刺傷，另一處傷口則位於頸部。

被害者的身軀似乎曾數度遭人用棍棒毆打；下頜碎裂，而臉部的多處小戳傷，使其容貌呈現詭異的模樣。他的顱骨碎裂，實際上是凹陷進去，我們懷疑是被垃圾桶蓋砸的。他的嘴巴張得大大，可看出有好幾顆牙齒被打落；臉部、頭髮、耳朵和頸部都沾滿油污、未乾的血及凝結的血塊。由於他的臉上布滿瘀血、鞭打痕跡，和各種黏稠的污物，因此難以辨認其長相。從傷口滲出的半乾血水，如紅色的細線般流入車庫水泥地的排水孔。

被害男子的雙眼似乎被某種腐蝕性化學藥劑灼傷並沾黏住，眼瞼邊緣的肌肉有腐蝕現象。臉部皮膚呈紅色，且有腐蝕所造成的焦黑痕跡。我一進車庫便聞到的化學物刺鼻氣味，想必就是他臉上散發出來的。

我後來才曉得，這麼多大大小小的創傷，全只是為了一卷二十五分錢硬幣、兩個打火機、死者口袋裡的五十塊美金，以及四包香菸。加油站的其他現金都鎖在營業處的保險箱內，沒有被動過的跡象。

一具屍體上竟有如此多傷口與毆打痕跡，實在不尋常。我覺得，凶手很可能在被害者死後仍不斷刺他、毆打他。整個現場看起來，像是有虐待傾向的業餘搶匪的拙劣之作。

第二天，一位曾親臨犯罪現場的記者寫道：「洛克蘭郡法醫斐德列克・薩吉伯在今日表示，『死者的整個頭部，像一只掉到地上砸碎的蛋。死者的雙眼沾黏緊閉，而且角膜遭強酸之類的物質腐蝕。』據薩吉伯醫生所言，『這是我所見過被打得最慘的死者，也是最凶殘無情的殺人手法。』」

非常沉默寡言的人

這是從我擔任法醫以來，所見過最殘忍的殺人方式。當站在陰暗的加油站內俯視那具曾是活生生的人的屍體時，我瞬間覺得自己可能選錯行了。

但接著又想到，我們在法醫病理學上所做的一切是必要的。我有明確的目標，就是要幫助警方查出究竟是誰犯下如此毫無人性的惡行。

檢查屍體後，我便開始勘查現場環境。它的狀況反映出凶手的野蠻。置物架和櫃檯散滿碎玻璃，血跡和油污濺到牆上。被害者染血的外套和毛衣胡亂堆在木製工作檯上。屍體旁有具氣動聯軸器，上面連著一小條橡皮管，附近有根斷裂的粗掃帚柄和一塊鋸齒狀的碎片。靠近死者頭部的地上有個白色小鐵罐，仍不時滴出少許散發強烈化學物臭味的液體。地上有斷齒和一些毛髮，原本放在置物架上盒盒罐罐的汽車百貨商品全被掃下來，散落在桌椅上。收銀機的抽屜被笨拙地撬開，金額顯示幕也砸爛了。

我們研判，死者應該是在營業處遭攻擊並殺害，然後屍體被拖行十二英尺，棄置於和營業處相連的車庫。

從現場遺留的混亂狀況也顯示，這名身材矮小粗壯的加油站服務員，在被毆打和刺殺前，曾奮力抵抗歹徒。我們後來從被害者的同事口中得知，他名叫利亞奎．阿里（Liaquat Ali），是原籍巴基斯坦的移民，和幾個朋友同住在附近的春谷鎮（Spring Valley）。

阿里在大約一年前為逃避政治迫害而來到美國；但他的妻子和兒女還留在巴基斯坦。他的同事告訴我們，阿里為了養活家鄉的親人，接了兩份工作；除了白天的工作之外，夜間還來天景加油站兼差。

「他非常沉默寡言，」利亞奎．阿里的表弟告訴記者，「從沒對人大呼小叫過。他還考慮不久後返鄉探望家人。」

兩名嫌犯

我和我的組員立刻動手在現場搜尋線索、採集證物，並在移動屍體前，完成整個加油站現場的拍照工作。我們也將死者的雙手和雙腳套上紙袋，以免接觸到外來物（例如其他人的手）。

我們將死者以及在屍體附近所找到各種可能做為武器的物品，一併帶回法醫處，以供法醫實驗室檢驗上面是否留有血跡、指紋、毛髮、化學物，以及死者或凶手遺留的其他痕跡。這些物品包括了氣動聯軸器和橡皮管、幾個空塑膠桶、一段在死者頭部底下發現的電線，以及斷裂的掃帚柄和它斷掉的部分。每樣物品都放入塑膠袋並標明清楚，以供檢驗。

當我們回到辦公室準備進行解剖，地方檢察官辦公室打電話通知我，一群可疑份子已被帶到警局訊問，警方鎖定了兩名最可能犯下此命案的嫌犯。

第一個嫌犯名叫麥可．摩爾（Michael Moore），二十五歲，在指控他涉嫌犯下二級謀殺罪和一級搶劫罪時突然情緒崩潰。當問他為何大哭，他宣稱自己頭疼得太厲害。摩爾去年秋天曾被控非法持有武器，案子目前仍在春谷鎮法院候決。

第二個嫌犯名叫雷蒙．納瓦羅（Raymond Navarro），在聽到同樣的指控時，倒很奇怪地沒顯露任何情緒。他們都有前科，也有吸食毒品的習慣，而且兩人是朋友。我們推測，搶劫的動機是為了籌錢買毒品。

警方調查時發現，納瓦羅七個月前曾在天景加油站工作。他對加油站的交班時間和整個環境相當熟悉，也認識阿里。

有人於命案發生當晚看到摩爾和納瓦羅在天景加油站附近。我們也得知，納瓦羅在幾年前曾被判二級竊盜罪，再前一年則曾被判騷擾罪。

這兩名嫌犯被移送到洛克蘭郡拘留所拘留，不得交保。

在目前的偵察初期，尚無確鑿的證據可起訴他們之中任何一人。在比對過他們的毛髮、指紋、血液，以及可能與被害者有所連結的其他證物，都沒有顯示他們涉案，而他們的衣服上也沒有任何與命案相關的血跡或污漬。

兩人也都提出不在場證明，雖然很薄弱。他們都沒有殺死利亞奎・阿里的明顯動機，尤其是以如此凶殘的方式。在搜索嫌犯所住的公寓時，也沒有發現屬於被害者的物品。雖然納瓦羅與阿里相識，不過似乎只是點頭之交。最後，雖然兩名嫌犯都吸毒，但他們的住處並未找到毒品。若要證明這樁命案是納瓦羅與摩爾所為，就必須靠法醫鑑識技巧找出明確的證據。

提訊時，兩人都宣稱自己無罪。

擬定鑑識步驟

解剖利亞奎・阿里是一項複雜的任務，光是屍體外觀，就包含了瘀傷、劃傷、割傷、擦傷、刺傷、毆傷、骨折與骨頭碎裂等大量創傷。

被害者的臉部腫得很厲害。雙眼都有乾掉的血跡，而且被某種含阿摩尼亞的腐蝕性化學劑緊緊黏住，經毒物實驗室化驗後得知是化油器清潔液。被害者的鼻梁、下頜和顱骨都有骨折。他頸部的數處刺傷，穿過甲狀腺與喉嚨，直達會厭。X光片顯示，他胸部的兩處刺傷深達心臟，另一處則穿過肺部。

在檢查過這些傷口和死者體內的器官後，我們決定接下來先分成兩方面著手。第一，鑑定死者身上的「模式傷」（patterned injuries）。模式傷是指命案死者屍體上以同一種凶器造成的傷痕。研究這些傷痕，肯定有助於我們研判出阿里是被哪種凶器所傷。一旦我們確定凶器為何，便能根據這點，找出能將被害者和凶手連結在一起的蛛絲馬跡。第二，將我們認為可疑的物件全送去做 DNA 指紋圖譜分析，以確認它們是否與凶手有關連。

我們期盼，在把模式傷和 DNA 分析這兩個檢查結果合在一起對照，能夠獲得確定或至少可資追查的線索，進而解答以下謎題：

- 殺害利亞奎．阿里的方式
- 致死的凶器
- 殺害他的凶手

鑑定模式傷的技術

模式傷的鑑定，是根據被害者身上的傷口或痕跡，比對出符合的凶器。這種方法是法醫最厲害的法寶之一；通常是尋找與被害者身上的創傷形狀吻合的凶器類型。

但並非總是如此。

留下肉眼可見之模式痕的形式有很多種，有時甚至不見得會留在被害者身上。以下面這樁命案為例，鑑識人員在離被害者屍體幾英尺的地上發現一塊嚼過的口香糖，便請法醫牙科醫生進行鑑定。警方已拘捕了兩名疑犯；於是法醫牙科醫生使用矽膠印模材，採下兩名嫌犯以及口香糖上的齒痕，以查明那塊嚼過的口香糖究竟是誰吐在現場。

結果口香糖上的齒痕和其中一名嫌犯相符，就像在黏土板上蓋下手印般完全吻合。接著又做了唾液檢驗，比對結果也相符。面對如此有力的證據，嫌犯終於俯首認罪。

當然，若被害者被犯案者咬過，身上也會留下齒痕。遇到這類案件，法醫牙科醫生便會將咬痕與嫌犯的齒印做比對

被害者身上有咬痕的狀況，最常見於某些特定的命案類型。「被害者身上有咬痕的狀況，」維農・賈伯斯在其著作《實用命案調查》（*Practical Homicide Investigation*）中便提到，「大部分會出現在以下兩種命案類型中：一、被害者發生性行為的時間相當接近其死亡時刻的命案；二、虐待兒童並予以殺害的命案。」

賈伯斯也提到，咬痕有兩種模式。第一種是緩慢而有虐待意味的咬法，被咬處周圍會出現「吸吮痕」。這類方式常造成皮膚撕裂傷，有時會讓法醫牙科醫生很難採到清楚的齒印。

第二種則沒有吸吮痕，通常會遺留清晰而容易辨識的齒痕。在犯案者與被害者皆為男性的

性侵害案中，咬痕最常見於被害者的背部、手臂、肩部、腋下和陰囊。若是遭到虐待並殺害的兒童，咬痕則常位於其腹部、陰囊和臀部，而且通常凶手的咬法快速且帶有強烈怒意，導致被害者皮膚和肌肉出現撕裂傷。在犯案者為男性、被害者為女性的性侵害案中，凶手通常會在強暴時咬被害者的胸部、大腿內側和外陰部。

雖然大多數案件的咬痕都出現在被害者的身體上，不過有時被害者會於自衛時，在凶手的身體或個人物件上留下咬痕。在一個廣為人知的案件中，歹徒挾持一名年輕女子，在他特別訂做的廂型車裡強暴她。女子慘遭蹂躪的同時，急中生智，在廂型車窗邊緣的橡膠嵌條上用力咬了一口，留下無法去除的齒痕。

那名歹徒被控犯下這樁強暴案（另外還加上其他強暴案），並且由於他的廂型車窗的橡膠嵌條上，有那名女子在兩年前所留下的齒痕，因而被定罪。

餅乾模命案

我個人的法醫生涯當中，曾遇過一樁僅憑模式傷便得以偵破的命案。

這樁案件之所以被稱為「餅乾模命案」（Cookie Cutter Case），是有其原因的。案中的三名歹徒在當地酒吧對一名三十六歲的技工謊稱有一批古柯鹼要賣，將他誘騙到他們的公寓。歹徒們原本計畫把古柯鹼調包成毫無價值的麵粉賣給對方，後來才發現那名技工根本沒錢，一怒之下便將他拖到公寓樓下的後巷，將他毒打一頓，再扔進技工自己的汽車後車箱，載到哈德遜河畔一處偏僻的垃圾場。接著歹徒又痛毆技工的臉部，直到他死亡，然後將屍體塞進一張廢棄的沙發下。

幾天後，技工的屍體被發現，並送到我們的法醫處進行解剖。那時還未鎖定任何嫌犯，也看不出死者是被何種凶器所殺。

後來，有名被害者的朋友正巧看到技工的車子停在其中一名凶手家的車道上。他一聽到朋友死亡的消息，便立刻報警。警方在那輛汽車的後車箱找到保險槓千斤頂（bumper jack）[1]和其他修車工具，並拘捕了那三名古柯鹼毒販。

解剖時，我注意到死者臉上的傷處之一，呈特殊的U字形，U的半圓形部分特別深。傷處的切口很整齊，就像用餅乾模壓出來似的。

我靈機一動，再次檢視在被害者後車箱找到的修車工具。這下我確定了；保險槓千斤頂的其中一端正是U字形。在檢查千斤頂是否殘留皮膚碎屑或血跡時，還發現上面留有混合了某種黏稠物質的凝血。那種黏稠物質是角質蛋白（keratine），為皮膚表面一層較硬的物質。經特殊的細胞化學檢驗法化驗後，我們確認那是人類的角質蛋白。

接著，我使用幾乎不會出現收縮現象的牙科金屬鑄模材料，製作千斤頂U字形部位的凹模，然後注入低熔點的金屬，做出千斤頂U形部位的模型。

最後，我用手術刀切下死者臉上U形傷痕的那塊皮膚，將它放在U字形的模型上。

結果完全吻合。

由於千斤頂是在死者車子的後車箱找到的，而且上面殘留人類角質蛋白和組織細胞，再加上那輛車正是停在其中一名歹徒家的車道上，因此那三名凶嫌被起訴，最後以謀殺罪定讞。

厄運的工具

還有另一種模式傷的比對方法，可幫助我將加油站命案嫌犯的範圍縮小。

解剖結果顯示，利亞奎．阿里是因毆打與刺傷，導致腦部重創和失血過多而死。

解剖時，我在利亞奎．阿里的上半身發現幾組割傷。其中一組為有如梯子般的一條條細線狀割傷，傷口相當深；而另外兩組縱橫的割傷，則近乎長方形。兩組長方形傷痕下方的中央位置，有一個清楚的圓形印子。這些讓我聯想起在犯罪現場的屍體旁發現的氣動聯軸器。

我將聯軸器放在這些傷痕上。兩者出奇地吻合。聯軸器上部的管口、聯軸裝置，以及螺旋軸，都輕易地滑進凹陷的梯子狀細條形割傷部位。而長方形的傷痕與聯軸器底部的形狀相符；底部突起的圓塊則與屍體上的圓形印子吻合。

這個器械肯定是凶手用來攻擊利亞奎．阿里的凶器之一。

其次，我檢查了被害者屍體凹陷的連續挫傷。它們似乎是由長形鈍器造成的，傷口的皮膚裡嵌入一些木屑。我從過去一些類似的案件得知，遭木棍或工業用掃帚的粗重木柄毆打的被害者，身上會有一條條長而平行的創傷。而被害者身上的挫傷形式，也跟屍體旁的工業用掃帚木柄吻合。因此這是凶器二。

其次，我檢查被害者胸前的刺傷。傷口內都夾著尖尖的木片，而斷掉的掃帚柄尖端也染了血，尖端的形狀與傷口形式完全吻合，顯示凶手曾用掃帚柄毆打並刺殺被害者。

這是凶器三。

最後，我檢查深入被害者頸部的刺傷。

這些狹長傷口邊緣的皮膚組織，有輕微的摩擦痕跡，無疑是刀鋒造成的。不過犯罪現場並未發現刀器，因此我先註明這些傷口「可能是」刀傷，並期盼警方偵察時能找到真正的凶器。（事實上，幾天後警方在麥可．摩爾的車子後車箱找到一把刀。它的尺寸與被害者頸部的刀傷大小相符，刀鋒上也有血跡反應，但殘留的量不足，因此無法檢驗出血液的血型。）

然而，用來砸裂利亞奎．阿里頭骨的垃圾桶蓋在哪裡？當初在犯罪現場沒發現類似的物品，即使後來再仔細搜索，也沒找到。

不過，五件凶器中，我們鑑定出四件，已足以讓凶手定罪了。

刑事光源技術

解剖進行到這個階段，我們已確認死因，也鑑定出凶器。由於此時警方還未發現麥可．摩爾車內的刀，因此我們仍沒有找出證物和嫌犯之間的連結。

但接著我們有了突破。

比對過創傷與凶器後，我將被害者赤裸的屍身放在一張檯子上，進行另一項例行工作，即在各種不同的光源下檢查屍體，每次移動九十度角，搜尋可疑的痕跡。

大致來說，一般的白熾光能顯現在日光或照明燈光下可發現的明顯痕跡。在強烈的一般燈光下，阿里的屍體上沒有任何之前未發現的痕跡。

我接著試用斜光照射法，希望透過較暗的偏斜光線所形成的陰影和特殊角度，能獲得令人驚喜的結果，但仍沒有什麼顯著的新發現。

第三種則是較高科技的螢光照射法。它運用的是一種特殊的高波長藍光，當螢光照射在人類皮膚上，一部分光線會反射，另一部分則會進入皮膚較裡層。這些皮膚裡層內的原子會吸收光線，並受到激發，而變得比平常更活躍。

當激發期結束，受此活動刺激的皮膚細胞，會釋放出殘留的電能，使屍身發光，效果看起來挺詭異的。過程中，在正常燈光下可能不易發現的模式傷，會變得非常清楚。此外，一些肉眼看不見的物體，例如纖維、小殘屑、毛髮、極小的精液斑、甚至指紋，在螢光下都會顯露無遺。

我用螢光照射利亞奎·阿里的屍體，結果令人失望。即使我仔細檢視了好一會兒，都沒發現任何不尋常的傷痕或斑跡。

最後，我決定使用以紫外光為光源的「窄譜顯像法」(narrow-band imaging, NBI)。紫外光——或更正確地說，紫外線——是一種光波或振動波段，位於一般陽光的電磁光譜上側的紫外區。這種存在於陽光的光波（若長時間曝曬，陽光中的紫外線會對皮膚造成傷害），在實驗室裡也能以人工方式，運用水銀蒸汽燈和濾光管等設備製造出來。

在紫外光的照射下，幾種人類體液，如精液、尿液、唾液等，會吸收紫外光譜內的光波，而發出螢光，讓檢驗者可清楚觀察。血跡則不會發出螢光，但在紫外光的照射下，顏色會顯得較暗，因此有時也可用此方法檢驗出來。

這種方法除可顯現人類體液外，也可照出舊疤痕、綑綁痕，或殘留物，例如古老文件的紙纖維和墨跡。不過對我來說，窄譜顯像法最重要的是它能照出留在人體上的手印、足印和鞋印。

隱藏的字母

我用紫外光直接照射死者腹部；沒錯，腹部確實有個印子，看起來應該是鞋印，包括了鞋底和鞋跟部分。鞋底右側邊緣的模糊輪廓間，還殘留著泥土或油漬之類的污痕。

最值得注意的是，從死者肚臍下一點五公分處起，可清楚看出一行垂直排列的字母。

我用一種附有刻度的放大鏡，可精確測量目標物的尺寸的觀景片，看出最下方的字母是一個長三公分、寬一點四公分的「N」。

「N」上方是一個和它大小相同的「I」，再上面的一個字母是殘缺的「K」，尺寸也相同。最後一個字母則模糊難辨。

鞋跟部分的印子相當清晰。

一切就攤在我面前：第一，我手上有了嫌犯的鞋印，而且知道它的尺寸和部分輪廓。第二，根據鞋印的樣式，它應該是運動鞋之類的便鞋。第三，它的品牌是耐吉（Nike）。

我通知並請求刑警將他們能找到嫌犯的所有鞋子帶來實驗室。

在我繼續解剖工作短短一小時之內，兩名刑警便帶著一個袋子抵達；袋內裝的是雷蒙・納瓦羅的一雙球鞋。我將其中一隻鞋子翻過來，開心地發現鞋底正有個明顯的耐吉商標字樣。在進一步審視並用顯微鏡檢驗後，很快就確定這雙球鞋的尺寸和款式與在死者腹部發現的鞋印吻合，雖然鞋子上沒發現血跡。

我們在屍體腹部的鞋印上鋪了一層薄薄的透明塑膠紙，以免污染印記。然後將納瓦羅的球鞋放在死者腹部，對準鞋印。在紫外光下顯現的N—I—K字樣與球鞋鞋底的字完全相符，鞋跟及鞋底的輪廓也一樣。最後，我們用觀景片檢視並測量球鞋底部的字樣；它們的大小與屍體上的字母印痕相同。

經過測量與拍照後，我們便將死者的屍身輕輕洗淨，結果發現大部分的字母和鞋子踩踏的痕跡仍留在屍體上，而不只是因為鞋底沾了泥土和污漬所以才留下印記。

可憐的利亞奎・阿里。在被毆打與折磨時，他不是單純被人踩了一腳，而是被凶手用極大的氣力踩在他全身最柔軟、最脆弱的部位。我研判，這一腳具有結束一切的意味；凶手用這個動作來確認被害者已斷氣，並象徵整件事就此結束，就如法官敲下小木槌，宣布審判終結一樣。

但納瓦羅不知道的是，他殘酷地在被害者身上踩下的這最後一腳，正好留下了一個可供我們解讀、鑑識，並將他繩之以法的標記。

DNA證明一切

雖然用解剖顯微鏡檢查時，沒在鞋底發現球細胞，但我知道，若凶手的確穿著這雙鞋犯案，鞋子肯定多少沾到一些球細胞。我通常使用的檢驗法，是用來查明是否有不屬於已知者的血液樣本。而可以用來證明血液屬於某個已知者的唯一方法，則是DNA指紋圖譜分析。

在說明這個令人著迷又深奧複雜的技術前，我必須強調，即使遺留在犯罪現場（或其他地方）的血跡再微小，都很難徹底清除；無論血跡是留在玻璃、塑膠、油氈、紙張，或任何物體上。就算經過擦拭、水洗、使用清潔劑、以酸液或鹼液浸泡、用砂紙打磨、以噴砂器研磨，依然能找到少許血跡。

更驚人的是，乾血跡能在某些特定物體上存留極長一段時間；即使經過數十年，甚至一輩子，都不會消失。因此，就算是青銅時代的出土古屍，法醫人類學家依然能從中發現並分析出乾血跡。

血液的濃度比水高，也更黏稠，這些特點對法醫病理學家的幫助極大，尤其像本案之類的凶殺案件。

我將洩漏凶手形跡的球鞋送往經常配合的一家 DNA 化驗室，它是哈佛大學附屬的實驗機構。我還將斷掉的掃帚柄、聯軸器和橡皮管一併送去。

我給了他們清楚的指示：搜尋是否有血跡，尤其是球鞋的鞋底，然後化驗 DNA，確認它是否屬於利亞奎．阿里。

DNA 指紋圖譜分析法的進行方式

DNA 指紋圖譜分析法所說的「指紋」，並非指我們手上的指紋；它在這裡的意思單純是指查驗或鑑定。當然，它是一種頗新的技術，有時仍具爭議性。雖然在一九九五年的辛普森案大審判後，大家已對它耳熟能詳，但這個技術其實在十年前才由英國人首先發展出來。

DNA 指紋圖譜分析法的基本原則是，每個人不論生前死後，都擁有一套獨一無二的基因序列；每個細胞皆包含個人專屬的密碼。

DNA——即去氧核醣核酸（deoxyribonucleic acid）——是人類以及幾乎所有活體（也有某

些特定病毒例外）基因資料庫的主要載運者。在電子顯微鏡下，它如梯子般的螺旋線，即科學家口中的雙股螺旋（double helix）。

因為每個人的DNA都是獨一無二的，因此當我們在犯罪現場或解剖過程採集血液、精液，或其他體液等樣本，與被害者或嫌犯的DNA做比對，便會得出兩者吻合或不相符的結果。如果吻合，有相當程度可確定DNA是屬於這個人的。我的意思是，大部分的DNA比對，出錯的機率最多僅有一百萬分之一；實際上，出錯的狀況很少，甚至可以說完全沒有。

然而，這個一百萬分之一的機率，還算是保守的估計。

通常，DNA比對的出錯機率在五百萬分之一以內，有時甚至減少至一千萬分之一。對法醫病理醫生而言，這種技術算相當可靠。

DNA指紋圖譜分析如何進行?

目前刑事實驗室所應用的方法有兩種。第一種是所謂的限制片段長度多型性圖譜法（restriction fragment length polymorphism, RFLP），它是最早發展出來的DNA分析技術。技術人員先從被害者或嫌犯的血液、精液，或身體其他部位採取DNA樣本，用酵素將DNA樣本分解成片段，讓片段的DNA懸浮於凝膠中，將帶電DNA依大小在凝膠中分離，再以點墨法將DNA轉移至濾膜上。

技術人員將此膜片放置在一片X光片上，經放射線曝光後，便會顯現DNA的圖譜。若採自犯罪現場的DNA樣本圖譜，與被害者或嫌犯的DNA樣本圖譜相符，我們就獲得了所需的證物。

雖然過去有段時期，限制片段長度多型性圖譜法廣受倚重，但它也有其限制。這種技術需要較大量的DNA樣本，才能取得合理的圖譜。而且分析所需的時間長，大約要六星期以上方能得到結果。此外，技術人員在檢驗過程中無可避免會接觸到各種劑量的放射線。

第二種則是聚合酶連鎖反應法（polymerase chain reaction, PCR）。這種方法較快速，而且就某些方面來說，也較有效率；尤其當樣本量過少，無法以限制片段長度多型性圖譜法運作，或血液樣本已出現腐敗時。

聚合酶連鎖反應法的原理，是應用DNA能自行複製的特性。進行聚合酶連鎖反應法的第一個步驟，是取一段雙股螺旋DNA，用熱循環儀（thermocycler）加熱，直到交纏的雙股螺旋分離成兩條單股DNA。

其次，運用一種酵素（它最初是科學家從有浮渣的池水中分離出來的），以原始兩條單股的DNA序列作為複製模板，建構出兩條新股DNA。

最後，兩條單股DNA引子產生延長反應，變成較長的序列，結果是複製了DNA本身；到了這個階段，過程便可重複許多次，每條DNA會複製出兩條和原樣本相同的序列，並不斷以等比級數增殖，經過數小時便可達數十億份。

然後取這些DNA與目標對象的樣本做比對，看結果是否相符。

在哈佛實驗室裡，技術人員檢驗從犯罪現場的車庫蒐集到的物件，並做了DNA比對，證實球鞋和凶器上的血跡都屬於利亞奎・阿里。

我們至少逮到了其中一名凶手，即球鞋的主人。

最長的刑期

接下來，這樁命案的發展便只跟「罪」與「罰」有關了。

在針對摩爾和納瓦羅的初步偵訊過程以及個別審判中，天景加油站命案當晚的整個經過，是透過兩名嫌犯的謊言、申辯、承認涉案，和互相指控，才慢慢拼湊出來的。

納瓦羅向警方供稱，是他提議搶劫的。（但隨後他又翻供。）

他告訴負責偵訊的刑警，依照計畫，是由他假裝偶然路過加油站，走進去跟他的「朋友」阿里聊天。

一、兩分鐘後，摩爾跟著進來，命令加油站服務員趴在地上，而納瓦羅則繼續假裝他只是個恰巧身在當場的無辜者。摩爾理應從收銀機拿了錢就跑。但計畫很快便出了差錯；因為看穿這套伎倆的阿里並沒有聽從命令趴在地上，而是打了摩爾一拳，並衝向納瓦羅。

納瓦羅一怒之下，順手拿起營業處裡賣的一罐化油器清潔液朝阿里的臉潑過去，當場弄瞎他的眼睛。

摩爾用拳頭痛毆阿里，接著又拿掃帚和車庫裡的工具毒打他，而納瓦羅則試著撬開收銀機。在混亂中，有人拿刀刺進阿里的頸部。

究竟是誰下的手，一直沒查出來。當開庭審判摩爾時，他宣稱自己車內的那把刀是被栽贓的。納瓦羅則說是摩爾持刀下的毒手，然後把刀藏在自己車裡。他還聲稱他只有在覺得阿里打算攻擊摩爾時，才出手毆打對方。摩爾則告訴警方，納瓦羅在毆打和殺害阿里時，他正忙著撬開收銀機。

兩人都自稱遭對方矇騙，自己只是心不甘情不願地跟隨有虐待狂又心狠手辣的主謀去搶劫，根本沒想到對方會動手殺人。他們都聲稱自己曾試著勸對方手下留情。兩人也互控對方殺害阿里、策劃搶劫，而且被害者身上大部分的傷都是對方幹的。

陪審團在經過審議後，判定摩爾是強盜殺人的主謀。首席地方檢察官肯尼斯・葛里貝茲認為被告「毫無悔意」，因此請求主法官密安（Meehan）對兩名被告都判處最重刑。

檢察官不須多費唇舌遊說法官。摩爾被判處二十年有期徒刑至終身監禁。幾個月後，輪到納瓦羅接受審判。他也被判處同樣的刑期。

這是紐約州有史以來，對未涉及殺警的謀殺罪判刑最重的一個案子。不過地方檢察官葛里貝茲在談起這樁命案的凶殘狠毒之處時，卻另有定論。「我對此案結果最大的遺憾，」他對幾名記者說，「就是紐約州沒有死刑。」

譯註

1. 一種頂住汽車保險槓、架起車子的千斤頂。

第七章

失蹤的瓊恩

◇「凡使這信我的一個小子跌倒的，倒不如把大磨石拴在這人的頸項上，沉在深海裡。」

——馬太福音第十八章第六節

兩石間的茂草地

這是一九九八年四月的一個週日。

羅絲瑪麗・達歷山卓（Rosemarie D'Alessandro）正在洛克蘭郡北部的哈里曼州立公園（Harriman State Park）進行一段追悼之旅，同行的還有丈夫麥可（Michael）及兩個兒子。

這家人以往從沒想過要去陳屍現場看看，也不確定它真正的位置，因此兩名警官和一位記者自願陪同前往。

他們慢慢走下一個林木蒼翁的斜坡，幾分鐘後，兩名警官倏然止步，指著兩塊大石間被草葉掩蓋的狹長空地。

「原來他把她留在這裡。」羅絲瑪麗平靜的說。

她沉默地端詳這塊狹長的空地許久，接著抬頭環顧鄰近的稀疏樹叢。

「好，我們絕對會讓他在牢裡待一輩子。」她說，「他故意把她放在這裡，從山路那邊根本看不見，他的心思真細。」

她的兩個兒子在其中一塊大石旁的樹上綁了一條綠絲帶，而羅絲瑪麗和麥可清理了一下環境，撿起生鏽的啤酒罐和碎玻璃，然後在他們七歲大的女兒瓊恩（Joan）的屍體，於二十五年前的這一天被發現的位置，種下一株白百合。她遭強暴並殺害，被凶手棄屍於這兩塊大石頭間的空地。

「她總是面帶笑容，非常活潑聰明。」羅絲瑪麗語氣輕緩地回憶著，「她伸張了社會公義，她代表著純潔的愛；因為她，我才瞭解愛的真諦。」

一家人靜靜地坐在春日的陽光下。最後，羅絲瑪麗轉向記者說道：「我從不覺得孤單，所以才能堅持下去。」她說，「我從女兒身上得到勇氣。我所經歷的，完全無法和她遭受的一切相比。」

他們又坐了幾分鐘，才同時起身。

在附近的明尼席恩可溪（Minisceongo Creek）潺潺流水聲中，一行人緩緩離開現場。羅絲瑪麗．達歷山卓回頭望了最後一眼。在她女兒的陳屍處旁，傍著山岩生長、每兩年開花一次的野生山月桂，已長出蓓蕾，很快便會綻放花朵。

也該是時候了。今天正是復活節。

將你吞噬

誰能真正瞭解一個殺童凶手的心態？誰能明瞭發洩在無辜者身上那股狂暴本能的力量？我們都聽過心理學家所提出的各種理論；相關學術研究充斥著「無法遏抑的衝動」和「壓抑的怒氣爆發出來」之類的字眼。心理醫生深入探討精神變態者的童年經歷和偏差想法，研究構成異常性傾向的因素。然而，當真正面對人類的邪惡黑暗面時，無論是專家還是門外漢，除了疑惑、納悶，也只能瞠目結舌、束手無策。

這當中還有一個令人想不透的謎團：何謂「好人」和「普通人」。他們可能是站在超商櫃檯後和善的工讀生，偶爾會在自助洗衣店跟你聊兩句、貌似慈祥爺爺的退休老人，在你小孩去的兒科診所裡工作的幽默護士，或是小孩的理化老師。他們都是親切和氣的人，平凡、正常。他們跟我們一樣，會大笑也會生氣，會抱怨也會作夢。直到有天，這些所謂「正常」人的其中之一，竟突然露出內在猙獰的一面，變成邪惡的怪獸，將你整個吞噬。最後，這個疑問的產物，便令人震驚地躺在法醫的解剖檯上。

「他總是面帶微笑，樂於助人。」當一個看似平凡的男子跟蹤並殺害五名少女後，跟他住在同棟大樓的鄰居如此告訴警方。「辦公室的每個人都很尊敬她。」在一個看似正常的婦女淹死她的兩名子女後，她的幾位同事如此表示。「我從沒想到他會做出那種事。」當一名旁觀者提到那個住在寧靜郊區、與達歷山卓家毗鄰的平凡男子時，如此表示。

有人看到瓊恩嗎？

一九七三年四月十九日，七歲的瓊恩．達歷山卓住在紐澤西州的西斯達爾鎮（Hillsdale）。這個位於往紐約市之通勤火車路線上的小鎮，有丘陵起伏的公園綠地和野鴨戲水的池塘，鎮中心還有一個維多利亞式建築的雅致火車站。

對虔誠的天主教徒來說，復活節是一個神聖的節日；而瓊恩的故事正是在復活節前的那個星期四展開序幕。當地小學在那天特准來自天主教信徒家庭的二年級學生休假，瓊恩是其中之一。

當天下午，瓊恩和她的姊姊瑪麗（Marie）在用過里可塔乳酪配蘋果的午餐後，打算接下來的幾小時內，將鄰近住戶向她們訂購的女童軍餅乾送完。瓊恩屬於當地的幼童軍小隊，而她的姊姊則已完成女童軍階段的訓練[1]。

她們親自將餅乾送到附近的每個人家手上，最後只剩離她們家三戶遠的住戶。那棟褐白相間的平房住著一位名叫喬瑟夫・麥高文（Joseph McGowan）的年輕男子，是洛克蘭郡塔潘齊中學（Tappan Zee High School）十一年級的化學老師。他還沒回家，所以她們晚點還得再送一次。

她們送完餅乾後，瑪麗便去參加壘球訓練，而瓊恩則返家，在前院玩耍。

一小時過後，大約在下午兩點四十五分，麥高文駕著他的紅色進口跑車停進自家車道。

瓊恩趕緊跑進廚房，抓了兩盒女童軍餅乾，一邊對她母親喊道：「要跟我買餅乾的人回家了！」接著丟下一句，「我馬上回來！」便奔出前門，沿著街道跑去送最後一趟餅乾。

雖然瓊恩沒有立刻返家，但她母親並不擔心。瓊恩在這一帶朋友很多，而且西斯達爾鎮向來是紐澤西州北部最安全的地區之一。

但直到近晚餐時刻，瓊恩依然沒回家。

達歷山卓太太開始擔心了，而擔心很快就轉為焦急不安。瓊恩從沒這麼晚回家。於是達歷山卓太太和她的一個兒子前往麥高文先生的家，詢問他是否知道瓊恩下午到他家送完餅乾後到哪去了。

麥高文先生站在門口，一頭鬈髮梳得整整齊齊，長長的鬢腳經過仔細修剪。他是個身材魁梧的男子，身高六呎二吋，體重兩百磅，但態度溫文，面容親切，因此不會讓人有威脅感。沒有，他告訴達歷山卓太太，他整天都沒見到瓊恩。他一回家就又出門步行去超級市場購物，大約一小時後才回家。

「抱歉，」他接著說，點了根細菸。「希望妳很快就能找到她，她是個好孩子。」

喬瑟夫．麥高文在他任教的中學每天都會接觸到許多青少年，而且頗受師生敬重，住在他家附近的孩童大多也對這名二十六歲的單身漢印象不錯。當地孩童在接受詢問時，對他的描述都是「人很好」、「還不錯」。少數幾個小孩甚至以他的暱名喬伊（Joey）稱呼他。不過，有個報童後來告訴一名記者，麥高文一家——喬瑟夫與母親及祖母同住——「是你跟他們揮手打招呼，他們卻從來不會回應的那種人。」

所以就跟所有普通人一樣，人們對他的評價不盡相同。

達歷山卓太太先回家。她此時已明瞭，瓊恩從她家到麥高文家的這段路程中，一定出了什麼事。憂心忡忡的達歷山卓一家開始挨家挨戶尋訪。方圓幾個街區內，都沒有一個鄰居在當天見過她。天色已經逐漸暗下來了。

於是瓊恩的家人打電話報警；警方也再次搜尋整個社區。午夜過後，警方從哈德遜河另一邊的紐約州霍桑城（Hawthorne）警察訓練營調來警犬加入搜索，仍一無所獲。

十三州連線通報系統送出了瓊恩的資料。資料上註明瓊恩失蹤時的穿著：天藍色短袖上衣，紅褐色便褲，以及有藍白條紋的紅色布鞋。

第二天是耶穌受難日。來自紐澤西州內的十五個警察局和數個消防局的人員、海外退伍軍人協會（Veterans of Foreign Wars）的一大群會員、加上數百名志願民眾，組織了一支搜尋隊，出動找尋這個失蹤的孩子。

搜尋隊挨家挨戶詢問，打電話，察看每家後院的游泳池還有網球場，搜索樹林，翻找大型垃圾桶。電視台人員、神父、記者、學童和他們的家長，以及與達歷山卓家住同一區的表親、叔嬸姑舅，全來探望達歷山卓一家，提供協助。這樣過了幾天，前來表達關懷之意的民眾多到讓達歷山卓太太忍不住告訴一位朋友，「我們家的地毯從米色變成暗灰色。」

希望

星期五下午，事情出現轉機。

一名警探在離瓊恩家四分之一英里處，搜索一輛停在學校停車場的校車時，在某個座位後方發現一盒女童軍餅乾，還有一隻小女孩的便鞋。

在查對鞋子的一、兩個小時內，眾人都滿懷希望，但結果令人洩氣。它原來屬於一個每天搭校車上學的小男孩，而那盒女童軍餅乾也是好幾個月前的。大家只好繼續搜尋。

到了星期六下午，西斯達爾警局的警探大衛・克拉瑪（David Kramer）以疲憊的聲調告訴記者，「除了只知道她失蹤外，目前還沒有任何進展。」

瓊恩的父母只好訴諸最後一個辦法：上媒體喊話。「我願意照綁架我女兒的人所開的任何條件去做。」達歷山卓先生在廣播和電視上如此說，「我願意到任何地點去跟他們碰面，我會聽憑他們安排。我只希望我的小女兒平安歸來。」

瓊恩的父母一直待在電話旁等待。

「我求求帶走她的人放她回家，」瓊恩的母親對一名記者說，「或是讓我們知道去哪裡可以找到她，或隨便在哪個地方放她走，讓其他人能找到她。」

搜尋期間，達歷山卓家曾接到兩通神祕電話，一通在星期五晚上八點鐘，另一通在第二天。打這兩通電話的人都沒出聲就掛斷。瓊恩的家人緊抓著一線希望；如果這是擄人勒贖案，那麼瓊恩說不定還活著。

但偵辦人員對此存疑。大多數勒贖案的綁匪都很清楚自己的所做所為和目的。辦案人員告訴達歷山卓一家，根據他們的經驗，綁匪很少會打電話給被害者家屬卻一言不發就掛斷；這不符合擄人勒贖的模式。「可能是變態，」一名警探說道，「這世上無聊的變態多到讓你想不到！」

尋找七歲的瓊恩・達歷山卓的過程，最後成為紐澤西州史上最大規模的尋人行動；有數千人參與，其中許多是頂尖的專業人士。但眾人的熱心協助卻一無所獲。就連提前結束在佛羅里達的假期、回來加入搜尋隊的西斯達爾警局局長菲利普・華瑞斯科（Philip Varisco），也感到悲觀。「她不是那種會自己離家遊蕩的小孩。」華瑞斯科告訴一群記者，「除了相信這孩子被綁架之外，我們實在沒別的辦法了。」

這已是週六晚上，搜尋瓊恩的行動陷入了膠著。事到如今，不得不實話實說。到了這個階段，已沒有必要繼續動員數百位熱心民眾搜尋瓊恩。沒有必要察看每家住戶前廊地板下的扶梁，也不用再出動警犬到林裡搜尋。小女孩失蹤之謎就快出現解答。

凌晨的死訊

四月二十二日週日凌晨一點鐘，洛克蘭郡警察總局值勤員警接到柏根郡檢察官辦公室的來電。對方告訴值勤員警，他們在哈里曼州立公園靠近門丘路（Gate Hill Road）的一處岩石坡附近，發現疑似瓊恩・達歷山卓的小女孩屍體。

洛克蘭郡警方立即出動。

首先抵達現場的是警員約翰・弗布斯（John Forbes），他看見一名小女孩的屍體，躺在兩塊大石間的楔形縫隙間。

一位在紐約市工作的聯邦調查局幹員理查・科利爾（Richard Collier），是達歷山卓家的鄰居，也是瓊恩的老朋友，他被派來哈里曼州立公園確認死者身分。科利爾幹員盯著屍體好一會兒，才面無表情地點點頭。「是，沒錯，這是瓊恩，沒錯。」

不久後，我接到洛克蘭郡法醫處來電通知我，瓊恩・達歷山卓的屍體在我的轄區內尋獲。我立刻下床穿衣，開車前往現場，抵達時大約是凌晨兩點鐘。

抵達時，現場已經封鎖。我看到瓊恩・達歷山卓小小的屍體，躺在兩塊大圓石中間；就在她家人二十五年後將會造訪的那塊覆蓋草葉的斜坡。罪犯鑑識局的人員已拍過現場照片、繪好示意圖、進行過測量、也做完相關紀錄。然而我想，由於搜尋瓊恩的行動已受到民眾極大的關注，因此陳屍現場引來太多各單位的刑警、攝影師、記者、警員、聯邦調查局幹員，以及旁觀者，他們全圍在旁邊，踐踏現場周遭纖弱的花朵和生物。於是我以前所未有的聲量大吼：「現在，我要所有未經授權的人全部離開這塊區域！」

等大多數人趕忙走開後，我察看了瓊恩陳屍處周遭的區域，果然不出所料，人群已造成無法彌補的破壞。不過就我所見，幸好瓊恩的屍體沒有被亂碰或移動；這是最要緊的。接著我開始檢視屍體。

專業人士到了命案現場，當然也會覺得忿忿不平，一心只想逮到凶手。但在面對如此情況，光是難過和流淚是沒有用的。若一個法醫或任何執法人員無法控制自己的情緒，就無法保持專業客觀的態度。

然而今夜在哈里曼州立公園，情況卻大異於前。一個才七歲大的小女孩竟遭殺害，傷痕累累地躺在樹林裡。她可能會是你我的女兒，或今夜在場任何一名警察的女兒。那些警員不是茫然地望著前方或閃避彼此的目光，就是低聲咒罵；還有幾個警員試著轉開話題，有些則偷偷拭淚。「我幾乎情緒崩潰，」巡警弗布斯便表示，「我自己有四個小孩，這是我所見過最悲慘的景象。」

我蹲在屍體旁，仔細審視。瓊恩全身赤裸，以半仰的姿勢躺著，頭部扭向左邊，與軀體的方向相反，皮膚上有多處割傷和瘀血，尤其是頭部和頸部。她躺在兩塊大石中間的斜坡，臉朝下坡的方向。

我發現的第一個重要線索是屍斑的位置不對。以她的姿勢，屍斑應該出現在背部，但我卻在她的腹部發現紫色的屍斑。

由此可知，瓊恩是在別處遭到毒手，等到屍體置放超過六小時、血液墜積並凝固後，才被棄置到位於洛克蘭郡的此處。

還有，瓊恩的全身赤裸，屍溫與陳屍處的氣溫大致相同，這顯示她已死亡至少三十六小時。屍體溫度要流失到與室溫相同的程度，通常最多要三十六小時。

有趣的是，屍體並非以一致的速度緩緩降溫。在人死後的三至五小時，生前因體內燃燒熱量而產生的體溫，消散得不多；但等這個階段過去，降溫現象就會開始變快，而體溫消散的速度，則取決於幾個影響因素。

例如，屍身是完全赤裸，還是穿著衣服或有遮蓋物？它所在的環境是雪地或雨林？此外，纖瘦者比肥胖者降溫快；而嬰兒、孩童及老年人的屍體，也比少年與成人降溫快。

另一個判斷瓊恩死亡時間的重要指標，則是屍僵。她的屍體被發現時，屍僵現象已經消失。

屍僵是指人死後肌肉變僵硬的現象。這個化學反應與屍體所在環境的溫度有直接關連（溫度越低，屍體變僵硬的速度就越緩慢）。在所有生命跡象停止後的三至四小時，屍僵現象會先從臉部開始，然後從上半身延伸至下半身，十二小時過後，通常屍體便完全僵硬。而死後二十至三十六小時後，屍僵則會以相反的順序，從下半身往上緩解。

大致來說，死亡前的身體動作或掙扎越激烈，屍僵就越快出現；而屍僵出現得越早，就越快消失。以瓊的狀況而言，根據陳屍處的氣溫、氣流、她的體重和全身赤裸的情形，加上她死前可能有相當程度的掙扎等因素，我研判，從她被殺害並棄屍到現在，已經過了五十小時左右。

在解剖時所進行的眼球玻璃體鉀含量化驗（見第四章「毀容殺人案」中對此法的解說），又將這個到目前為止死亡了多久的時間延長了。最後，我估計瓊恩已經死亡至少七十小時，或再稍久一些，換句話說，她應該是在失蹤當天便遭毒手。

我認為，瓊恩極可能在離家到三戶遠的鄰居家、送最後一盒女童軍餅乾之後的一小時左右，便遭殺害。眾多熱心居民和執法人員無數次的搜尋，從一開始就注定徒勞無功。

摺疊整齊的衣物

在犯罪現場查驗瓊恩的屍體後，我們便全面搜索周遭區域。最明顯的物件是一個扔在她屍體附近的灰色塑膠購物袋。袋上印著大大的「美孚機油」（Mobil）字樣。

袋裡整齊地裝著失蹤通報所描述的熟悉物品，看了真令人心碎。其中包括一雙有條紋的紅色便鞋，一套天藍色上衣和紅褐色褲子，一雙捲成筒狀的白襪，一件沾血的白內褲。瓊恩的褲子摺得漂漂亮亮的，就像整燙過似的。

唯一在屍體附近發現的其他證物，是一個科達克（Cold Duck）氣泡酒瓶，上面的標籤顯示，這瓶酒是在鄰近城鎮巴多尼亞（Bardonia）的一家酒品商店購買的。酒瓶已開封，但裡面的酒液只少了一點點，而且看起來似乎開封不到一、兩天。我也將這瓶酒送交實驗室尋找指紋。

我對現場的最後一個觀察所得是，瓊恩．達歷山卓是被綁架的，而且曾遭毆打和性侵害，最後被勒斃。我們解剖屍體後將會知道更多細節。

現場驗屍工作完成後，我們開始收拾東西，準備將瓊恩的屍體運回法醫處。臨走前，當地天主教堂的神父來到瓊恩的屍體前，在刺眼的探照燈光下，在場的所有刑警、巡邏警察、攝影師、聯邦調查局幹員，都滿懷沉重的思緒，靜靜站在一旁看著神父為瓊恩進行臨終儀式。

我也做了一個正式的宣告，宣布瓊恩已死亡。

死者何時才算正式死亡？

對不熟悉司法程序的人而言，站在一具已無生命的冰冷屍體前宣告其死亡，似乎是沒必要的虛套。但實際上，所有刑事調查都必須等到被害者正式宣告死亡後，才能進行，不論案件有多亟需盡快偵辦（如瓊恩的命案），或這種宣告讓人感覺有多官僚。

一九六〇年代初期以前，這樣的批評應該會得到大多數人的認同。在那個年代之前，《布萊克法學辭典》（*Black's Law Directory*）對死亡的標準認定有段著名的文字敘述，廣受刑事偵調人員的引用。它對死亡的定義為：「血液循環完全停止，呼吸、心跳等肉體與生命機能亦於焉終止。」換句話說，當一個人的心臟停止跳動、肺部停止呼吸，即代表他已死亡。這個定義沿用了一世紀以上，讓犯罪現場的死亡宣告成為一種例行工作，也極少引發驗屍官、死者家屬，或警方的質疑。

但到了一九六〇年代，醫學有了重大突破，能在人類腦部停止自發電流傳導活動後，以醫學技術維持心肺和其他器官的運作；加上器官移植手術的首次執行，使得「死而復生」似乎得以實現，而死亡的定義也變得較不明確。於是「死者正式死亡的時刻」，往往會出現生物學與道德方面的爭議。

此外，這點對法醫在剛開始查驗命案被害者屍體之時，也造成相當的困擾。某些特定的複雜狀況，可能會讓法醫很難明確指出被害者正式死亡的時刻，甚至被害者是否真的已經死亡。在犯罪現場，我們會再次發現，顯而易見之處不見得永遠沒有存疑和爭議之處。

舉例來說，有時創傷的重度衝擊，尤其是與觸電相關的意外，會出現生理活動暫停的狀況。所有生命跡象看似完全停止，而被害者也似乎處於死亡狀態，但在人體內最深處的血管和神經，卻仍存在細微的活動。這種情況也常見於以巴比妥鹽類（barbiturates）[2]下毒或自殺的案件中。所有典型的生命跡象與聲音皆停止，但體內深處依然繼續活動，唯有靠最敏銳的醫學設備才能偵測出來。

有時，某個人看起來顯然已經溺死，也沒顯示任何生理活動，但經過人工呼吸急救幾分鐘後，便復甦過來。從結冰的水中救起的人，即使已缺氧相當長一段時間，仍常有存活下來的例子。在一九六三年《英國醫學期刊》（*British Medical Journal*）的其中一期便報導過，一個五歲小男孩跌入結冰的河水中，困在浮冰下長達二十二分鐘才被救起。經醫護人員急救與治療後，他完全復原，也未因長時間缺氧而造成任何生理損傷。

基於這種種可能，對法醫、警方，以及其他偵察人員而言，正式的死亡宣告是一個重要的分界點，而且法醫必須根據以下許多明確的生理跡象，方能做此宣告。

- 全身皆沒有神經或肌肉反射動作
- 皮膚灰白，失去彈性
- 心跳和一切形式的心臟活動完全停止
- 體溫等同或低於氣溫
- 雙眼瞳孔靜滯並放大
- 雙眼在被燈光照射時，沒有任何反應
- 角膜混濁
- 身體躺在某物體上時，與物體接觸的身體部位扁平，且肌肉呈現鬆弛無力的現象

解剖

那天夜裡，我們完成現場驗屍工作，也確認瓊恩・達歷山卓的狀況符合正式死亡的所有標準之後，便將她的屍體運回位於波摩納鎮的法醫處進行解剖。

一開始，我們便看出小女孩身上的傷口和創傷相當可怕。凶手竟會對一個年僅七歲的小孩做出這種事，正反映出他內心深不可測的怒意與殘暴性格。

瓊恩身上的創傷包括：

- 頸部骨折
- 勒痕
- 右肩脫臼
- 深度瘀血
- 臉頰下方與上唇內有割傷
- 鼻竇破裂
- 額骨破裂
- 臉部腫脹，雙眼瘀青浮腫
- 腦部挫傷和內出血

我們希望能透過這一長串各類創傷的研究，拼湊出瓊恩・達歷山卓在出門送女童軍餅乾的當天，究竟發生了什麼事，使她從此再也回不了家。

首先，我們解剖時獲得最明顯的一個結論是，瓊恩曾遭性侵害。因此這是一樁強暴殺人案。

其次，從被害者上半身嚴重的傷勢，可知她被強暴後，還遭到毆打，而且下手很重：她的頭骨和頸部的骨頭破裂，牙齒被打掉，上唇和臉頰有割傷，而胸部和腹部都有遭毆打的跡象。

最後，瓊恩喉部的甲狀軟骨一側破裂，下方有大量積血，顯示她在遭毆打後，被人用手掐住喉嚨。不過狠毒的毆打和勒喉，都沒有立即奪走她的性命。

根據解剖結果拼湊出來的案情，比想像的複雜得多；我概略說明如下。

瓊恩的臉部和身體有明顯的血腫。假使她遭攻擊後馬上死亡，刺激傷處腫起的身體機能也會隨之停止，身體理應不會出現腫脹；再加上血腫的形成，約需要半小時，才能達到最明顯可見的程度。因此瓊恩在遭強暴和毆打後，至少還存活了三十至四十五分鐘左右，即使這段期間她可能幾乎失去知覺。

進一步檢查被害者的頸部時，又有了驚人的發現。在近距離察看喉部的各個軟骨、舌骨和頸部兩個不同部位的大量出血後，我發現瓊恩不只被勒一次，而是兩次。

在那個聖禮拜四（Holy Thursday）[3]所發生的事情，此刻開始如沖洗照片般，逐漸浮出清晰的影像。

首先，瓊恩被強暴，再遭毒打、勒喉，然後被留置於某處至少半小時。最後，凶手可能不確定他的犧牲者是否已永遠無法吐露真相，因此又回去勒她第二次。

諷刺的是，解剖結果顯示——雖然無法證實——在凶手第二次用手勒住瓊恩的脖子時，她的生命機能應該已經停止了。就算當時她的身體仍有生命跡象，也不過是反射動作，幾乎可以肯定那是她生命最後的一點火星。

那名凶手，一個新手，基本上是試圖殺害一個臨床上已宣告死亡的小女孩。

嫌犯

即使瓊恩的解剖工作是在紐約州波摩納鎮的法醫處進行，但紐澤西州的警方和聯邦調查局人員都非常積極投入追查凶手的行動。

雖然沒有任何已知的性侵害罪犯住在西斯達爾地區，但後來出現一條線索，使命案看來似乎可以很快偵破。幾名達歷山卓家附近的住戶指稱，他們曾在瓊恩失蹤當時，看見一名男子開著深色汽車，在瓊恩住家的那條街道上徘徊。這幾個目擊者表示，開車的男子在幾戶人家前放慢速度，伸長脖子仔細觀察每棟屋子。一名機警的鄰居抄下那輛車的紐約州車牌號碼。

那輛車是一名住在洛克蘭郡蒙西城（Monsey）的男子所有。警方很快便將他帶到警局訊問。他承認，沒錯，他那天的確在西斯達爾一帶逛，也的確仔細觀察了某幾條街的房屋。為什麼？因為他想在紐澤西州的這個地區買房子，所以前來物色適合的房產。他還曾停下來跟幾位當地住戶攀談。

嫌犯堅稱，他在下午兩點鐘左右離開西斯達爾——瓊恩失蹤的時刻大約在快三點鐘——一小時內便回到蒙西城，並依平日的習慣前往一家酒吧，喝杯午後雞尾酒。酒保和其他常客證實了他的說法；這名男子很快便洗脫罪嫌。

警方也鎖定了其他可疑男子。其中一人來自鄰近的克瑞斯奇市（Cresskill），有人看到他於瓊恩失蹤當時在那一個街區徘徊。經過數小時的疲勞偵訊，那名男子依然堅稱，他當天下午只不過在那區迷了路，但提不出不在場證明。

後來才查出，他是到那區看一位女性朋友，而這位女性「朋友」當然並非他的妻子。又是一條死巷。

普通人

當偵辦人員追查各個線索卻一無所獲之際，哈肯薩克市（Hackensack）的檢察官辦公室卻將注意力放在一名特定男子身上，即瓊恩的鄰居喬瑟夫．麥高文。

這名年輕的理化老師被請到警局訊問好幾次。剛開始，他的說法似乎天衣無縫，而且每次敘述都有條有理，態度也很合作。他告訴警方，瓊恩失蹤當天，他從學校回家，將跑車停進車道後，便漫步到超級市場，閒逛了好一會兒，然後買了三大袋東西回家。

麥高文是個活躍的年輕人，以優秀成績自當地的蒙特克萊學院（Montclair College）畢業，目前擔任中學教師，沒有犯罪前科，是個循規蹈矩的公民。

但當警方深入探詢，這名年輕人的說詞卻開始出現漏洞。

偵訊人員想知道，如果麥高文在那個星期四到超市購物，購物袋在哪裡？

他不知道。可能扔掉了，他也不確定。

超市收據呢？

在廚房的垃圾桶裡。

現在還能找出來給他們看嗎？

沒辦法，他第二天就把垃圾清掉了。

他是在晚上還是白天把垃圾清掉的？

白天。

有人看到嗎？

他認為沒有。

通常垃圾車都在哪幾天來收他家那條街的垃圾？

他不確定。

他怎麼會不記得自己家那條街收垃圾的日子？

星期一和星期四吧，他猜想。

「猜想」？

應該是「知道」。

好。但他說他在第二天把垃圾拿出去，換句話說，就是在星期五。但這樣等於是把垃圾留在路邊發臭三天，直到星期一垃圾車把它收走為止。他經常會在這麼多天前就把垃圾拿出去嗎？

有時會。

為什麼？

就是會這樣，沒什麼理由。

現在，談談超市。他是在哪個櫃檯結帳的？

靠近大門的第一個櫃檯，或是第三個。他不確定。

那天下午，有人看到他在超市嗎？例如哪個櫃檯人員、鄰居或朋友？

他不記得曾遇到認識的人。

他在超市買了什麼食品？

麥高文對此有點模糊其詞。大概買了些蘋果吧。香蕉，早餐麥片。對了，還有幾塊牛排。

他把牛排存放在冰箱嗎？

沒有，他和他母親第二天就吃掉了。

他能讓他們看看那天在超市買的其中一些東西嗎？例如香蕉或蘋果？

這個嘛，大概可以吧，他不確定。那些東西到現在可能已經被吃掉了。

警方又問了一些理應能輕易且很快回答的問題，但他的答案卻更加模糊，甚至答不出來。

麥高文或許是個受人尊敬的學校老師，但他家是瓊恩在失蹤前最後停留的地方。負責主導調查工作的法隆（Fallon）警佐感到不安。「他的說詞裡有太多前後矛盾的地方。」他對其他調查員說。

警方決定進行測謊。

但麥高文沒通過。

由於疲憊、困惑，甚至可能一時良心不安，麥高文的心防終於崩潰。沒錯，他是殺了瓊恩。他在自家門口招呼她，接著便將她誘騙到地下室，強暴她，抓她的頭去撞地下室的水泥地，然後勒死她。在此同時，他高齡八十七歲、患有重聽的祖母正坐在樓上的沙發，觀看電視連續劇。

麥高文認為瓊恩已死，於是上樓，留瓊恩俯臥在地下室的地板上。沒多久，他回到地下室，見到、或以為自己見到她動了一下。為了保險起見，他又再度掐緊她的脖子。警局裡的一名警員特別生動地描述了這段案情，他告訴記者：「凶手掐住她的脖子，將她拉到半空中，像對待一個破洋娃娃似的使勁搖晃她。」

幾小時後，麥高文將瓊恩的屍體抱起來，用沙發套包住，再將她的衣服摺得整整齊齊的，裝入一只塑膠購物袋，然後開車越過州界到洛克蘭郡境內，將她的屍體和衣物棄置在哈里曼州立公園門丘路外的幾百英尺處。

就在兩顆大圓石間的空地。

算是繩之以法

檢察官以謀殺瓊恩．達歷山卓的罪名起訴喬瑟夫．麥高文，保釋金裁定為五萬美元，嫌犯移送至紐澤西州哈肯薩克市的柏根郡監獄拘禁。

麥高文的供詞很快便傳到大眾耳裡，而州監獄系統通常是最先得知嫌犯是因哪種特定罪名被起訴。

正常來說，不論在哪所監獄，囚犯間的地位是以其罪名的殘暴程度而定。但有一種罪是所有人都絕對無法接受的，那就是強暴或殺害兒童。這類罪犯無論到哪一所監獄，都會被其他囚犯鄙視，而且凡是能暗地殺掉他的人，都會博得牢友極大的敬重與讚譽。曾受過高等教育且出身郊區富裕家庭的麥高文，立刻就成為囚犯們的頭號目標。結果他只得被關在單人牢房裡，外加守衛看守牢門，以擋開意圖下手的其他囚犯。

在此同時，當大眾得知一個強暴並殺害兒童的已認罪凶手，保釋金竟訂得如此低，不僅憤怒的情緒越來越激烈，紐澤西州北部的民眾也終日惶惶不安。就如一名西斯達爾的居民對當地記者所言：「在這件事發生之前，我們的街道充滿了孩童嬉戲的歡笑聲，但如今我們只看到空蕩蕩的街道。家長們嚇到連讓小孩在自家前院草坪上玩都不敢，因為他們怕孩子會像瓊恩一樣被人誘拐。」一位父親尤其說出眾人的心聲：「最好殺掉這傢伙以及每個跟他一樣的人，許許多多這類命案就會馬上銷聲匿跡了！」

高等法院法官莫理斯．帕許曼（Morris Pashman）下令撤回麥高文的保釋許可。他之所以這麼做，一方面是為平息眾怒，一方面則是為了避免嫌犯受傷；不少人很高興聽到法官做出如此決定。於是麥高文仍得待在監獄，直到開庭審判。

不過在麥高文任教的塔潘齊中學，理化科主任稱他是「一個認真盡責的好老師」。至於在蒙特克萊州立學院這個小而出色的學校內，眾人的心情相當沉重。麥高文在校時，不僅是「模擬聯合國」（Model UN）的成員之一和住宿輔導員，還是出色的壘球和保齡球校隊。他也曾加入一個在校園內廣受歡迎的兄弟會，其會員向來以才智出眾著稱。而他在那些最聰穎的同學當中，還曾博得「智多星」的稱號。

一九七三年四月二十四日，麥高文以謀殺瓊恩．達歷山卓的罪名被起訴；這是紐澤西州史上起訴作業最迅速的案件之一。他的罪名成立，並被判處無期徒刑。

除了麥高文服刑滿十四年，即可申請假釋這點之外，正義算是得到伸張。

接下來，瓊恩．達歷山卓的故事將進入另一章；它與法醫鑑識過程較無關連，而是敘述一名婦女如何在紐澤西州，甚至全美各地，發起一連串運動，以確保所有孩童的安全。

義無反顧

喬瑟夫・麥高文在獄中服他的「無期」徒刑之時，不出所料，他果然是個模範犯人，表現很好，也累積不少正面評語。獄方形容他是個「溫和、低調、勤奮，而且合作的犯人」。一九八七年，他服刑滿十四年，且表現良好，於是有關當局安排了他第一次的假釋聽證會。假釋申請立刻被駁回。

但對羅絲瑪麗・達歷山卓來說，這是好消息，也是壞消息。因為今天麥高文的申請被駁回，意味著他未來仍有資格再提出申請。他下一次的假釋機會將在六年後，即一九九三年。

羅絲瑪麗・達歷山卓知道這個折磨並殺害她七歲女兒的男人，在不久的將來便可能假釋出獄，隨心所欲地在餐廳吃飯，約會，甚至可能在國內某地找到一份教書的工作、擔任孩子們的老師，這不僅令羅絲瑪麗深感憤怒，內心也有了警覺：若給了這種人自由，其他孩子會面臨什麼危險？

這時候的羅絲瑪麗，已知兒童強暴犯是再犯率最高的犯罪類型之一，強暴兒童者也是所有人格類型中最難改造的一種。研究顯示，以兒童為目標的這些人，其中大多過著正常、不引人注目的生活。直到某一天，當他們被體內那股不斷蠢動的性欲征服，再也無法抗拒內心的惡魔之時，就會有兒童受害，甚至死亡。這類攻擊通常是臨時起意，沒有預警；瓊恩的案子便是一例。針對罪犯的研究顯示，若強暴殺人者第一次犯罪沒被逮到，嗜血的欲望很快就會再度升起，作案的頻率也會越來越快。羅絲瑪麗很清楚，這類男人根本無藥可救。

時間過得很快，一九九三年馬上就要到了。羅絲瑪麗知道，即使比麥高文更凶殘、作案更多的罪犯，都曾獲得假釋。她也從司法系統的內部消息得知，麥高文是個模範犯人，假釋委員裡的幾名委員可能會願意給他第二次機會。

為了阻止這件事，羅絲瑪麗決定自己採取行動，發起請願運動，以促使當局修訂更完備的兒童保護法。她呼籲，法律必須明訂，凡強暴並殺害兒童的罪犯，都必須終身監禁，不得假釋。

這當然是個崇高的目標，也很有價值。

但它也可能是個不切實際的目標。光靠一個人，怎麼可能推動如此艱鉅的修法作業？僅憑一個既未受過法律訓練、又沒權沒勢的平民，怎麼可能說服美國政府上下訂出一套新法？

羅絲瑪麗決定從政治革新通常最先萌芽的層面，即基層民眾開始著手。首先，她成立了瓊恩・安琪拉・達歷山卓紀念基金會（Joan Angela D'Alessandro Memorial Foundation）。其次，她開始召集親友，向他們解釋麥高文很快就能再次申請假釋，除非採取行動阻止他出獄，否則這個殺害一個七歲小女孩的凶手，沒多久就能在西斯達爾地區來去自如。

羅絲瑪麗發出傳單，在網路上呼籲，在當地公告欄貼海報和標語，跟其他志工挨家挨戶遊說民眾簽請願書，也請求大家寫信要求自己所屬的州議員，在各州議會與國會修訂反對性侵害犯假釋的新法案。她接受訪問，組織燭光守夜祈禱會。她還運用紀念基金會的基金，循司法途徑阻撓麥高文爭取假釋，並且設法讓這個很快便眾所周知的所謂「瓊恩法」（Joan's law），受到政府高層的重視。

在整整九個月當中，羅絲瑪麗・達歷山卓投入所有心力讓大眾知道，目前的法律並不能完全保護自己的孩子，唯有讓總統簽署新法案，才能保證讓所有強暴並殺害兒童的罪犯永遠無法出獄再度犯案。

當麥高文的第二次保釋聽證會舉行在即，幸好經由羅絲瑪麗的努力，成千上萬的民眾都知道一個已定罪的殺童凶手可能出獄，因此引發強烈反對麥高文保釋的輿論。結果假釋申請又被駁回。

但這次麥高文可沒有這麼容易就打消念頭。他立刻提出申訴，指稱因為種種偏見，致使他無法假釋出獄。於是上訴法院排定了一個聽證會，同時假釋委員會也堅稱，麥高文具呈了明確的證據，可證明他永遠不會再犯；這些證物一部分是來自於他和專精犯罪心理學的治療師深談的紀錄。因此，約翰・道格拉斯（John Douglas），這位犯罪人格側寫的創始者及預測罪犯行為的國際知名專家，也受召前來進行鑑定。

在研究過深談過程中所記錄下來的全部資料後，道格拉斯和他的同事很快就得出一致的結論：囚犯麥高文具備了可在連續殺人犯身上發現的所有人格特徵。

他們極力建議駁回麥高文的假釋申請。建議被採納了。

對大多數人而言，正義伸張

羅絲瑪麗．達歷山卓繼續為「瓊恩法」的推動努力。又經過幾年不辭勞苦的奔走呼籲，美國政府最有權力的政界人士們，才終於注意到這個紐澤西郊區小鎮婦女的獨力奮戰，而有所反應。

一九九七年四月三日，「瓊恩法」（Joan's Law）由紐澤西州長克里絲蒂．惠特曼（Christine Whitman）簽署訂入州法。這條法律明訂，凡性侵害並謀殺未滿十四歲兒童者，永遠不得假釋。

次年，這條法律也由柯林頓總統簽署訂入聯邦法。法條中明訂，凡殺害兒童者，服刑期間均不得假釋。

但羅絲瑪麗．達歷山卓仍繼續奮戰。

一九九九年秋，她提出「受害家屬補償法」（Justice for Victims Law），撤銷對殺害兒童、非預謀殺人、加重殺人之罪犯提出非正常死亡訴訟的時效。這條法律規定，若罪犯於服刑期間獲得遺產或其他資產，受害家屬可立即對罪犯提出告訴，要求賠償。

這條法律很快通過，而且瓊恩的母親於二〇〇一年四月十九日便首先動用這條法律。

麥高文的母親在他服刑期間過世，留給他超過一百萬美金的遺產。麥高文偷偷用這筆錢買通關係，並雇用價格高昂的律師為他未來的假釋申請鋪路。不過，羅絲瑪麗一獲知麥高文得到遺產，便立刻提出非正常死亡訴訟，要求他賠償七十五萬元美金。拜新法之賜，麥高文無從提出異議。於是，殺人者的工具便如此巧妙地轉化為被害者的武器；補償金進了瓊恩基金會的財庫。

「瓊恩法」最後對美國刑事司法體系造成相當深遠的影響，尤其在加州，由於「梅根法」（Megan Law）[4]的快速通過，也為兒童和他們的家庭提供了類似的保護。

二〇〇四年四月，羅絲瑪麗・達歷山卓由美國司法部長約翰・艾許克勞夫特（John Ashcroft）頒發「特殊勇氣獎」（Special Courage Award）。典禮上，艾許克勞夫特宣布，司法部將撥款五億四千兩百萬美金，幫助性侵害與謀殺兒童案的受害家庭；此款項來自於一九八四年根據「犯罪被害人法」（Victims of Crime Act）所設立的「犯罪被害人基金會」（Crime Victims Fund）。「犯罪被害人法」是一項具指標意義的立法，大幅加強針對國內各地犯罪被害人的幫助，而且此法是受到羅絲瑪麗・達歷山卓多年堅持奮戰的啟發，才得以訂定。同年，紐約州長喬治・帕塔基（George Pataki）也簽署了一項法案，撤銷性侵害並謀殺兒童罪犯的假釋權利。州長在一項儀式中簽署紐約州版的瓊恩法；舉行儀式的地點，距離一九七三年發現瓊恩・達歷山卓屍體的兩塊大石，僅有幾英尺遠。「絕不讓在此州性侵害並殺害兒童的罪犯，再見到外面的陽光。」州長如此聲明。

對羅絲瑪麗・達歷山卓和她的家人而言，這似乎代表了全面的勝利。但現實往往不見得全符合我們的期望，因為瓊恩法並不溯及既往。

對達歷山卓一家來說，這意味著，即使殺害瓊恩・達歷山卓的凶手被起訴並定罪、保釋被駁回、申訴失敗、民事官司無效、加上對他不利的強大輿論壓力，但理論上他仍有出獄的機會。

喬瑟夫・麥高文下一次的假釋聽證會，將在四年多後舉行。

譯註

1. 女童軍共分四個階段，七歲至十一歲為幼女童軍；十一歲至十四歲為女童軍；十五歲至十七歲為蘭姐女童軍；十七至二十一歲為資深女童軍。
2. 巴比妥鹽類（barbiturates）：一九〇三至一九六〇年代末期普遍使用的一種鎮靜安眠藥劑。
3. 聖禮拜四（Holy Thursday）：復活節前的星期四，主要紀念耶穌與其門徒的最後晚餐。
4. 「梅根法」（Megan Law）：此法強制居住州內、刑滿釋放的性罪犯向州警單位登記。

第八章

一？二？三！保母殺嬰案剖析

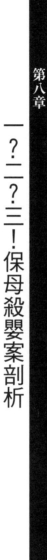

◇「如今，謠言傳遍全城，提到托嬰所發生的怪事：如果小孩啼哭，他們的雙手就會被綑起來，嘴巴用毛巾綁住；還有關於保母自稱罹患癌症、夜裡的南瓜燈、上帝的作為、命運及可怕內情的傳言，也甚囂塵上。」

——兒科病理學教授暨檢方證人約翰・艾默里（John Emery）博士

謹傳喚您於一九八六年六月十六日至六月二十七日期間之下午八時三十分，至威斯康辛州艾波頓市（Appleton）法院巡迴法庭第一分院，為威斯康辛州對珊卓・潘考（Sandra Pankow）一案出庭作證。

此為陪審團審判，近期將通知您審判開庭之確實日期與地點。

若無正當理由而不到庭，將會受罰……

一般人

你以上看到的是威斯康辛州法院傳喚我出庭作證的傳票內容。它被送到我桌上有段時間了，就在洛克蘭郡法醫處最忙碌的那一星期。

我看到這份官方文件的第一個想法是，威斯康辛州，特別是威斯康辛州艾波頓市當局，一定是瘋了，或者至少可以說他們是在出險招。因為據我所知，全美國所有地區的法律，都沒有規定法醫「必須」為任何類型的審判、謀殺案或其他官司出庭作證；這類任務通常可自行決定是否接受傳喚，尤其當具有特定專業背景的證人不是住在案發所在地及（或）審判舉行的州。我的確是在數月前參與調查這樁駭人聽聞的案件，但只是擔任遠距的病理學顧問，提供建議而已。

不過，當我接受傳喚、出庭提供專家證詞，卻讓我再次明瞭一個法醫心理學的權威法則：

當一個安詳寧靜的地方，竟發生邪惡到難以言喻的事件時，或換句話說：當一般人面對赤裸裸的邪惡所激起的極度恐懼時，會傾向於拒絕承認擺在眼前的事實，有時甚至會到不可理喻的地步。

充滿愛心的照顧

這一連串駭人的事件是發生在艾波頓市。這個城市鄰近溫巴葛湖（Lake Winnebago）北岸，瀰漫著諾曼·洛克威爾（Norman Rockwell）[1]式的如畫風情。

從城市史可知，艾波頓以擁有全美第二古老的男女同校學院及第一輛電纜車自豪。這個城市也是約翰·布萊德利（John Bradley）從小成長的故鄉；他是在硫磺島戰役中，首先將美國國旗升起來的人。當代最偉大的魔術師胡迪尼（Harry Houdini）還在襁褓時，便與家人從匈牙利來到艾波頓。小說家愛德娜·費勃（Edna Ferber）曾在這裡讀高中，如今那所學校以她為名。根據農民保險集團（Farmers Insurance Group）[2]最近的一份報告，艾波頓是全美居住環境最安全的十個地區之一。這個城市擁有農業和大型造紙工業，加上賦稅低以及令人羨慕的高就業率，長久以來，勤奮、親切的居民早已習慣此地安全、愉快的生活。

三十五歲的家庭主婦珊卓·潘考，也是這些勤奮居民中的一份子。珊卓·潘考已婚，生活幸福，有兩個兒子，其中一個是與前夫所生。她丈夫的工作是在夜間，因此白天會在家睡覺。她是一個高眺的婦人，有些肥胖；她總會跟朋友說：「我在跟肚子的脂肪作戰。」

潘考曾任護士的助手，如今則在家經營一間小型托嬰所，補貼家用。她布置了三個睡房，每間都有一張小床，另外還有一個附電視的遊樂間，以及放滿嬰兒玩具的地下室。每個朋友和熟人只要來到潘考家，都會對屋內的整潔安詳留下深刻的印象。「太不可思議了，」一位朋友曾驚嘆地表示，「即使她家客滿，也從沒聽過任何一個小孩大哭大鬧。」

潘考擅長照顧一到二歲的孩童，自稱擁有超過十年的保母經驗。她形容這個專業是：「對每個男女幼兒提供源源不斷的愛心、關注與照拂。」

一

一九八〇年十二月的一個寒冷、明亮的日子，十三個月大的女嬰克里絲汀．蜜雪兒．漢彌頓（Kristin Michelle Hamilton），在快到中午時由母親帶到潘考的托嬰所。克里絲汀的母親辛蒂（Cindy）已讓潘考照顧克里絲汀好幾個月了（偶爾她也會托潘考照顧克里絲汀的姊姊麗莎〔Lisa〕）。今天她告訴潘考，克里絲汀感冒了，所以她會提早過來接女兒回家。

下午三點半，漢彌頓太太接到潘考的電話。她告訴漢彌頓太太，幾分鐘前，她進嬰兒房察看從一點鐘便開始睡午覺的克里絲汀。

「我一進房就覺得不對勁！」潘考幾乎是用叫的說道，「我能感覺到。我湊近克里絲汀的臉，才明白發生了什麼事。她沒有呼吸！」

根據潘考的說詞，嬰孩沒有脈搏，而且所有生命跡象都已停止。她說，由於自己當過護士的助手，知道如何進行復甦術，於是她將克里絲汀抱到客廳沙發上，拍她、搖她，最後還進行口對口人工呼吸和心肺復甦術，但都沒有用。

救護車和急救人員接獲通知，立刻趕到現場。克里絲汀被送進艾波頓市的聖伊麗莎白醫院（St. Elizabeth Hospital），醫護人員在急診室又做了更多嘗試，想挽回她的性命，但也沒有成功。下午四點三十分左右，主治醫師宣告克里絲汀．漢彌頓死亡。她的父母隨後也趕到醫院，並做了正式的身分指認。

這件事發生在一九八〇年。我在第一章曾提到，在法醫制度出現之前，若發生無法解釋的死亡狀況，醫生和警方調查人員只能依靠城鎮裡的驗屍官，確認死因究竟是自然死亡，還是意外、自殺或謀殺。

我也提到過，擔任驗屍官的人，並不全是受過訓練的病理專科醫生。雖然這些官員通常具有醫學背景，一直到一九八〇年代中期，大多數城鎮、甚至主要城市的驗屍官所具備的法醫知識，並不比一般醫生來得多。

因此克里絲汀．漢彌頓的屍體未經過法醫檢驗——當地也沒有法醫——不過她曾由一位具病理醫生資格的驗屍官在艾波頓的醫院急診室進行解剖。

克里絲汀的父母在接受詢問時表示，克里絲汀死前的兩個月，耳朵受過感染，死亡的十二天前曾不小心摔下樓梯；三天前則有嘔吐和感冒的徵狀，不過她的糞便正常。除了這些小毛病之外，她非常健康。

解剖結果也顯示，克里絲汀的營養良好，沒有瘀血或外傷。解剖時也發現，她的器官都沒有不尋常之處，腹部的所有器官看起來都正常。而且，根據驗屍官的報告，嬰兒身上沒有任何人為傷害的跡象。

「肺部的解剖切口沒有滲出不尋常的體液，」驗屍官在報告中寫道，「也沒有明顯的硬化或出血現象。未發現任何皮下的點狀出血。主支氣管黏膜上有一層薄薄的含血液體，但沒發現損傷。」

簡言之，驗屍官沒有發現具體或不正常的跡象，顯示克里絲汀．漢彌頓是如何及為何死亡。這類找不出原因的死亡事件，通常會歸因於SIDS：嬰兒猝死症（Sudden infant death syndrome）。

但仍有……

但仍有幾名艾波頓市的醫生對此結果感到訝異。他們強調，嬰兒猝死症發生的機率相對來說並不多；再者，這個診斷並非出自法醫病理醫生。一名醫生主張應進一步調查，另一位則希望能從州立大學尋求第二或第三位專家的意見。

但警方認定毫無疑點。他們已徹查潘考的家庭托嬰所，未發現任何反常或曾施暴的跡象。屋裡的一切全符合標準，而驗屍官的正式報告也清楚陳述，克里絲汀・漢彌頓的呼吸停止，並非由外物（如枕頭或手）所造成，而是不明因素導致。為何需要進一步調查？警方堅稱，擴大調查範圍，只會讓孩子的父母更傷心，而且又徒勞無功。

況且，珊卓・潘考多年來在托嬰工作上的好名聲眾所皆知，她的顧客也同聲誇讚她對小孩的關愛照拂。潘考是個聰明靈巧、說話輕柔、平和虔誠的婦人，廣受社區居民的敬重和喜愛。她的朋友和家人也在這段期間適時給予支持。「珊卓經歷了很大的打擊。」一名鄰居告訴艾波頓市的報紙記者，「發生這麼可怕的事，她傷心極了。我真為她難過，為何好人的運氣總是那麼差？」

除了艾波頓的醫界和法界人士傳出少數質疑之外，大多數人都認同克里絲汀・漢彌頓的死亡是單純的意外；畢竟，意外偶爾就是會發生。

因此這樁事件就此結案。

神祕的嬰兒猝死症

嬰兒猝死症，也常被稱為「搖籃死亡」（crib death），是一種由不明原因導致健康嬰孩在睡眠時死亡的失調症狀。根據統計，全美國每年每一千個嬰兒當中，會有兩例死於嬰兒猝死症；一年總共約有近八千例，而男嬰發生的比例比女嬰高。若母親的年紀較輕，小孩發生嬰兒猝死症的可能性也較高。這種病症常見於冬天，極少出現在夏季，且好發於早產兒。奇怪的是，雙胞胎的其中之一，比起一般嬰兒更容易遭受嬰兒猝死症的侵襲。

小兒科專家貝克威斯（J. B. Beckwith）對嬰兒猝死症的定義如下：「它是一種無法經由過去狀況（病史）預測到的嬰幼兒猝死症狀，即使經過徹底的驗屍檢查，也無法找出死因。」

第二種普遍見於醫學文獻的定義，則是由法醫病理學家艾德森（L. Adelson）博士所提出；他認為嬰兒猝死症是：「健康狀況良好或所染病症看似輕微的嬰幼兒，在未預料到致命可能的情況下，突然死亡。」

對法醫而言，必須在所有致死因素都被排除以後，才能將死因歸於嬰兒猝死症。也就是說，解剖時，確定未發現任何導致嬰兒快速死亡的已知原因，例如窒息、感染、嘔吐物堵塞氣管、處於高溫或寒冷環境過久、食物堵塞咽喉、中毒、發燒、受虐等。當沒有查到疾病、意外、暴力或其他潛在的致死原因，才會將嬰兒猝死症登記在死亡證明上。

這種令人不知所措的病症雖然和癌症一樣，在醫學上仍無法確認真正的起源，但仍有幾個可能導致的外在因素。美國小兒科學會告訴我們，健康嬰兒睡覺時若習慣俯臥，會比側臥或仰臥的猝死機率高。睡在塞滿聚苯乙烯填充物的軟墊上，猝死的可能會比睡平坦枕頭的嬰兒稍高。然而，究竟是枕墊造成窒息，還是填充物所含的化學物質所致，仍不清楚。床墊、床、床單、被子、甚至嬰兒衣物清洗劑中的漂白成分，或是二手煙、空氣污染、奶瓶餵食方式、輻射線、環境中的細菌感染，以及其他許多看似不相關的因素，都有可能。

簡言之，嬰兒猝死症是一種原因不明的神祕殺手。尤其它很難診斷，而且解剖時經常誤診，或更糟的是，太常將死因歸類於嬰兒猝死症。

二？

當克里絲汀．漢彌頓之死引發的混亂告一段落後，珊卓．潘考便繼續為艾波頓市忙碌的職業婦女提供托嬰服務。一個嬰兒在她的看顧下死亡的這個事實，只引起極少部分人的憂慮。

在此同時，潘考開始對嬰兒猝死症產生極大的興趣；這點可能有點奇怪，但或許其動機是可以理解的。她廣泛閱讀嬰兒猝死症的資訊，留意最新的研究，請教相關機構的專家。沒多久，她便成為一個精通嬰兒猝死症的人士，就連艾波頓市的醫生們也開始請教她關於嬰兒猝死症的專門議題。這點使得原本因之前事件而多少影響其聲譽的潘考，在艾波頓市民心目中的地位反而提高了，甚至有如英雄。

但兩年後的一九八二年八月，一個名叫尚恩．布魯默（Shawn Bloomer）的九個月大男嬰，在潘考的托嬰所死亡。

潘考說，早上尚恩來她家，她餵過牛奶和麥片後，便將他放在搖籃裡看電視。幾分鐘後，他開始揉眼睛，因此她把他抱到床上，俯臥著，臉轉到一側。九點鐘時，她察看過一次，看到他安睡著。三個半小時後，她去抱他時才發現他死了。

和上次一樣，急救依然無效，接著嬰兒便由救護車送到醫院，立刻便宣告死亡。五小時後進行解剖，發現這個營養良好的嬰孩雙臂和下巴已出現屍僵現象。雖然他身上沒有任何外傷，不過肺部與胸膜發現點狀出血，這有可能是窒息造成的，但驗屍官似乎認為無關。嬰孩的身體沒有瘀血或皮下出血所形成的斑塊，體內器官也都正常，完全沒有損傷。

又和上次一樣，由於嬰兒未顯示具體的疾病或意外致死的徵象，因此驗屍官仍將死因登記為嬰兒猝死症。

事情到了這個階段，照理警方、醫院、住院醫師、地方檢察官、朋友、鄰居、親戚或某個人，應該會開始警覺到，兩年內竟有兩名嬰兒死在同一家托嬰所，而且都查不出原因。

但沒有。

眾人又一次對可憐的保母，這個再度遭厄運打擊的受害者，表示同情。在正式解剖結果和警方報告歸檔、加上未查出潘考有任何不法行為後，這個事件便告一段落，市府當局認為沒有理由進一步調查此事，尚恩·布魯默的父母也沒提出控告。不過有些人開始懷疑潘考的托嬰所是否真能照顧好他們的孩子。有些人則聽說潘考在地下室用奇怪的方法對孩童施虐。警方調查了這個傳言，發現只不過是惡意的八卦。艾波頓的大部分人仍認為珊卓·潘考單純是命運的悲慘受害者。

三！

三年後，一九八五年萬聖節前，第三名嬰孩在潘考的家庭托嬰所死亡。

這個事件是前兩樁悲劇令人心寒的翻版。六個月大的泰勒・克羅斯（Tyler Kloes），在早晨由他母親送到潘考家。潘考敘述，男嬰很好動，沒多久就累得睡著了。二十分鐘後，她發現他死在搖籃裡。她曾試著急救，但沒有效果。泰勒由救護車送走，然後在艾波頓醫院宣告死亡。

警方向來有種說法：「一次是偶然的意外，兩次是可疑的巧合，三次就絕對是謀殺。」泰勒・克羅斯的死亡，令艾波頓警方、醫院、司法單位，甚至潘考的朋友和鄰居，都開始覺得疑點重重。這次，嬰孩的屍體不再是在醫院草草解剖，而是送到威斯康辛－麥迪遜分校（University of Wisconsin-Madison），進行全面的解剖分析與檢驗。

這次的驗屍發現，嬰孩身上有曾被施予急救的痕跡，但沒有外傷。潘考在這點上並沒有說謊。不過，嬰孩的肺部有大片充血，而且甲狀腺和肺部深處也有出血現象，這兩者都是窒息的典型徵兆。

「這明顯是一名無致死之疾病症狀的正常男嬰，」大學的一名檢驗者寫道，「但有符合窒息而死的跡象。針對這名六個月大之死亡男嬰的解剖發現，他並非生病致死。而解剖結果雖符合嬰兒猝死症的描述，但也符合窒息而死的跡象。」

進入黑暗面

調查此案的一群偵辦人員發現好幾件顯示潘考心理狀態不穩定和舉止怪異的事，引起他們的高度重視。

例如，自一九八〇至一九八五年，曾有九通電話從潘考家打到消防隊，要求他們派救護車和急救小組。

其中三通電話的內容是通報發生嬰兒猝死症的狀況。另外六通電話則是完全不同的情形，其中一通是通報家庭紛爭：潘考申訴自己遭到丈夫的人身虐待；另一通則是潘考宣稱她服藥過量；還有一通是潘考表示自己因癲癇引發了強烈的憂鬱症——她告訴調查人員，癲癇是脊椎神經毛病造成的。

偵辦人員也得知，潘考曾告訴朋友，自己罹患腦癌，無法動手術，只剩不到一年的時間可活。她也曾向一位社工葛瑞格·奧圖（Greg Otto）透露，她因兩名嬰兒死在她家，而使她的癌症惡化到末期，令她非常痛苦。潘考還告訴美國國家嬰兒猝死症基金會（National Foundation for Sudden Infant Death），她已病入膏肓，想把基金會列為她的遺囑受益人。

雖然潘考到處聲稱自己病重，但調查顯示她正在服用的藥物——太格（Tigan，止吐藥）、康帕嗪（Compazine，鎮靜劑）、西羅（Lomotil，止瀉劑），以及貝樂格（Bellergal，鎮靜劑），沒有一樣是治療癌症的。再者，威斯康辛州境內的所有醫療院所也找不到有關潘考罹患癌症的診斷病歷。

「須留意，」巡佐索波（R. J. Soper）在警方報告上留下這條附註，「根據在一九八五年十月二十九日自珊卓・潘考處取得的就醫授權書，以及從各醫療院所取得的病歷，加上她至今的所有病歷，都顯示珊卓・潘考沒有理由告訴任何人她長了惡性腫瘤。」

而潘考的鄰居們也是既關切又疑惑。之前，他們都覺得在沒有明確證據前，不該認定這名保母有問題。但如今，他們的態度變得比較保留。沒多久，一些指控也紛紛浮出檯面。

潘考的一位朋友感到難過，因為潘考據稱有類似癲癇的痙攣症狀，而州法規定，凡罹患痙攣症者，無論病狀輕重，皆不能取得日間托嬰的許可執照。另一位擔任護士的鄰居告訴警方，曾看到潘考餵幾個她所照顧的小孩吃安眠藥。泰勒・克羅斯的母親則告訴警方一件令人尤其不安的事。她表示，在兒子死後，潘考告訴她，就算泰勒沒死於嬰兒猝死症，他反正很快也會死。

「為什麼？」克羅斯太太問。

「因為他的身體充滿了癌細胞。」珊卓回答。

一對透過職業介紹所認識潘考的夫婦，在開始將一歲大的兒子交給潘考照顧之前，孩子白天從來不小睡，而且他其實有輕微的孩童失眠症狀。但只要交給潘考照顧，白天都會很快入睡，而且一睡就是好幾小時。

「我真不曉得妳怎麼辦到的。」小男孩的母親每次都會這樣告訴潘考，完全沒想到自己的兒子可能被下藥。「妳一定有某種法力。」

「只不過是傳統基督徒的靈藥：愛心。」潘考回答。

隨後偵辦人員又發現一件更令人不安的內情。克里絲汀・漢彌頓的母親在克里絲汀死亡的幾個月前，曾託潘考照顧她另一個年紀較大的女兒麗莎。一天，麗莎哭著回家告訴媽媽，珊卓被小孩吵到火大時，會拿膠帶貼住他們的嘴巴，或將他們的雙手反綁。

當時，漢彌頓太太認為這不過是小孩胡思亂想編出來的。但後來有兩個各為六歲與九歲的男孩證實確有其事；他們表示，自己三年前由潘考照顧時，她會將他們綁在床上，如果啼哭，嘴巴就會被塞住。

還有一位母親指稱，有次她比平常提早到潘考家接兒子，卻發現還是小嬰孩的他被關在地下室的鐵製圍欄裡。圍欄上用一片厚重的木板壓住，顯然是要避免小孩逃跑。那個媽媽趕緊抱起兒子，逃出屋子，從此再也沒去找過潘考。不過她沒解釋為何當初沒告發這名保母。

調查過程中，偵辦小組成員之一的卡羅爾（Carroll）問潘考，她屋裡的哪個房間是專供孩子小睡的，據偵辦人員所言，潘考回答說，「他們全都在我的臥房受洗。」

「我覺得這麼回答很奇怪。」凱羅爾在報告中寫道，「而且當我又問，她是在哪個房間發現小孩死亡時，她說家中的每個睡房都發生過小孩死亡的事件。」

潘考在答話中流露不合宜的宗教狂熱，很快就從一件尤其令人毛骨悚然的插曲反映出來。事情發生在萬聖節後，就在泰勒．克羅斯死後沒多久。

泰勒葬禮過後幾天，他的祖父帶著一個小南瓜出現在艾波頓警察局。他表示，那天上午稍早時，泰勒的母親在泰勒的墓上發現這個南瓜。她拿給他看，他便馬上帶著南瓜來找警察。警察留意到那南瓜沒有用刀割出萬聖節鬼臉，但上面寫著「天使」兩字，而且南瓜的一面用奇異筆畫出鬼臉，另一面則寫著「祝你在天堂有個快樂萬聖節」。

警察將南瓜拍照並存放。查訪時，艾波頓墓園的一名管理員指稱，泰勒葬禮過後的兩三天，他在工作時突然有個三十出頭的高胖婦人跑來攀談。

婦人想知道克羅斯的墓在哪裡。

管理員指了指位置，便回頭做他的工作。那婦人漫步走到土還很鬆軟的墓旁，凝視了好幾分鐘。

第二天她又來了，第三天也是。

第四天，據管理員所言，婦人很早就到墓園，在墳墓前待得特別久。她進墓園時似乎沒帶東西，但她離開沒多久，管理員卻發現墳墓上放了個小南瓜。

警方立刻查訪珊卓．潘考的丈夫道格（Doug），詢問關於南瓜的事。警方對這段詢問的報告節錄如下：「每年快到萬聖節，他的孩子和珊蒂（珊卓的暱稱）便會開始準備萬聖節南瓜。他（道格）陳述，珊蒂都會用奇異筆畫鬼臉，因為她不喜歡把南瓜割開。」

殺嬰者

醫學博士艾妮德．吉伯特（Enid Gilbert）是威斯康辛大學的外科暨兒科病理學系主任；她不僅是國際知名的兒科病理學家，也是這方面的兩大冊專著《波特胎兒與嬰兒病理學》（*Potter's Pathology of the Fetus and Infant*）的作者。她還專精於鑑定嬰兒猝死症的疑似案例，查明死因究竟真的是嬰兒猝死症，抑是意外或他殺造成的窒息而死。在潘考的托嬰所發生三件難以解釋的死亡事件後，艾波頓警方便請吉伯特博士前來協助他們查明真相。

吉伯特博士研究了統計表和嬰兒猝死症的大量相關報告，再經審慎計算後，她得出一個結論，即從統計數字來看，五年內在同一間屋子和同一人的照顧下發生三件嬰兒猝死症的機率，在一兆分之一以內。雖然其他小兒科專家的估計較保守，約為五千億分之一，但數學家會告訴你，在有關人類的所有事務當中，凡數量超過五千億，就幾乎等同於無限。就如全國知名的法醫文森．迪梅歐（Vincent Di Maio）對一位《時代》（*Time*）雜誌的記者所說的，「（在同一家庭或托嬰所）發生兩樁嬰兒猝死案件是不太可能，但三樁則是不可能。」

即使一般醫學意見認為，導致死亡的原因究竟是嬰兒猝死症還是窒息，極難分辨，但吉伯特博士明瞭，在許多案件中，這兩者是可以區別出來的。若要做到這點，法醫就必須非常清楚該尋找哪些徵象，在哪個部位尋找。

最後，吉伯特博士發現，全美國每年發生的八千樁嬰兒猝死症案件當中，有高達百分之二十其實是其他原因導致的，其中被悶死殺害的比例最高。研究顯示，這類謀殺通常是母親下的手。

一個做母親的，怎麼會對自己的孩子下此毒手？大致來說，理由不外乎利益或是精神狀態不穩定。最常見的動機是保險金，另一個則是因嬰兒哭鬧太久或太大聲，使得母親在極度挫折與狂怒之下失手殺死子女。僅有極少案例是出於純粹的虐待欲。

但有些母親之所以殺害親生子女，只是為了得到朋友和善心人士的關愛與注意。這類「對同情上癮的人」，迪梅歐博士指出，「會經常不斷殺人，直到罪行被揭發，或子女被殺完了為止。」

少數母親是因為罹患「代理性穆喬森氏症候群」（Munchausen's syndrome by proxy）這種罕見的心理失調症。就「典型」的穆喬森氏症候群而言，患者會假裝甚至故意生病，以博取醫護人員的同情與關注。而代理性穆喬森氏症候群的女性患者，則不是偽稱自己生病，而是傾向於傷害或殺死自己的子女。她之所以這麼做，理由跟穆喬森氏症候群的患者相同，都是為了博取他人的同情。

當然，對我們大多數人而言，實在很難想像一個做父親或母親的人，會去殺害自己的兒女。然而尚堪可慰的是，此類案件的罪犯並非都是父母。統計顯示，排行第二最可能殺害嬰孩的凶手，正如吉伯特博士向艾波頓警方所指出的，是專業的日間托嬰保母。她們也會像代理性穆喬森氏症候群患者一般，出於病態的需要，或者因個人的種種煩惱，使她們想讓自己看起來悲苦不幸，所以下此毒手，以博得社區民眾的同情與關注。

吉伯特博士開始針對在潘考的托嬰所死亡的三名嬰孩，進行徹底的研究。

開棺驗屍

即使只是很快讀過潘考案的官方報告，也能發現，在解剖艾波頓的三名死嬰時，不僅有所遺漏，也犯了明顯的錯誤。

對這些解剖結果有所質疑的吉伯特博士，聯絡了她在英國的一位同行，雪菲爾大學（University of Sheffield）兒科病理學教授約翰・艾默里（John Emery）博士。他和吉伯特博士一樣，都是分辨嬰兒猝死症與故意悶死的國際權威學者。

吉伯特博士也打電話詢問我是否可就此案提供專業意見。她知道我處理過幾件偽裝為嬰兒猝死症的殺嬰案，而且曾針對悶死的病理學進行長時間的研究。她認為我們三人共同合作，用電話和郵件討論，並定期見面開會，很有希望查明這整樁理應只有一兆分之一發生機率的神祕案件。

我們先審閱前兩個嬰兒死亡事件的驗屍官報告。

解剖結果都與第三名死嬰的結果相同。沒有發現足以致命的感染跡象，但頸部組織出現符合窒息致死的特徵。第一個死亡的嬰兒克里絲汀．漢彌頓，其驗屍報告註明頸部組織有出血現象，而且眼睛有點狀出血，兩者都是悶死的徵象，但當時沒有一個人特別針對這兩項發現做進一步的檢驗。

我們三人研究這些資料後，斷定此案中的疑點已足以針對前兩名死亡嬰兒申請開棺驗屍，並同意由吉伯特博士進行解剖。她將會特別搜尋之前解剖時所遺漏、忽略，以及未被認出的線索。

窒息的全貌

在法醫病理學中，缺氧，或更正式來說：窒息，自成一個專門領域。

就醫學來說，窒息是由於手、吸入的液體、重壓等機械性外力，阻礙氣管將氧氣輸送至肺部，或是干擾血液流往腦部。另一個相關詞「缺氧」（hypoxia），是指輸送到身體組織的氧氣不足。缺氧會造成發紺；患者的皮膚、嘴唇和指甲會呈藍紫色，且隨著體內血液含氧量的降低而擴散、變深。

上吊、溺水、勒頸、悶住口鼻、吸入毒氣，以及喉嚨被沙子或泥土等異物堵塞，都是導致窒息最常見的外力因素。幸好以上每一項因素都會留下獨有的特徵，可供法醫查明造成窒息死亡的方式和原因。這些特徵和模式可能不容易察覺，且通常需要具備專門的知識才能辨識出來。

如果被害者是吊死的，窒息的類型則視套索在頸上的位置以及身體姿勢而定。如果套索綁住頸子上段，繩子兩端朝上，在後腦打結，那麼被害者的臉部便會脹紅，因為心臟將血液壓送過頸動脈，但靜脈受到壓迫，使血液無法回到心臟，最後導致死亡。另一方面，如果套索綁住頸根，繩子兩端在後頸打結勒緊，則動脈和靜脈都會受到壓迫，使被害者臉部呈死灰色，最後導致死亡。

還有另一種狀況：抄錶員必須定期進入如地下坑道之類的密閉空間抄錶，而這類地方通常散置了被雨水沖進來的污物垃圾，所有氧氣可能會被存在於這些坑道內的細菌用盡，只留下致命的二氧化碳。當抄錶員下到這些坑道，就會立刻暈過去，若沒有及時獲救，便會很快死亡。我在《法醫學期刊》（*Journal of Forensic Sciences*）中曾描述這種被稱為「密閉空間症候群」的狀況。

潘考案中所發生的窒息類型屬於悶死。過程中，由於氧氣供應身體組織的量減少，迫使換氣量達到極限，而造成被害者呼吸急促，痛苦不堪。接下來便會出現發紺，被害者的焦慮反應則會燒光氧氣存量，並產生大量肺充血，這些現象都會使得被害者的呼吸更加困難。在拚命想要吸取空氣時，被害者的靜脈會脹大，臉部腫起，瞳孔擴大，雙眼凸出，而且常有舌頭伸出的駭人景象，口鼻也會流出帶血的唾液或白沫。（在極少的悶死案例中，被害者會因頸部的迷走神經受到刺激，產生所謂的血管迷走反射，造成心跳停止。）

從法醫學的角度來看，最明顯的是被害者臨死前，會開始出現點狀的血斑。這些是針尖大小的皮下出血，為悶死的典型跡象。有時會形成一大片血斑，看起來像熱疹或一塊塊麻疹斑；不過在有些狀況中，點狀血斑會非常小或很少，需要放大才看得到。

雖然點狀血斑正常來說會出現在幾個特定的身體部位，如肺部、眼白以及眼瞼結膜，但如果氧氣量變得特別低，或充血的毛細管有足夠的空間爆開，點狀出血基本上也會出現在身體的其他部位。除了悶死之外，很少有其他臨床狀況會發生點狀出血的狀況，而且原因通常也很明顯、易於鑑別。

第二回合

克里絲汀．漢彌頓：她是第一個開棺重新驗屍的嬰孩。克里絲汀在五年前下葬，屍體曾經過防腐處理，而且當初在解剖時取出的內臟，也用防腐藥劑妥善保存，整齊地裝入一個塑膠袋，連同屍體放在她的棺材內。

吉伯特博士仔細驗屍後，記下幾個明顯的特徵。

- 上排門牙周圍的牙床以及上牙脊的牙齦有內出血形成的暗色斑塊；這是悶死的顯著跡象。吉伯特也發現牙齦有長形的瘀血；這只可能是由大型物體造成，例如一隻手，緊緊壓住臉和口。

令人訝異的是，當初驗屍官的報告並沒有記錄這些明顯可疑的瘀血。遺漏的原因，我們三人認為，不能全歸罪於驗屍官能力不足；畢竟病理醫生沒受過法醫訓練，不見得能辨識出重要的命案線索。再者，瘀血經常在人死後二十四小時才會顯現出來。克里絲汀嘴裡的壓痕可能直到屍體被解剖、經防腐處理並埋葬後才浮現。

- 在嬰兒的肺部發現大量點狀出血和明顯的內出血。這些跡象在一九八〇年進行解剖時也被忽略，這代表驗屍官在檢查肺部時非常草率。若檢查工作做得夠確實，是不難發現這類出血的。所有類型的肺出血都必須放在顯微鏡下仔細檢驗，以確認是否與肉眼可見的跡象相符合，以及究竟是窒息或其他原因造成出血。重新解剖驗屍時，除了採下小片肺部樣本留做顯微鏡檢驗，整個肺臟也用福馬林暫時保存，一、兩天後再做進一步檢驗。福馬林是一種甲醛溶劑，它會讓出血部位呈黑、白或灰色調，讓我們可以清楚看出出血部位的大小和擴散狀況。

當初的解剖並沒有採下任何組織樣本或做顯微鏡檢驗。但今日，它是基本的程序。我們首先會以肉眼檢視被悶死者的身體組織，而不是立刻就以顯微鏡檢視器官。經過兩天，組織變化達到成熟的階段，便比較容易顯現出肉眼可觀察到的器官損傷；若是新鮮的樣本，則會比較不易看出來。

接著，我們會將肺部組織切成薄片，放到顯微鏡下仔細檢視。

在用顯微鏡檢查前，先將窒息死者之肺部組織放置幾天，還有另一個理由，即讓出血部位在這段時間內轉為黑、白或灰色調，如此在放大觀察時，會比呈紅色調的新鮮組織樣本容易鑑識分析。在進行克里絲汀．漢彌頓的解剖時，她肺部的可疑出血，便比五年前剛過世時顯得更清楚可辨。

●克里絲汀．漢彌頓的眼白、眼瞼內的結膜，以及眼球周遭的薄膜，發現數組點狀出血。這些點狀的血斑顯示嬰孩是被悶死；因嬰兒猝死症死亡的小孩，眼睛絕不會出現這種血點。事實上，典型的嬰兒猝死症，幾乎不可能出現任何形式的眼內出血。

●肉眼與顯微鏡的進一步檢視，證實肺部有明顯的出血跡象，而且肺部氣囊裡發現外來異物，嬰兒猝死症也很少出現這種徵狀。頸部也有內出血現象，這也很少見於嬰兒猝死症，但常見於遭勒斃或悶死的被害者身上。

尚恩．布魯默：開棺重新解剖的尚恩．布魯默，是第二名死在潘考托嬰所的嬰孩；比起前一個嬰孩，在他身上的發現比較少。

尚恩屍體的防腐做得不如克里絲汀漢彌頓仔細，內臟也沒有放在棺材裡，而且棺內還塞入木屑，好讓葬禮瞻仰時看起來比較美觀。屍體的皮膚和身體組織已經大量自溶，也就是自行分解。

不過我們仍在屍體上發現出血現象和點狀血斑，兩者皆符合窒息的特徵。沒有發現其他死因的典型特徵。

而從這兩個開棺驗屍的嬰兒身上所發現的證據，得出什麼結論？

在我們最後的解剖報告中，吉伯特博士、艾默里博士，和我所做出的結論是：「第一名嬰孩顯示出由外力導致窒息死亡的確鑿證據。在另兩名嬰孩身上沒有發現外力導致窒息死亡的直接證據，不過兩者都有符合窒息死亡的跡象，由此斷定最有可能的死因是窒息。」

接著，我們檢視目前已知的狀況：統計數字顯示，在同一地點、由同一人看顧下發生三件嬰兒猝死症的機率微乎其微；而鄰居及造訪者曾提及潘考的失職；曾託潘考照顧小孩的家長指稱她在照顧小孩時，對他們施虐、下藥、甚至加以綑綁和囚禁；珊卓·潘考表現出來的行為顯示她情緒不穩。

從這些資料，加上科學事實和間接證據，再根據醫學上發生機率的合理範圍，我們斷定，艾波頓市的這三名嬰孩都是被謀殺的。

而且幾乎可以肯定的說，珊卓·潘考正是凶手。

故事結束

珊卓·潘考的審判僅花了八天的時間。

被告的辯護律師提出知名法醫病理學家的說詞，堅稱三名嬰孩皆死於嬰兒猝死症。但在整段辯護過程中，被告的表現卻有如反映辯詞的虛偽般，一動也不動地坐在位子上，兩眼睜得大大的，雙手摀著口鼻，彷彿正聽見或目睹一樁可怕的事件，並不時哭泣。一名陪審員後來表示，審判進行時，他幾乎都沒看到被告露出整個臉。

來自威斯康辛大學的一位法醫病理學家，羅伯．杭汀頓三世（Robert Huntington III）博士，告訴法庭：「根據合理的醫學事實，我必須遺憾的說，克里絲汀．漢彌頓是窒息而死。她的氣道遭到阻塞。」一位醫學統計學家則向陪審團說明，五年內在同一地點發生嬰兒猝死症的可能性有多小。

此時檢方似乎勢在必得。但就在檢方火力全開、提出一連串足以讓被告定罪的證據之際，珊卓．潘考的十四歲兒子，克里斯多福．潘考（Christopher Pankow），突然做出驚人之舉，聲稱自己曾綑綁他母親所照顧的許多嬰孩，並摀住他們的嘴巴。

在取得檢方同意追訴豁免後，克里斯多福由辯方傳喚到席，並問他是否因他母親照顧克里絲汀．漢彌頓和尚恩．布魯默，而感到嫉妒。克里斯多福回答是。

被告辯護律師接著問，他是否曾在他母親的家中將嬰孩綁起來，塞住他們的嘴？

克里斯多福沉默了好久，才點點頭。雖然他接著聲稱，在他母親的托嬰所發生的死亡事件跟他無關，然而罪行的陰影此時似乎從母親轉移到兒子身上。

不過這個情況沒有持續多久。第二天證人在法庭上提出的證詞，指出尚恩．布魯默死亡當天，克里斯多福並不在家，而另外兩名嬰孩死亡的當天，他可能也不在家。

潘考的兒子真的如他自己所宣稱，曾虐待他母親托嬰所裡的嬰孩嗎？他是模仿他母親的行為嗎？或者他只是為了幫母親脫罪，才有如此令人同情的勇敢舉動？這些疑問在審判進行時和多年以後，都沒得到解答。

在此同時，對潘考極為不利的證詞持續出現。

證人大衛・詹森（David Janssen），十四歲，敘述他曾和克里斯多福一起到潘考家地下室的冰箱拿冰棒。他指稱克里斯多福帶他到一張搖籃前，他看到一個嬰孩：「雙手反綁，嘴巴被布條綁住。」那嬰孩仍活著，詹森說。

一名九歲的男孩則指證，他曾看到潘考用一條毛巾綁住一個正在大哭的嬰孩嘴巴。另一名未成年的證人也看過類似的狀況。還有兩名成人指證，克里絲汀・漢彌頓死亡當日是在潘考家的地下室。（潘考告訴一些偵辦人員，克里絲汀是死在客廳沙發上，但卻向其他人說嬰孩是死在其中一間睡房的搖籃裡。）

茱迪・歐爾森（Judy Olsen）作證指稱，有天她提早下班，到潘考家接十四個月大的兒子，卻發現他「在一個陰冷有霉味的地下室角落，關在遊戲圍欄內，圍欄上用一塊大木板壓住」。珊卓・潘考當時沒陪著托嬰所內的小孩；她告訴陪審團，她那時正在洗澡。鄰居、家長、其他民眾也提供了對潘考極不利的類似證詞。

不過，就如一位報紙記者在審判期間所提出的問題：「為何這些人過了這麼多年，直到今天才說出如此可怕的內情？」我個人認為，從一位陪審員在審判結束的幾個月後所說的話中，可得到答案。「你無法相信自己居住的城市裡有如此殘忍的人物。」她說，「我們寧可相信大家都是好人，寧可不去正視罪行發生的可能，直到有人挺身而出，搖醒大家，並說：『看哪，這就是可怕的事實！』」

最後，艾妮德．吉伯特、約翰．艾默里和我被傳到證人席。

吉伯特博士告訴法庭，以她的專業見解，三名嬰孩全死於窒息，而非嬰兒猝死症或其他自然因素，她認為被告律師的提問「愚蠢」，而且堅稱他刻意迴避對許多重要證據的質詢。不過吉伯特博士從頭到尾都沒用「謀殺」兩字來稱呼這些死亡事件。

艾默里博士繼吉伯特博士之後坐上證人席。他接連駁斥辯方律師的說詞。「就如每個處理過這類死亡事件的人一樣，對我來說，窒息而死的證據就是這麼清楚明確！」

當問到毛巾綁住嘴巴是否會造成克里絲汀．漢彌頓牙齦的瘀血，艾默里博士回答，「會，我認為會。」不過他也沒用謀殺稱呼這些死亡事件。

最後，輪到我坐上證人席。我思量著手上所有的證據、呼之欲出的罪行，以及三個嬰孩的無辜冤死，最後決定打破長久讓這名艾波頓的保母逃過應得懲罰的無形禁忌。

一開始，被告律師提到克里絲汀．漢彌頓的牙齦瘀血。他堅稱，這顯然是在潘考和急救人員急救克里絲汀時造成的，而不是被枕頭或手緊緊壓住所導致。

我回答，所有報告，包括潘考的說詞，都指稱急救前嬰孩便已死亡，所以這些外力無法導致瘀血。瘀血是因為微血管壁破裂而形成；這些破裂導致皮下出血，但表皮依然完好。若要形成瘀血，心臟必須將血液壓送出去，使血液在壓力下從破裂的血管湧到皮下組織。

被告律師接著提出假設，在解剖克里絲汀．漢彌頓時發現的點狀血斑，不一定是悶死的證據；他斷言，其他類型的死因也會導致點狀血斑。

我回答，就嬰兒猝死症的定義而言，它應該是一種找不到任何徵象的致命症狀，因此這個論點是沒有意義的。

再者，被告律師對肺部點狀血斑的說法或許沒錯，但即使如此，極大量的肺出血仍是暴力致死的有力徵象。重點在於，死於嬰兒猝死症的嬰孩頸部和眼部絕對不會出現點狀血斑。既然沒有其他醫學上的解釋——例如某種特定心臟疾病——因此這類點狀血斑是法醫專家斷定死因為悶斃的直接途徑。

最後，克里絲汀．漢彌頓是在十三個月大時過世的。嬰兒猝死症最常見於二至七個月的嬰孩；很少發生在九個月以上的嬰兒身上。再者，調查嬰兒猝死症相當重要的一個工作，便是檢查現場，尤其是嬰兒睡床，以及嬰兒被發現時的睡姿。這些都付之闕如。

「仔細考量以上各點，」法庭報告紀錄了我的總結，「我將所有死亡事件歸結於因外力所導致的窒息性死亡。」

兩天後，陪審團經過不到七小時的審議，便一致判潘考兩項二級謀殺罪。每一項罪名皆處以二十年的最高刑期。

譯註

1. 諾曼・洛克威爾（Norman Rockwell, 1894-1978）：美國插畫家，擅長描繪純樸溫馨的小鎮情調。
2. 農民保險集團（Farmers Insurance Group）：美國第三大家庭與汽車保險公司。

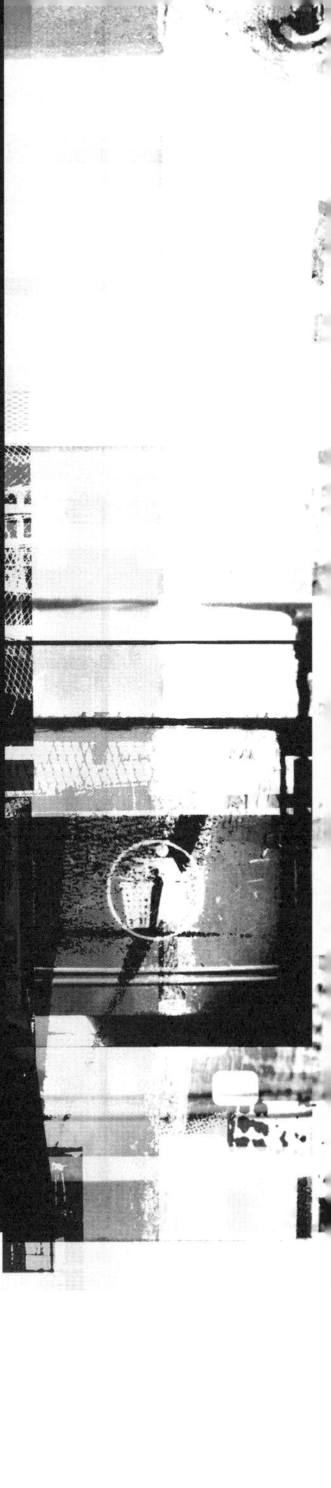

第九章

點三八亞莫克帽命案

◇「關鍵詞：自衛。案情重建。遠距離槍傷。亞莫克帽。警方濫用武力。」

——節錄自一九八九年《法醫學期刊》中的「亞莫克帽命案」一文

例外

曾有一位身為猶太教哈西德派的同事告訴我，住在洛克蘭郡的哈西德派猶太人比在特拉維夫的還多。不論這是否屬實，洛克蘭郡的確有不少興旺的猶太人社區，特別是在蒙西與新市（New City）這兩個中部城鎮。

這些承繼古老猶太傳統的人們，對其愛好和平、信教虔誠的名聲引以為傲。他們大多數都是循規蹈矩、安分守己的市民，而且多少令人感到訝異的是，他們的社區極少發生現代文明社會常有的不良行為，如酗酒、嗑藥、少年犯罪和家庭暴力。

當然，有人可能會說，哈西德派猶太人，或其他性質類似的族群，有強烈的道德傾向。然而，每次只要有人對某個特定文化或族群做出概略的歸納，無論是正面或負面，就會引起注意，而且動不動就指責那全都只是刻板印象。

或許稱哈西德派猶太人是安靜而不會訴諸暴力的族群，是一種刻板印象。即使有些人會質疑，但不少人或許會同意，大多數刻板印象多少點出了部分事實。

不過對我們來說，每個事實都有例外狀況。

非典型偷竊案

二十三歲的尼爾・伯恩斯坦（Neil Bernstein）便是一個例外。

這個沉默的年輕人身穿典型哈西德式的深色衣帽、蓄長鬢、祈禱、定期上猶太教堂。每天，他前往紐約市一家猶太人開設的公司上班，晚上下班便回家陪伴家人和朋友，毫不起眼地融入他出生和成長的哈西德社區。鄰居形容他是個受人敬重、善良熱心的年輕人，和他的家人很親密，也很積極參與慈善活動。他曾有兩年夏天在卡茲奇山（Catskill Mountains）為遲緩兒童夏令營工作。

但就如很多案例常見的一般，外表是不可靠的。在溫文傳統的外表下，尼爾・伯恩斯坦其實是個複雜且飽受煎熬的年輕人，擁有另一個祕密生活：他是一個海洛因毒癮很深的癮君子。

他一直小心翼翼地保守這個祕密，只有家人和最親近的朋友才知道。然而漸深的毒癮使得他的開銷越來越大，迫使他淪為闖空門的兼職小偷。到了我們的這位故事主角正式登場之時，他已成為一個老練的飛賊。在故事開始前的幾天，他曾遭逮捕，當時他正提著裝滿珠寶的手提箱，警方很快便查出那是他從鄰近的某戶人家中偷的。

他交付了兩千五百元的保釋金，從拘留所出來，等待接受審判；若被定罪，刑期最長可達四年。伯恩斯坦的家人自然會想辦法保密；但即使面對即將坐牢和讓家族蒙羞的險境，依然無法讓這個毒蟲痛改前非，也無法阻止他設法籌錢滿足毒癮。

先開槍

一九八一年五月的一個下午，尼爾．伯恩斯坦正忙著探路。他打算行竊的那戶住家在佛雪街（Forshay Street），位於蒙西市的一個富裕社區。伯恩斯坦對這一帶瞭若指掌，他家就在同一條街上，只離目標兩戶遠。

他站在人行道窺探那戶住家，觀察那條寧靜的街道。狀況看起來挺合適下手：四下無人，一樓的幾個窗戶很容易侵入，這棟大房子的屋主每天晚上七點鐘以後才會下班回到家，而且屋內有不少值錢物品。

但他打從這樁犯罪行為一開始，舉止便很怪異。

伯恩斯坦並沒有繞到樹叢濃密的房子後院，而是大膽地走近大門，在光天化日下用手打破大門旁的一小扇玻璃側窗。玻璃破碎聲迴盪在平靜的佛雪街上，碎玻璃也割傷了他的手指。

他從破窗伸手進去開鎖，但沒成功。伯恩斯坦便跑到他停在附近的車子，從後車箱找出一塊抹布，擦掉手上的血，接著又跑到屋子後院，想找比較容易的入口，但沒找到。於是他又回到大門，這次他將大角窗踢破，弄出巨響，從殘留尖利破玻璃的大洞進入屋內。

可想而知，對門的一位鄰居聽到了聲響，從窗戶望出去，發現一個小偷正在闖空門，於是打電話報警，巡邏警車幾分鐘後便趕到。巡警大衛・拉蒙（David Lamond）是有九年資歷的拉瑪波（Ramapo）警局警員，他跳下車衝進打電話報警的那戶人家。

報警的那位太太告訴拉蒙警員，一名留短鬈髮、穿戴黑色衣帽的黑人男子闖進對面住家偷東西。

拉蒙用無線電請求支援，然後悄悄接近那棟屋子，先察看後院，以確定是否有同夥在那裡接應，等屋內的小偷把東西扔出來。接著，他從打破的角窗進入屋內。諷刺的是，這棟屋子去年就被偷過好幾次，後來屋主便裝設了精密的防盜系統。但為何警報器在小偷破窗而入及警察進屋時都沒響，一直沒人知道原因。

拉蒙巡警進屋後發現，屋內一片凌亂，客廳、餐廳和書齋的家具翻倒，抽屜全被洗劫一空，樓上傳出乒乒乓乓的聲響。於是他爬上樓梯，剛好看到一名年輕人拿著一只裝滿東西的大袋子，站在二樓的走道上。

剎那間，兩人都愣住了，只盯著對方的雙眼。

拉蒙巡警所看到的竊賊，並不是黑人，而是白人；身上穿的是藍色西裝，而不是黑色的；他的黑髮和鬢腳既不短，也不鬈曲。他不是戴黑色有邊的帽子，而是一頂黑色的亞莫克無邊小帽（Yarmulke）[1]。

巡警立刻拔出他的柯爾特點三八左輪手槍，命令闖入者就範。

那名年輕人害怕又絕望地站在樓梯頂端，接著扔下裝了滿滿值錢物品的軟皮袋子，從走道逃到最近的臥房，打破一扇後窗，攀著花架，望著下面的石砌庭院，遲疑了一會兒，應該是因為害怕。

在此同時，拉蒙警員也緊追在後。他在唧唧作響的警報聲中奔上樓梯，經過走道，衝入臥房，跑到方才小偷跳出去的破窗前。

拉蒙警員看到竊賊趴在庭院地上，顯然是摔昏了。他再次命令對方不要動。然而，那名男子搖搖晃晃地站起來，以順時鐘方向轉身面對屋子，抬頭望向警察所在的窗口，然後轉身踏出一步，似乎打算逃走，但接著又站住，再次轉身，因此他的上半身正對著警察。

這個動作注定了尼爾·伯恩斯坦的厄運。

拉蒙警員從二樓窗戶往下望，看見小偷左手似乎握著一把有四英寸槍管的黑色左輪手槍。此時，警員的身體伸出有碎玻璃尖利邊緣的窗戶，反應空間受限，等於暴露在可能的危險當中，而他的右手握著自己的點三八配槍。

腰部抵著窗緣的他，可以感覺到周圍尖如利刃的破玻璃，也警覺到自己處於險境。拉蒙認為，竊賊正持手槍對準半身暴露在外且難以活動的他，在害怕喪命之下，他出於自衛開了槍，子彈直接射中竊賊的頭部。

中槍竊賊的身體轉了半圈，倒在水泥地上。倒下時，一個暗色的小物品也從他的左手落到一旁。

警員衝下樓，跑到後院，慢慢靠近倒在地上、毫無動靜的竊賊，同時找尋對方的手槍。但竊賊並沒有武器。在追捕的混亂過程中讓警員以為是短管手槍的東西，其實是那個年輕人轉身時抓到手上的亞莫克帽。

任何專業執法人員都會告訴你，所有警察最大的惡夢有兩個。

一是在值勤時被殺或身受重傷。

二是誤殺一個手無寸鐵或無辜的人。

拉蒙警員或許是因誤認對方手持武器，為了自衛而射殺那名哈西德竊賊，但他很快就必須向大陪審團說明理由，設法證明自己無罪，並面對怒斥警方濫用武力的媒體，還有整個哈西德社群。

拉蒙警員知道自己有大麻煩了。

在現場

拉蒙蹲在那個倒地不動的年輕人身旁，祈禱奇蹟出現。他量了竊賊的脈搏。也許有點動靜？他叫了救護車，並衝到巡邏警車內，翻出氧氣筒和急救箱，將被害者翻到正面，進行心肺復甦術。但那顆致命的點三八子彈射穿那名竊賊的頭骨，深入他的腦部。急救已是徒然。

支援警察在幾分鐘內便駕著警笛呼嘯的警車馳抵現場。幾名巡警跳下車，衝到房子後面，發現拉蒙警員仍在嘗試挽回小偷的性命。他們看了一眼倒在血泊中的屍體，便輕聲要拉蒙放棄急救。接著他們將現場圍起來，並打電話到法醫辦公室找我。

我在幾分鐘後抵達現場。我大致審視屍體，檢查是否仍有生命跡象，然後正式宣告這名身穿式樣保守的深色西裝、留著鬢鬍的青年已經死亡，時間是在下午四點整。

被害者倒在離屋六英尺處。拉蒙巡警在一旁不安地來回踱步，神情茫然，現場沒有發現武器。

當天晚上，拉蒙被暫時停職，並排定等他停職期滿，便舉行大陪審團調查前的聽證會。槍擊發生的五小時後，拉蒙所屬的警察局長召開一場簡短的記者會；他拒絕就槍擊事件的細節做任何臆測，只表示拉蒙巡警是名「經驗豐富老道的警察」，而且會妥善保障他的權益。

「我相信他的行為是情有可原的，」拉蒙的律師告訴一群記者，「他之所以那麼做，肯定是因為他認為自己遇到一個持有武器的歹徒。當時發生了竊案，而他正冒著生命危險面對歹徒。我相信最後將會證明他無罪，他是個好警察。」

的確，巡警拉蒙在九年的警察生涯中，堪稱是優良典範。同事形容他是個友善、內省、獨立的人，工作時總是小心謹慎。

他的紀錄只有一個小瑕疵：他和另一名警員有次曾因拒絕理髮而被暫時停職。這件事從未被提交到警察紀律委員會，而兩名警員也很快就恢復原職。拉蒙就如一位警察告訴媒體的，

「大衛真的是一位非常、非常、非常好的警察。」

點三八亞莫克帽

我在五月的那個下午受命前往驗屍的命案情況，是如此奇怪、尷尬、而且……特殊。

我站在這棟高級郊區住宅的後院，俯視著那具扭曲地倒在血泊中的年輕竊賊屍體。他的身體呈仰臥姿勢，距離他魯莽跳下的那扇二樓窗戶，只有略偏左的一小段距離。被誤認為手槍的那頂亞莫克帽距離他的手三英寸，上面有幾滴小血跡。

當我站在這裡，我不禁納悶當時究竟發生了什麼事，為何拉蒙巡警會射擊一個手無寸鐵、乳臭未乾、正嘗試逃跑的年輕人。調查此案的刑警以及接下來幾個月持續報導事件前因後果的媒體，沒多久便為這樁引起騷動的案件冠上一個頗具黑色幽默的渾名：「點三八亞莫克帽命案」。

一小時後，這名年輕人的屍體就被運到法醫處。

警方通知了他的父親，而他母親正因嚴重的心臟病住院治療，家人都不敢告訴她兒子死亡的噩耗。當大眾得知此案，並開始引發沸沸揚揚的議論之際，幸好她仍一直被蒙在鼓裡。

近看與遠觀

第二天早上，我們開始進行解剖。

我們除去並檢查死者的衣物。他一身典型的哈西德派裝扮，穿著黑皮鞋與藍色襪子、深藍色長褲、白襯衫、黑皮帶和深藍色西裝外套，手腕戴著一只高級手錶，是10K金的天梭錶（Tissot），無疑是他所從事之珠寶業的職業表徵。衣服上沒有彈孔，頭部唯一的一槍便足以致命。

這名年輕人在闖空門時，頭戴了一頂亞莫克帽，也是他從二樓窗戶跳到庭院時，抓在手上的那一頂小帽。

亞莫克帽是嚴守教規的猶太男子所戴的一種無邊布製軟帽。傳統的正統猶太教男子不論在家、工作場所和上猶太教堂時，都會戴著它。它的作用是提醒戴帽者上帝無所不在，「不論你是在暗室，」一名希伯來學者說，「還是在亮處。」

我們檢查那頂亞莫克帽，記錄它的尺寸和狀況，拍攝不同角度的照片，然後將它封存在一只塑膠袋內，和其他證物一起放置在旁。

接著我們用解剖刀劃開死者的軀體。所有主要器官都完好，沒有創傷。不過當伯恩斯坦的血液送到實驗室，毒物化驗便顯示重要的結果。我們運用一種稱為「薄層色層分析法」（thin-layer chromatography, TLC）的技術，在他的血液和尿液中偵測到大量的嗎啡。

這下就能瞭解，為何伯恩斯坦的行為從頭到尾竟如此拙劣魯莽。他不僅光天化日下在一個所有人都認識他的社區闖空門，接著又無比愚蠢地試圖逃避一名手持上膛手槍、受過訓練的警察追捕；他根本處於恍惚狀態，被海洛因弄迷糊了。就如後來他家族的一名友人對某位記者所言：「殺死尼爾的不是槍或警察，而是針頭。」

接下來，我們解剖尼爾．伯恩斯坦的頭部。他的臉和鬍鬚都沾滿了血。那些血是來自他後腦一個直徑零點九公分的彈孔。彈孔位於頭顱中線右邊五公分處，頭頂冠狀縫合下方六公分處。這個彈孔和它所造成的損傷，是我們目前的驗屍工作最首要的重點。

槍傷類型

首先要查明的是，拉蒙巡警是在遠處還是近距離射擊伯恩斯坦，子彈是否造成接觸型槍傷（因槍管直接接觸被害者皮膚所致）、近距離槍傷（槍枝在離一英寸處射擊）、中距離槍傷（槍枝在數英寸以外射擊），或遠距離槍傷（槍枝在數英尺以外的距離射擊）。任何顯示子彈在近距離擊發的跡象，都代表伯恩斯坦並非遭到從窗口朝庭院射擊的子彈所射中，而可能是以處決的方式遭擊斃；所有這類發現都會讓一個看似警察誤殺逃犯的狀況，很快轉變成警方濫用武力的謀殺案。

我開始清洗被害者的頭部傷口，刮掉周遭的毛髮，然後在強光下以高倍數放大鏡靠近檢查傷處。我運用文生・迪・梅歐（Vincent Di Maio）博士所發展出來、並在其著作《槍傷》（*Gunshot Wounds*）說明的方法，找尋能證明射擊距離的證據。

頂住型槍傷：施力接觸性槍傷是槍口緊緊抵住被害者身體擊發所造成。這種施力會在皮膚上留下槍口壓痕。此類槍傷的傷口邊緣會有灼燒痕，且皮膚會有硝煙沉積，無法清洗掉。傷口內部也會有硝煙和膛屑。

接觸型槍傷：槍口輕輕抵住被害者的身體射擊，在皮膚上留下較淡但仍可辨識的壓痕。彈孔邊緣會留下一小圈硝煙，但可擦除。

近距離槍傷：槍枝距被害者一英寸左右射擊，隨氣體噴出的火藥顆粒，會在傷口周圍一帶造成小點狀出血，即所謂的火藥粉粒刺青（tattooing），皮膚也會留下相對範圍較廣的硝煙和煙垢，而且只能擦洗掉一部分。

中距離槍傷：槍口距離被害者數英寸射擊，在皮膚上造成無法去除的火藥粉粒刺青。這種刺青痕含有來自受傷毛細管的血液，呈紅褐至橘紅色。醫學上，這類血痕可用以斷定被害者中槍時是否還活著、心臟是否仍在壓送血液。

遠距離槍傷：槍枝距離被害者兩英尺以上，彈孔相對較乾淨，出血和污痕也很少。這類槍傷不會造成火藥粉粒刺青，沒有圈狀的硝煙痕，也沒有灼燒痕，而且彈孔周圍也不會留下一圈煙垢。

就法醫鑑識來說，遠距離和中距離的頭部槍傷，子彈射入口應該是小而圓，邊緣會有一圈所謂的擦傷輪（abrasion collar），流出的血也很少。接觸型和近距離槍傷，尤其是位於頭部者，通常會造成星形的彈孔，這是因為射擊產生的氣體與物體的回彈猛擊頭骨所形成的。

即使子彈自遠距離射入目標物，且沒有硝煙，但金屬片或其他污屑也可能在傷口邊緣留下一圈深色的痕跡。這種皮膚變色狀況，是因為子彈在射入體內之時，將其表面的污垢留在皮膚上，而在彈孔周圍留下一圈污垢痕。

接觸型槍傷可見於自殺和謀殺案件，雖然大多數自殺案例的槍傷部位，幾乎都在頭部，如太陽穴、前額或口腔頂部，但有時仍很難分辨究竟是自殺抑或他殺。若是在心臟，或者尤其是臉部等反常部位發現子彈射入口，通常遭謀殺的可能性較大；自殺者幾乎從來不會直接射擊全身上下最不忍破壞的部位：臉部。如果射擊距離大於手臂長度，法醫也會懷疑這並非自殺。雖然少數執意自殺的人會運用彈簧、滑輪或拉發線等，製造自殺輔具，但大多數自殺者通常只會持槍抵住太陽穴，按下扳機。

導致伯恩斯坦死亡的槍傷，屬於遠距離者：它沒有火藥粉粒刺青、硝煙或灼燒痕，顯然不是近距離射擊的槍傷。因此目前為止，拉蒙巡警的說詞大致上是成立的。

致命的子彈

我深切入前額中線區域，搜尋子彈。我找到了，那是一顆有銅包衣的子彈，形狀很完整，我用鑷子將它夾出來。

它的形狀和類型和巡警配槍的子彈相符。這顆子彈穿過後顱骨，進入前額葉，並留在那裡。因此被害者頭部正面沒有子彈射出所造成的傷口。

子彈在射入頭部時，也撕裂了極大範圍的腦部組織，它的爆炸威力導致大量內出血。這些創傷是造成被害者當場死亡的直接原因。

最後，被害者的鼻腔充滿了半凝固的血液，雙眼有小點狀出血，這是頭部中槍者的典型徵象。一邊的眉毛有處小挫傷，使皮膚的顏色變深；下巴、手部和右膝也有挫傷。我們認為，這應該是在伯恩斯坦從窗戶跳到庭院時造成的。

最後，我們將導致伯恩斯坦死亡的子彈送到彈道實驗室，交由彈道專家用比對顯微鏡確認在被害者頭部發現的子彈，是從拉蒙巡警的配槍發射出來的。

比對顯微鏡具備兩個能供左右眼同時觀測的大目鏡，可呈現三度空間。稜鏡組安裝於鏡筒上，可單獨或同時檢視兩個不同物體，它們的影像也可投影至一個分區屏幕，以便將兩個物體的影像放在一起比對。

鑑識人員可運用這種絕佳的工具，檢驗殺死伯恩斯坦的子彈以及從拉蒙巡警配槍射出的子彈樣本，看看兩者是否有相同的刮痕和線紋（即「陽線〔lands〕」和陰線道〔grooves〕」）。只有從同一把槍發射出來的子彈，才會有相同的痕跡。即使子彈是從另一把同口徑的手槍發射出來，刮痕與線紋的模式也不會相同。

殺死尼爾．伯恩斯坦的子彈，顯然是從拉蒙巡警的配槍發射出來的，但還要再做比對鑑定，是否太浪費實驗室人員的時間和納稅人的金錢？然而，可別忘了，案發現場沒有目擊者，沒有監視器，沒有任何現場錄影紀錄，也缺少能客觀報告事發經過的人；法醫和執法人員手上就只有開槍巡警的說詞。因此，彈道鑑定結果不僅對拉蒙的工作和名譽有決定性的影響，而且若法庭根據證據判定警方濫用武力，他可能就得坐牢。

拉蒙巡警的說詞仍有不少可能引人質疑的地方：是否有其他一、兩人涉入這件偷竊案？拉蒙是否在報告中將他們的名字略而不提？拉蒙和竊賊是否可能串通犯案？

若是串通犯案，他是否可能在兩人起爭執時一怒開了槍？有沒有可能兩人在刻意演出警察抓小偷的戲碼時，拉蒙不慎失手殺了對方？或者，從另一個角度想，開槍的動機其實是仇視猶太人？以上猜測似乎都極不可能，但有時很難說會不會有出人意表的轉折。

最後，即使法醫處和其他調查人員都相信，殺死尼爾．伯恩斯坦的子彈是從巡警的配槍擊發出來，並且是遠距離射擊，而拉蒙敘述的事發經過，可信度也頗高，但仍有一個令人深深困擾的疑問。

當尼爾．伯恩斯坦從窗戶一躍跳到庭院後，他真的站了起來，手上拿著亞莫克帽，轉身面對巡警，讓警員誤以為有必要自衛而開槍？

若果真如此，那麼為何拉蒙擊發的子彈會從伯恩斯坦的腦後射入，而非頭部正面？

案發經過的模擬演出

雖然實際模擬犯案經過，是法醫病理醫生判定被害人死因、方式和手法最常運用的程序，但不僅報紙很少提及，描述法醫辦案的電視紀錄片也沒有拍過，我不確定為何如此。然而模擬犯案經過，是我們在設法瞭解命案現場事發過程時，所運用的許多方法中最有效的一種。

你或許還記得在第四章「毀容殺人案」中，地方檢察官曾要求假日飯店的目擊者站上梯子，俯視嫌犯的林肯大陸型轎車，模擬他們在案發當天的視角。

在我處理過的另一樁廣受矚目的命案中，案情的模擬最後幫助警方破案。被害者是一位名為肯尼斯．希普（Kenneth Heip）的男子，在紐約州康傑斯鎮（Congers）當垃圾車司機。

身處於這個大部分被黑手黨掌控的行業，希普犯了一個大錯。他打算自立門戶，不想定期從收入擠出一部分交保護費。他堅持了好幾個月，既不屈服於幫派份子的威脅，也不交出他們所要求的保護費。最後，他們派了兩名殺手，在一塊空地堵住希普，將他刺死，屍體則扔到垃圾堆。他被發現時，身上有多達八十處的刀傷。

兩名主嫌被捕，他們的雙手都有多處割傷和劃傷。調查人員認為，他們是在刺殺被害者和棄屍時弄傷的。這兩人應該曾拖著希普的屍體經過一堆尖石塊和瓦礫，走下斜坡，將屍體棄置於最後發現它的垃圾堆中。

兩名嫌犯辯稱自己之所以會割傷手，是因為他們開去上班的那輛車車窗有毛病。他們解釋，駕駛座的車窗老是會滑進門框內，每次他們總得抓著玻璃邊緣，將車窗拉回原位，因而被玻璃薄利的邊緣割傷。

為了調查他們的說詞是否屬實，我們先去嫌犯在希普失蹤前一天光顧的修指甲店，詢問店裡的工作人員。根據那天下午當班的修指甲師傅所言，在幫兩名嫌犯修指甲時，他們的雙手都沒有割傷或瘀血。

其次，我們扣押了嫌犯的車，安排了案情模擬，針對駕駛座的車窗進行一連串實驗，以確定車窗玻璃的邊緣是否真如嫌犯所言，鋒利到在緊抓它時會割傷手。

在檢查駕駛座車門時，我們發現，車窗的確如嫌犯所言，會從窗軌滑下，落入門框裡面。

接著，我和我的組員測量了車窗玻璃的重量、雙手抓住玻璃的方式，以及需要多大力氣才能將它拉上來裝回窗軌。

我們的第一個發現是，車窗玻璃並不重，只需少許氣力便能拉起、移動。就算八歲小孩也可輕易完成。

更重要的是，我們發現玻璃的上緣和側邊非常平滑。在實際操作時，我和我的助手反覆拉起玻璃，移動調整，再裝回窗軌，但我們的手套連一道刮痕都沒有，即使我們後來大膽地脫掉手套操作，也沒有割傷。

我也發現，就算我一手放在玻璃上緣，一手按下電動車窗按鈕升起玻璃，直到我的手被夾在車窗玻璃和門框間，也沒有因此受傷，手掌不過出現一道壓痕而已。

因此，我們的模擬確認了嫌犯對雙手割傷的說詞是謊言。

停格模擬

假使竊賊站在庭院，面朝拉蒙巡警，手上似乎拿著武器，但為何巡警的子彈會打中他的後腦？最糟糕的答案是，巡警射殺了一個手無寸鐵的逃犯。如此行為，將會引發司法系統、哈西德社區，以及媒體的憤慨。

而他當初說自己將一頂亞莫克帽錯認為手槍，這個謊言也會讓他罪加一等。因為如果我們將一頂亞莫克帽放在一把警用手槍旁，實在很難看出兩者有何相似之處。

接下來的幾天，拉蒙巡警接受了多次偵訊，要求他詳細解釋為何配槍的子彈會射中逃犯的後腦。

面對這些針對細節的咄咄逼問，拉蒙竭其心思和記憶，最後告訴偵訊員以下案情：

首先，伯恩斯坦持著某種類似武器的東西望著他。巡警堅稱，竊賊手握那頂黑色亞莫克帽的方式，從他所處的位置看來，的確很像一把手槍。

下一、兩秒鐘，伯恩斯坦開始再次轉身背對他，應該是打算逃跑。（巡警原先的報告的確提到這點。）

但此刻，拉蒙巡警已經箭在弦上，對以為是指著他的武器做出立即反應。就在伯恩斯坦再次轉身的同時，巡警反射性地開了槍。這一刻，竊賊已經轉到子彈正好射中後腦的位置。

拉蒙所描述的狀況很合理，甚至頗具說服力，但實際上是否有此可能？我們決定模擬從頭到尾的狀況，研究過程中的時間差，以確認結果是否與巡警的說詞相符。

我們先請我的一名組員站在案發當天那棟屋子的後院，也就是竊賊轉身面朝警員、並被射殺的確實位置。他的左手握著一頂黑色亞莫克帽，就如被害者當天所為。另一名調查人員拿著相機站在二樓窗口，和警員當初所處的位置相同。

接著，後院裡的人確實依照拉蒙的描述，模擬伯恩斯坦當時的動作。他倒在庭院地上，假裝剛從二樓窗戶跳下來，然後站起來，先是轉身要逃，然後又轉回來抬頭面對警員，手上拿著亞莫克帽，接著再轉身打算逃跑。這些動作都經過精確計時、拍照、記錄。

從排演和照片順序所呈現的結果來看，我們得出的結論如以下的命案報告節錄：

我們的調查結果顯示，在死者完全轉身、使其後腦對著警員前，的確有一小段時間足夠讓警員做舉槍射擊的動作。再者，從窗戶射擊至偷竊嫌犯後腦的子彈軌跡，符合解剖時發現的子彈彈道。因此，法醫認為，警員所提供的證詞，符合解剖結果與現場模擬。

照片也顯示，鑑識人員手中的亞莫克帽，從二樓窗口的視角看來，像是某種具威脅性的黑色物體。經過多次嚴格的測試，從拳頭露出一至兩吋的帽體，其長形部分相當容易被誤認為槍管或短管手槍。

這個案子連同實驗結果一併呈送大陪審團。拉蒙警員獲判無罪，陪審員認為在當時的狀況下，他的行為合理，並無濫用武力之嫌。

警員獲准復職，繼續以一貫的謹慎盡責態度，執行警察勤務許多年。

最後的審判

在拉蒙宣判無罪的數年後，尼爾・伯恩斯坦的家屬向聯邦法庭提出針對他和蒙西鎮當局的控告。他們聘請了威徹斯特郡（Westchester）法醫處副主任法醫暨法醫病理醫生路易斯・羅（Louis Roh）博士。羅博士主張，他的調查顯示伯恩斯坦的亞莫克帽在他遭射殺時，是戴在頭上的。他也提出一張照片，照片中的亞莫克帽上有一個彈孔。

伯恩斯坦的家屬主張，如果這張照片所顯示的狀況屬實，那麼亞莫克帽就不是被握在被害人的手上，而是戴在他的頭上，也就是它理應待著的位置。況且，家屬的律師質問道，伯恩斯坦正處於遭警察追捕的緊要關頭，何必多此一舉，將帽子拿下來？他當時最要緊的一件事，就是逃命，而不是將他通常在外絕不會脫掉的一樣東西從頭上拿下來。

理論上，這個控訴很容易反駁，只要從地方檢察官的證物檔案櫃找出那頂完好的亞莫克帽，呈上法庭做為證物即可。

不幸的是，檢察官辦公室找不到那頂亞莫克帽。少了它，家屬就有希望贏得這場官司，而且偏偏就在需要它當證物時，竟無人曉得它被放到哪裡去。這個太湊巧的意外，也在遭到調查的警員身上投下了陰影。

然而，我和我的組員在案發現場和解剖當時，都曾多次仔細查驗並拍攝了那頂亞莫克帽。在調查進行時，我們也展示了這些照片，確實證明了帽子上並沒有彈孔。威徹斯特郡法醫病理醫生所認為的彈孔，其實是來自被害者的一塊血跡（掉落的亞莫克帽旁的地面上也拍攝到飛濺的血跡）。我作證說明，我在案發現場檢視亞莫克帽時，發現它毫無破損。其他幾名當時曾查驗此帽的警方偵辦人員以及鑑識員也證實這點。

最後，我展示我們的案情重建結果，以支持照片所呈現的情況。我也請求傳喚布魯克林區法醫處副主任法醫暨法醫病理醫生楊明恩（Yong Myun）博士，他同時也是運用定時攝影重建案情的專家。他作證表示，我們所做的時間順序紀錄與重建，符合拉蒙警員的說詞。

法官做出對拉蒙有利的判決，駁回了此一控告。

電腦輔助設計：附筆

在結束此章前，我必須一提的是，假使尼爾・伯恩斯坦的中槍喪命是發生在今日，除了實際模擬之外，也會配合使用另一種案情重建技術：電腦輔助設計（computer-aided design, CAD）。

目前，已有越來越多的律師和執法單位針對有爭議的案件，以電腦輔助設計重建案情。運用此技術創造的影像，通常是結合動畫、影片和電腦輔助設計的一組短片，並具備電腦程式設計師和影片美術人員所設計的控制模式。

對於一件疑似肇事逃逸的車禍，電腦程式師便能創造一段模擬駕駛人駛過急彎道時所看到的道路動畫影像。我們可透過影片，觀察模擬的車禍發生經過，不過這回是從被害者的角度，看到車子朝他的方向急轉衝過來，將他撞到路旁。

更精巧的電腦輔助設計形式，為虛擬實境的透視影像；它能讓觀看者進入犯罪現場的虛擬實景，並做出不同的選擇和決定。比如說，在這類影片中，觀看者可左轉走進客廳，或右轉進入廚房，也可以選擇爬到樓梯頂端，或者爬到樓梯的一半，觀察電腦程式設計師根據現有資料所建立的虛擬環境，目睹證詞所描述的狀況，或謊言的矛盾之處：即透過程式設計的虛擬實境，推斷真正的事件經過。

就亞莫克帽命案來說，以電腦輔助設計重建案情，便可以讓觀看者進入被闖空門的住宅，觀察竊賊和巡警當日所見的情景，也能帶觀看者前往二樓臥房的窗戶邊，俯視下方的庭院，就如竊賊在跳下前一刻所看到的可能景象。觀看者也能從拉蒙巡警的角度，朝下見到竊賊手裡握著形狀像短管手槍的亞莫克帽。

這類案情重建的最終價值是，它以「影片」重現犯行發生的經過，並呈上法庭，以影像形式將證據呈現在陪審團面前。不少律師會運用電腦輔助設計的案情重建，以短片說明，向陪審團解釋細節，甚至直率地指出哪段過程只是根據臆測或不完整的證據做出來的。

當然，程式設計師既不是真正的案件目擊者，也不是上帝，不可能知道犯罪現場實際的發生經過，而且在某種程度上，可說是他創造出一段短片。結果這種方式便會有一個明顯的危險：模擬案情的電腦動畫，最後變成有如某種創作，而非呈現實景。

雖然對法醫鑑識工作來說，電腦輔助設計的技術，顯然是一項前景可觀的工具，但它目前還未成熟，而且在運用時，眾人對它的準確性也持保留態度，畢竟它所呈現的並非事實，而是經過人為詮釋的事件發生經過。

譯註

1. 亞莫克帽（Yarmulke）：猶太男子戴的圓頂無邊小帽。

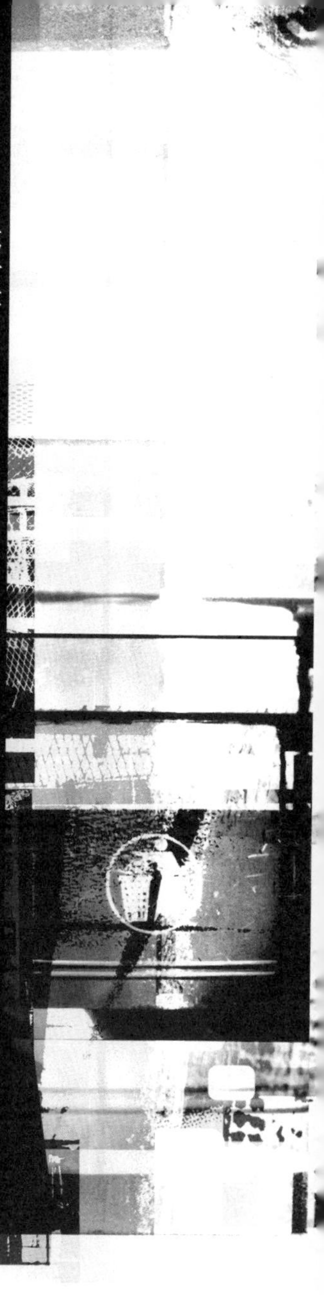

第十章 查明他是誰：記者失蹤案

◇「別存著幻想了，妳弟弟不在我們的優先考量之列。去找私家偵探吧！」

——一名美國國務院官員如此告訴失蹤記者約翰·蘇利文的姊姊唐娜·伊果（Donna Igoe）

我桌上的紙條

那個國務院來的傢伙不想打斷你開會，不過他想跟你詳談約翰・蘇利文（John Sullivan）的案子。他說，薩爾瓦多人不太合作，很難搞。他想知道能不能在明天早上八點打電話給你。他說目前為止的搜尋結果不樂觀，恐怕連那個記者的屍體都找不到，就算找到，恐怕也沒辦法確認身分。

諸位讀者可能也跟我一樣，會在家裡的電話旁放一本便條紙。以上的紙條內容是我妻子寫的。

我對那位外交人員言詞中的悲觀一點也不感驚訝。

據我所知，幾年前，二十六歲的美國自由撰稿記者約翰・蘇利文飛往飽受內亂摧殘的薩爾瓦多，為《好色客》（*Hustler*）雜誌（可能有人會對此大為訝異）進行一項危險的採訪任務。蘇利文打算採訪逃過大屠殺的薩爾瓦多農民，那些暴行據稱是他們自己的政府策劃的。

此時，就如各國記者開始向全世界揭露出來的，薩爾瓦多的當權者一直不承認農人和佃農們擁有土地所有權，以及自由選擇雇主和保障基本人權的權利。長久以來的屈辱困境，使得許多窮苦的勞工農民轉而同情反政府游擊隊，因為這些革命力行者許下承諾，要進行社會改革，讓他們脫離貧困的生活。

政府並不擔心被會推翻或必須做出一點讓步，反而派出「行刑隊」（death squads）——就我所知，這是歷史上首次用到這個名詞——對付那些同情游擊隊的村莊，有系統的蹂躪並殺害各階層的鄉鎮人民。

不論是學童、神職人員、醫生，還是瀕死的醫院病患、修女、老人，無人能逃過行刑隊的大砍刀。最廣為人知的事件之一，是在某座荒廢村莊內，發現超過八百具薩爾瓦多男女村民和孩童的屍體堆在一起；許多人遭分屍，生殖器則被割下，扔在村莊的街道上。

根據這個消息，還有其他記者和人權促進者的報導，蘇利文打算深入探查大屠殺的傳言是否屬實，訪問曾目睹（或逃過）大屠殺的農民，並撰寫一篇四千五百字的報導，讓全世界關切如此狀況，進而促使他們採取外交行動，幫忙阻止這個可能成為二十世紀另一樁大屠殺的暴行。

失蹤者

聽說同行稱他為後起之秀，約翰．蘇利文本人對此無疑感到很自豪。雖然他在這一行相對上算是新人，但他已經去過幾個中美洲極重要的新聞現場，而且對這次前往薩爾瓦的任務尤其熱中。他出發前曾告訴自己的母親，這篇報導說不定能幫他在國際間打響名號。

一九八〇年十二月二十八日，蘇利文抵達薩國首都聖薩爾瓦多（San Salvador）。他搭車抵達喜來登飯店，登記住宿。

幾小時後，他失蹤了，再也沒人見過他或聽到關於他的消息。

九天後，一名美聯社記者聯絡蘇利文的雙親和姊妹，告訴他們官方已正式宣告約翰・蘇利文失蹤。

家屬一邊焦急等待約翰・蘇利文的消息，一邊請求美國當局進行調查，經過數星期都沒有結果。於是蘇利文的家人決定自力救濟，請求每個他們所能找到的美國和薩國外交人員，幫忙查出約翰・蘇利文的下落或生死。即使他們不斷懇求美國國務院，並嘗試聯絡薩爾瓦多政府官員，仍沒有得到明確的訊息。家屬在失望之餘，開始連續十五個月，每週在薩爾瓦多的數家報紙上刊登尋人啟事，只要有人能提供失蹤者下落的相關消息，就能得到一筆報酬。

經過了好幾個月懷抱希望的等待，蘇利文的雙親終於接到一封信。信件是一名薩爾瓦多人寫的，他無情地聲稱自己是殺害他們兒子的行刑隊員之一，並在信中表示，蘇利文被誤認是一名左翼的比利時籍神父，羅傑利歐・龐希爾（Rogelio Punceele）。那名神父在蘇利文抵達的幾天前，得知薩爾瓦多當局打算殺害他，便躲起來了。結果被錯認的蘇利文反遭綁架和酷刑折磨，當天就被處決。

寫信者為了增加內容可信度，還提到這名年輕記者在被綁架當天，身上帶著五百塊美金，而遭受酷刑折磨時，曾以蹩腳的西班牙語懇求行刑隊饒他一命。

兩三天後，蘇利文的雙親又接到第二封信。筆跡鑑定專家證實它和第一封信都是出自同一人之手。寫信者再次提供了更多細節，以證明所言屬實。其中包括蘇利文曾在牢房牆上刻寫留言，以及他左腿舊傷疤的形狀和長度。

第三封信則宣稱，遭處決的記者屍體埋在一個名為新喀卡特蘭（Nuevo Cuscatlan）的小鎮，位於首都聖薩爾瓦多以南約二十英里，有幾名小鎮官員目睹埋葬過程。

最後一封信提供與處決過程有關的其他細節，並附上標示埋葬地點的粗略手繪地圖。

美國和薩爾瓦多當局即使不承認這些信件的真實性，但迫於媒體的窮追猛打，兩國政府只得有所回應，進行調查。

骨頭碎片

一九八二年七月，在寫信者的地圖引導下，於新喀卡特蘭鎮的一處淺坑挖出一具屍體，位置離一座薩國政府設重兵守衛的公營電廠不遠。雖然新喀卡特蘭鎮官員正式否認他們知道屍體埋在此處，然而在發掘屍體當天，美國駐薩爾瓦多的政府官員找到了一批當地報告，陳述於一九八〇年十二月二十九日，即蘇利文失蹤的第二天，有具身分不明且被支解的屍體埋在此墓。

從蘇利文的家屬開始尋找這名記者的下落至今，已有一年半的時間。他們知道，以石灰和泥土掩埋在淺坑內的那具屍體，不可能仍保存完好，而且恐怕也很難辨認出身分。

但他們沒有料到的是，從淺坑挖出來的不是屍體，而是一小堆殘破的骨頭碎片。上肢大多數的骨頭，包括頭顱和雙臂等許多部分，都不見了。而薩國專家在初次檢驗骨片時指出，被害者不是被炸死，就是死後屍體曾遭炸藥破壞。

小鎮當局將這些殘缺的遺骸運到薩國的一個法醫實驗室進行分析。經 X 光檢驗後，實驗室指稱這些骨頭屬於一名年約四十至四十五歲的男子，但約翰．蘇利文年僅二十六歲。

根據他們以人類學理論所做的測量，此人身高約為五呎八吋。約翰．蘇利文身高為六呎。薩國的實驗室也聲稱，從碎片篩出來的右膝蓋骨，拍攝出來的 X 光片與他們收到的約翰．蘇利文右膝 X 光微縮平片不符合；後者是蘇利文於一九七二年在紐澤西州哈肯薩克醫院（Hackensack Hospital）治療膝傷時照的。他們認為，那具遺骸和蘇利文的外科病歷沒有多少相似之處，因此，從新喀卡特蘭鎮的淺坑挖出來的骨骸，不屬於那名失蹤的美國記者。他們還表示，這些骨骸太少又太破碎，因此不論運用哪種法醫鑑定方法，都無法確認死者的身分。

但蘇利文的家屬並不這麼想。

查出死者身分的權利

我自擔任法醫的第一天至今，處理過無數件案子。從這當中我發現，只要是命案調查，工作重點便完全集中在唯一的目的：分析證物以將凶手繩之以法。逮到凶手，幾乎是所有法醫病理學家的聖杯。

但也不見得全是如此。偶爾，所有可用來追查凶手的已知方法都無效，你就是永遠也沒辦法查出凶手。

約翰・蘇利文一案便是如此。找出下毒手的行刑隊員、讓他接受審判，實在不可能。殺害那位年輕記者的凶手遠在數千哩之外，不僅受距離、時間、叢林的層層保護，同時也怕自己遭到報復。他的真面目可以說很安全地藏在當權者邪惡與偏執的面具之後。

即使如此，對法醫的鑑識調查而言，仍存在著一個需要，有時甚至是一個迫切的需要，也就是顧及那些仍活著的人們，包括死者親密的家人、親戚、朋友。在如此情況下，調查的目的較無關於讓罪犯伏法，而是關乎於人道尊嚴。

就某些特定命案來說，查出凶手是誰、在何處及何時下的毒手，以及用何種手法殺死被害者等，是無關宏旨的。最後真正重要的，其實是確認被發現的屍體，甚至骨頭碎片，是否屬於我們所愛的人。最動人心弦的例子，便在世貿大樓的瓦礫堆中盡力搜尋任何個人物品或可資鑑定的人類 DNA 樣本。這一切，正是為了讓生者的懸念獲得解答。

因此，即使薩爾瓦多的醫生堅稱，在新喀卡特蘭鎮挖掘出來的骨骸無法查出身分，但蘇利文的家屬仍認為，他們收到的信件中提到的細節如此繁多精確，實在沒有理由懷疑報信者指出的埋屍地點。家屬指稱，也許薩爾瓦多的科學家弄錯了；或者實驗室的研究結果其實暗藏可怕的政治動機，它出於政府的刻意操縱，目的是避免其所資助的叢林行刑隊殺害美國記者的暴行被揭發。

其他人慢慢也得出相同的結論。說法有力且堅持到底的蘇利文一家，贏得醫生、律師、媒體人士，以及政治人物的支持。紐澤西記者失蹤案獲得更廣大的矚目，而不斷阻礙調查行動的薩國政府，也受到全美民眾的譴責。

最後，在一九八三年的頭幾個月，史密森尼博物館（Smithsonian Institution）[1]的病理學家們研究了薩國方面所拍的 X光片。他們認為這些骨骸屬於一名二十多歲的男性；這點與薩爾瓦多的法醫病理醫生說法矛盾。

事情發展到這個階段，因為我曾破解一些其他法醫無法處理的棘手案件而有點名氣，所以蘇利文的家人便跟我聯絡，請求協助。媒體立刻風聞這件事，並對我參與此案大做文章。本地記者很久以前曾稱我為「洛克蘭郡的昆西法醫」，如今紐約市的一家報紙更加油添醋地寫道：「能解開蘇利文謎案的人，似乎只有福爾摩斯或菲利普·馬羅（Philip Marlowe）[2]，或法醫斐德列克·薩吉伯，洛克蘭版的神探。」

雖然媒體報導沸沸揚揚，加上要找出真相似乎困難重重，但我仍同意義務性的接下這樁案件。我和其他許多法醫病理醫生都認為，家屬不應為了確認已死家人的身分而付費。

在研究過哈肯薩克醫院拍攝的蘇利文膝部 X光片後，我徵詢了好幾位洛克蘭郡官員，問他們是否能免費使用我們法醫處的鑑識設備調查這個案子。大多數官員早已知道蘇利文一家渴求真相的經過，他們很快就同意了。

因此，雖然百分之九十八的命案調查都是為了追查凶手、殺人手法和凶器，但這個案子卻是個例外；它單純是法醫學上的應用，除了能讓內心感到安穩之外，完全沒有金錢報酬。

我們隨即開始工作。

依然是政治因素

首先，我們要求薩國的法醫實驗室將遺骸左膝骨及腿部的X光片寄給我們。他們先是搪塞迴避，最後才同意。

當片子一到，我們便將它和哈肯薩克醫院拍攝的蘇利文左膝X光微縮平片做比對。美國的微縮平片很難與薩國拍的X光片精確比對，因為兩者的拍攝角度不同，也可能對方是故意這麼做的。不過兩張片子顯示，脛骨結構驚人地相似，這更激勵我繼續查下去。

大約在我接下這件案子的兩年前，蘇利文的家屬以及許多支持他們的政治人物，不斷要求薩爾瓦多政府把從新喀卡特蘭鎮挖出的遺骸運到美國，以做進一步的人類學及X光檢驗。如此請求相當尋常，但薩國官員拒絕了，並引述隱諱的法律條文，表示他們國家禁止任何身分不明的人類屍骨運出國境。即使紐澤西州議員瑪吉・魯克瑪（Marge Roukema）以及其他政府官員持續請求，但美國大使並沒有大力逼迫當地政府改變心意。最後，查詢沒有結果，請求沒有獲准，證物也無法取得。美國大使館官員堅稱，薩爾瓦多政府若決定要將有爭議的骨骸碎片留在國內，他們的確有權這麼做。

於是人們開始提出質疑，美國駐薩爾瓦多大使究竟是基於何種可能的理由，阻礙蘇利文案的調查？

最有可能的理由是政治因素：假使那些骨骸確定屬於約翰．蘇利文，那麼雷根政府就會被迫承認薩爾瓦多行刑隊的存在，這是當局極不願去做的一件事。如果公開承認了行刑隊的存在，美國政府就必須中止每年對薩爾瓦多的金錢援助。而薩國的游擊隊具有強烈的共黨傾向；薩國統治階層少了金援，便意味他們得削減軍力，如此即可能讓共產黨坐大。

這只是一種說法。不過我們可以確定的是，兩國政府都認為，將那袋無名屍骨繼續留在中美洲，對雙方都有利，而且他們也準備阻擾任何想嘗試改變這件事的人。

「別存著幻想了，」一名美國外交官告訴蘇利文的姊姊。「妳弟弟不在我們的優先考量之列，去找私家偵探吧！」美國前國務卿愛德蒙．馬斯基（Edmund Muskie）也僅說了些言不由衷的安慰之詞。「你以為只有你兒子遇到這種事？」當蘇利文的家人請求他的協助時，他反問道。

蘇利文的遭遇有點類似一九八二年的電影《失蹤》（*Missing*）裡的情節。這部電影是根據真人真事改編，敘述一名年輕的美國自由撰稿人查爾斯．荷曼（Charles Horman），因為知道太多美國參與推翻當時的智利總統薩爾瓦多．阿言德（Salvador Allende）的相關內情，而在一九七三年智利的軍事政變中遭軍方處決。在這部出色的電影中，一群冷酷無情的美國外交人員和官僚不僅千方百計地阻礙荷曼的妻子與父親一切的尋人行動，直到兩人查出荷曼已身亡，卻又阻撓他們找尋屍體，等到他們找到屍體，竟又攔阻他們將屍體運回美國。

就我在蘇利文案中所負責的工作而言，成功的機會似乎很渺茫。如果無法實際研究從薩爾瓦多的小鎮挖出的遺骸，就不可能真正確認其身分。即使蘇利文的家人如此堅持不懈，但目前看來，這樁記者失蹤案恐怕永遠無法得到解答。

但接下來的發展卻有如神話故事般，一位救星出現了。

救星

他是紐澤西州眾議員羅伯．托里切利（Robert Torricelli），最近才贏得選舉，開始他的首任眾議員任期；他也是白宮外交事務委員會的一員。托里切利決定為蘇利文案奔走，甚至遠赴薩爾瓦多，會見其政府高層，包括總統阿爾瓦羅．馬加尼亞（Alvaro Magana）和外交部長菲德爾．查維茲．梅納（Fidel Chavez Mena）。他的旅費由美國與中美洲關係促進會（Commission on United States-Central America Relations）贊助；此團體是一個民間的人權組織，過去幾年間相當關切蘇利文失蹤案。

沒人確實知道托里切利和薩爾瓦多官員會面時說了些什麼，但這位眾議員回國後，即宣布薩國政府在屍體運送出境的政策上有了一百八十度的轉變，並且他們大發慈悲的同意立刻將可能屬於約翰．蘇利文的遺骸運回美國。

托里切利告訴媒體，在這兩年間，蘇利文一家不斷請求美國駐薩國官員幫忙尋人，但他們「未曾對這些人提供協助」。

「對此，你可從兩方面來看，」托里切利提醒道，「他們不是出於算計，就是失職。但我只怕原因不僅是失職而已。」

棺中之棺

工作進行前的第一件事，便是組成法醫調查小組。由我擔任組長，成員包括了雷曼學院（Lehman College）人類學系教授以及副教授，詹姆斯．泰勒（James Taylor）和羅伯．迪班納多（Robert DiBennerdo）兩位博士，他們同時也是洛克蘭郡法醫處的法醫人類學顧問；法醫處的法醫放射學顧問，法醫放射學家諾亞．韋格（Noah Weg）博士；我屬下的一位資深法醫鑑識員，詹姆斯．柯斯特羅（James Costello）；以及紐約市約翰傑伊學院（John Jay College）的刑事司法系教授，彼得．德佛瑞斯（Peter DeForest）博士。

一九八三年二月二十日，一個註明「人類遺骸」的包裹終於由飛機載運到紐渥克國際機場，在機場貨運站卸下，放上台車。在場觀看卸貨過程的有約翰．蘇利文的姊妹和她們的丈夫，還有托里切利眾議員辦公室的兩名代表。

在簡短交談後，洛克蘭郡法醫處的一名工作人員將包裹搬上小貨車，載回我們的辦公室。等包裹放上我的工作室檢驗檯，我便開始著手處理。我們發現，遺骸封在一只深寶藍色的麻布袋裡，兩端以藍色麻繩線縫住開口。袋子上以黃顏色的大字寫明寄給洛克蘭郡法醫處的弗瑞德・薩吉伯博士；這些字不知什麼原因，在暗處會發亮。

我們為包裹拍照後，便將袋子一端的藍色麻繩割開，將裡面的東西取出來。那是一個小小的褐色鐵盒。我們後來才知道，薩爾瓦多人用這種鐵盒做為嬰幼兒的棺材。我們一打開，發現裡面還有一個較小的鐵盒，盒蓋被緊緊焊住。

我們以丙烷焊炬槍熔開焊封。

盒裡是用兩層橘色塑膠袋裝的沉重物品。內層塑膠袋連同袋裡的物品總重二十二磅。內袋裡是一堆深褐色的泥土，混雜了木片、石子、草根、衣料碎片與一些人類骨骸，其中有些是碎片。總重二十二磅的內容物，真正屬於人類骨骸的部分僅重十四磅。要鑑定一個人的身分，光靠這點殘骸實在困難。

符合X光片

我們篩掉草根和泥土後，便將骨骸小心地移到X光檢驗檯上，拍照並照X光。

我們在土中發現的一些布料碎片，也放到檯上拍照。我們還從泥土裡篩出好幾個從拉鍊上脫落的金屬鍊齒，有些則卡在一塊椎骨上。

在檢驗這些殘骸、並發現我們手上的遺骨竟如此之少的同時，我瞭解到薩爾瓦多的病理學家其實說對了，眼前的任務不僅難如登天，而且令人喪氣。通常用來鑑定死者身分的方法——齒列、個人物品、指紋、DNA化驗、目擊者說詞、容貌重建、組織樣本檢驗、疤痕、刺青——全派不上用場。即使骨骸，我們手上也只有幾根肋骨、薦骨、骨盆局部、脊柱下段的幾塊椎骨，以及雙腿大部分的骨頭。但頭顱、頸部、胸部、脊柱上段，和大部分重要的身體骨架，都不見了。骨頭上找不到任何軟組織，沒有可供鑑定的油脂或體液，沒有動物齒痕，也沒有臭味。

看著這些骨骸，我有點懷疑它們所屬的那具死屍，不僅在土中歷經了幾年的腐化過程，而且曾被人刻意支解，分成小塊，目的無疑是想讓他人無法確認死者的身分，就彷彿某個狡猾的凶手，早已料到未來會有一組法醫專家進行我們現在正在做的工作，因此預先以最極端的手段阻撓我們。

然而，即使一塊骨頭碎片也能說話，有時甚至能夠透露清楚可辨的資料，再加上我們法醫處很幸運的具備了精密的骨頭測試技術和儀器，可幫助我們發掘重要的蛛絲馬跡。有了這些資料，以及X光片比對，再加上一點運氣……誰知道會得出什麼結果？

我們先從拍攝左腿骨的全尺寸 X 光片著手。這些片子是要用來與之前薩國法醫所拍的 X 光片做比對，以確認薩爾瓦多政府是否真的寄給我們同一批骨骸。幸好，我們拍的主要骨骸

X光片和聖薩爾瓦多寄來的片子相符，兩份 X光片中也都有那些零散卡在椎骨上的拉鍊齒，因此進一步確定了它們是同一批遺骸。

確認手上檢驗的是正確的遺骨後，我們便檢查新拍的腿部和膝關節 X光片，是否跟哈肯薩克醫院所拍的約翰・蘇利文腿部 X光片相符。我們的法醫放射學顧問諾亞・韋格博士比對了骨頭密度和其他形態特徵，得出令人振奮的結論：來自薩國的那些腿骨，與哈肯薩克醫院的X光片所顯示的，的確是同一節骨頭。

韋格博士為被害者的膝蓋下段進行放射線攝影。他細心謹慎的運用多種角度測量、旋轉、投影，直到角度完全符合哈肯薩克醫院的 X光片，最後再將兩者做比對。

完全符合。

確認年齡

讀者應該還記得，薩爾瓦多的法醫鑑識小組斷定，新喀卡特蘭鎮外挖掘出來的骨骸，是一名四十至四十五歲的男性。

我的法醫人類學顧問詹姆斯・泰勒和羅伯・迪班納多，以及我本人，都一致同意使用一九五七年麥肯恩（T. W. McKern）和史都華（T. D. Steward）發明的年齡測定法。這種技術可以精確到將誤差縮小至三年，當手上僅有少部分遺骨可供研究時，此技術尤其有用。

我們依照被害者凹凸崎嶇的恥骨表面做出模型。骨頭上這些凹下與凸起的特徵稱為溝槽，在年輕成人身上尤其明顯。隨著年齡增長，恥骨表面的溝槽會越來越窄小，也越來越難看出來，因此這個測試法最適用於三十歲以下的男女性。

我們測量溝槽的深度和形狀，然後與標示不同年紀溝槽狀況的圖表對照，最後估計這塊恥骨應屬於一名近三十歲的成人，大約二十六至二十九歲。

約翰·蘇利文死亡時是二十六歲。

為了進一步確認，我們在遺骸的關節上搜尋突出的贅疣。這種贅疣是因退化性關節炎而形成，通常男性在三十五歲後開始出現。

所有骨骸上都沒發現贅疣。

這下我們對於被害者年齡的判斷應該八九不離十了。這些骨骸正是屬於一個還不到三十歲的成人。

鑑定人種

各人種的頭顱型態有極大的不同，就法醫學而言，確認人種最好的方法，是檢查死者的臉部骨骼與顱骨。

以顱骨眼球所在的兩個眼眶為例，白種人的眼眶形狀為三角形，有如飛行員護目鏡的形狀；黑人為長方形，東方人則類似橢圓形。今日的法醫實驗室會運用電腦測量臉部骨頭角度、牙齒形狀、頜骨突出狀況、尺寸以及其他頭顱結構特徵。根據這些資料所鑑定出來的結果，通常非常準確。

不幸的是，目前我們手上的這些骨骸缺了頭顱部分。要確認這名死者的人種會是個大難題。

不過總會有其他辦法。

例如，白種人的骨盆比黑人或東方人來得寬；我們正在檢驗的這付骨盆較寬。我們身體的股骨上端是彎曲的，而死者髖骨下端相對的比他的股骨上端長。這兩點都是白種人骨頭結構的特徵。

跟遺骨混雜在一起的泥土中，我們也發現幾根毛髮。這些毛髮直而色淡，也是淡膚色的白種人特徵之一。

最後，死者的左股骨比起納華皮波族（Nahua-Pipil）的平均長度長很多。納華皮波族是住在新喀卡特蘭一帶的原住民，且佔鎮上人口的大多數，而這具遺骸一點也不像當地人。

因此我們斷定這名死者是白種人。

鑑定性別

當法醫手上僅有殘缺的骨骸可資鑑定時，恥骨便是用來辨識性別的最佳根據。女性的薦骨構造——即連接兩塊髖骨的三角形骨頭——是為了在生產時可讓嬰兒順利通過，因此女性的薦骨比較短、寬、平，男性的薦骨則窄而長。我們檢查的這塊薦骨相對上保存得頗完整，而它符合男性的特徵。

另外，人類的坐骨有一塊凹處，即「坐骨切跡」，女性的較寬，而男性的較窄，我們所檢驗的死者坐骨切跡頗窄。男性的股骨臼比女性大，而這名死者的股骨臼很大。

接著我們測量了死者骨盆一帶的幾個特定位置，結果都符合男性的特徵。

最後，曾生育過的女性恥骨會有小凹洞，一般稱之為產痕，死者的骨頭上沒有這類痕跡。因此我們斷定這名死者是男性。

確認身高

當我們手上僅有部分骨頭時，要確定一個人身高的最佳根據，便是股骨（大腿骨）的長度。根據以美國白種男性為標準建立的比例表，對照死者的股骨，我們估計死者身高為五呎十吋至六呎。

約翰．蘇利文的身高為六呎。

我們檢視骨頭尺寸後也發現，骨頭相對負載的大塊肌肉符合男性的身體特徵；而這點也表示死者的體重不輕。

約翰．蘇利文的體重約一百八十五至一百九十磅。

分析布料殘片

我們在混著骨骸的泥土中發現數片布料。這些布料碎片也經過檢驗，而在用溫和的溶劑清洗前後，也都拍了照。

我們特別注意到其中有塊燈芯絨布，顏色為淡棕色至米色，上面還連著幾個口袋。布料表面的凸條紋是零點八吋織法，為典型的美國製燈芯絨布織法，縫線處還留有一塊「美國製造」的標籤。我們用顯微鏡檢查時發現，這片燈芯絨布以扁平、扭轉、半透明的纖維織成，經鑑定為棉線。

我們也發現三片灰白色的密織帆布料。以顯微鏡檢驗時，可看出它的主要材質為棉，且混紡了聚酯纖維，這是美國製帆布外套典型的混紡方式。

除此之外，我們還找到米色三角內褲的碎片，和一塊藍色聚酯纖維的網狀布料，其中一邊有縫線。

最後，我們在泥土中找到一雙已有腐化跡象、但還算完整的米色聚酯纖維襪子，從腳踝到腳趾部位都有羅紋圖樣。

我從蘇利文的家人處得知，在約翰．蘇利文離開美國前，行李放了一件米色燈芯絨長褲，而且他喜歡穿三角內褲。他也有一件毛葛帆布外套，織法類似我們手上的灰白色布料樣本。而那塊藍色布料，和家屬描述蘇利文常穿的一件仿愛迪達運動背心樣式的內衣相符；米色襪子也符合蘇利文的鞋子尺寸。我和鑑識員柯斯特羅特別做了死者足部骨骼的重建，以進一步證明這點。我們向家屬要了一雙死者的鞋子，然後將重建的足部模型放進我們向一家鞋店借來的量鞋器內，結果完全符合約翰．蘇利文的尺寸。

最後的法醫查驗與結論

我們評估這些遺骨的整個狀況，試圖解釋它們為何會如此破碎。在我看來，只有一個可能：死者上肢之所以破壞得如此嚴重，應該是被炸毀的。

這個說法有阿爾蒙．奧古斯托．帕瑪（Armand Augusto Palma）的驗屍報告支持；他是新喀卡特蘭鎮的治安法官，在死者埋葬當天曾驗過屍。報告中陳述，屍體的胸部碎裂，而且上肢的大部分很可能是被某種爆裂物炸碎。「死因可能是某種爆破裝置所導致，因為屍體上沒有彈孔或刺傷。」帕瑪還寫道，「頭顱和臉部、胸部、內臟，以及大腿前部的肌肉，都遭破壞。」

我研究這個案子時，得知在挖出屍體的薩爾瓦多小鎮一帶，有不少高大的林木，因此許多當地人會去林裡開採木材。他們開採那些高大的林木時，最偏好使用的方法是在樹椿綁一圈塑膠炸藥，然後引爆。炸藥將樹樁炸斷，樹便倒下了。而薩爾瓦多行刑隊也常用這種炸藥把他們的犧牲者毀屍滅跡。

因此，我評估了遭炸毀的屍體可能顯現的狀況，也發現部分骨頭有焦痕，再加上X光檢驗未發現任何放射線無法穿透的物體，即非炸藥類的金屬碎片或彈片。因此我研判，這具屍體應該是被塑膠炸藥之類的爆裂物炸毀。至於究竟是在死前還是死後引爆，就不得而知了。

但我可以肯定的是，從種種鑑識結果可知，擺在我面前解剖檯上的這些骨骸，正是屬於失蹤的記者：約翰．蘇利文。

「這就是最後的結果了。」當我們婉轉地將鑑識結果告知家屬後，蘇利文的母親對媒體記者說道。「除了繼續為約翰祈禱，我們再也無法為他做些什麼。」

蘇利文的父母也告訴媒體記者，這三年當中，他們為了尋找兒子的下落，不僅花費了兩萬美金，也對美國政府的外交政策喪失信心。

齊聚一堂

> 約翰・蘇利文三世，自由撰稿人，在薩爾瓦多進行採訪任務時遭殺害。今日將為他舉行追思彌撒，由一位紐約電視記者代表誦讀追悼文。

以上是一九八三年三月報紙的頭版頭條，報導在約翰・蘇利文失蹤三年後為他舉行的一場追念彌撒。

彌撒由「保護記者委員會」（Committee to Protect Journalists）贊助，華特克・克朗凱（Walter Cronkite）[3]主持，共有四百位的記者同業以及蘇利文的家人和朋友參加。大家齊聚一堂，不僅悼念一位英年早逝的同行，同時也盼望未來不會再有記者遭到如此不公不義的迫害。當演員傑克・李蒙（Jack Lemmon）和艾德・阿斯納（Ed Asner），以及金融家暨出版商馬爾康・富比士（Malcolm Forbes）念追悼詞時，所有人都熱淚盈眶，想起約翰・蘇利文三年前在薩爾瓦多陰森叢林內獨自面對的一切。

「蘇利文的家人表示，」紐約時報在一九八三年三月十三日的訃聞版中寫道，「即使打電話和寫信給美國政府及薩爾瓦多官員無數次，也研究了從辦公室抽屜甚至字紙簍挖出來的無數檔案、筆記、字條，還有無名氏的來信，但直到現在，我們仍不清楚蘇利文先生究竟是為何以及怎麼死的。」

有時，法醫鑑識科學也無法幫忙破案。它只能讓人對致死過程有整體的瞭解，並且在最低限度上，能為那些傾其一生所有、不斷苦尋解答的人，提供「我們至少知道……」的少許寬慰。

譯註

1. 史密森尼博物館（Smithsonian Institution）：為美國聯邦政府所屬的國立機構，下轄十五個博物館，以及其他研究單位。
2. 菲利普・馬羅（Philip Marlowe）：推理小說家雷蒙・錢德勒（Raymond Chandler）筆下的神探。
3. 華特克・克朗凱（Walter Cronkite）：一九六二至一九八一年，美國CBS電視台的當家主播。

第十二章

搞砸的案子，巧妙的方法，法醫的好奇心

◇「法醫鑑識領域充滿了如此多病態又迷人的事物，詭異的景象，獨門的鑑識方法，高明的解剖技巧，令人傻眼的任務，恐怖但偶爾很可笑的狀況，這一切讓我想寫本厚厚的大書，描述我多年來在法醫病理學上所目睹的奇事。」

——洛克蘭郡法醫處一位不願具名的同事

補償

到此，諸位讀者已看過十個令人震驚的法醫案例，還有創新又巧妙得令人屏息的鑑識技術。透過這些案例，大家或許可一窺經常相當陰森可怕、有時卻又有英勇表現的人類靈魂。我期盼它們能引起你對法醫這個維護社會公義之出色制度的興趣，同時也能幫助你瞭解這個法醫賴以為生、卻又跟死亡息息相關的行業。

現在，我想簡單談談二十世紀後半發生的兩個謀殺案中頗具爭議之處。這兩個案子雖然廣受報導，但從未獲得令人滿意的解答；一是瓊貝涅．拉姆西（JonBen't Ramsey）命案，二是O. J. 辛普森大審判。不妨讓我們在本書結束之前，一起看看法醫實證如何被媒體、大眾的盲從，以及犯罪實驗室所扭曲。

瓊貝涅命案調查的種種疏失

就如我們所知，每次只要發生佔據頭條三天以上的轟動命案，電視報導便會請來許多司法刑事專家，提供無數的見解與推論，尤其會針對調查人員的辦案手法做出「如果是我，就會用哪種更好的方式」之類的批評。這些有時對我們頗具提醒教化的功用，但偶爾也會令我們感到懊惱屈辱。

或許由於我處理過許多轟動案件，也可能只是因為國內的法醫人數有限——全美僅有四百位法醫左右——所以我經常成為同行的代言人之一，針對不少引人矚目的命案提供我的法醫見解。然而，我得不好意思地承認，對別人的錯誤提出指正，其實還滿令我愉快的。

我曾受邀上節目談論的轟動命案之一，是關於六歲的選美參賽者瓊貝涅·拉姆西遭勒斃的案件；她的父親是科羅拉多州布德市（Boulder）一名富裕的商人，母親則是當地的社交名媛。

瓊貝涅·拉姆西的屍體於一九九六年聖誕節當天，在她家的地下室被發現；屍體用一條毯子裹著。經過一連串密集的調查，都沒有進展，後來她的正式解剖報告於次年八月釋出給媒體。在報告釋出的幾天後，MSNBC（微軟—美國國家廣播有線電視台）寄給我一份複本，詢問我是否可以在讀過之後上電視接受訪問，提供我個人的評估結果？

為了準備這個訪問，我花了快一整天的時間，研究拉姆西的解剖報告和相關的法醫紀錄。在此之前，我只因本身的職業關係，稍加留意了一下拉姆西案的發展，但等我閱讀了那些紀錄，對其中的一切簡直難以置信。

「請告訴我們，您認為這樁命案到目前為止處理得如何，」MSNBC在訪問一開始時問道，「還有，薩吉伯博士，若您方便，能否告訴我們的觀眾，若當初是由您接下這個案子，是否會用其他方式處理？」

「事後再批評同行的做法，總是比較容易，」我回道，「但在看過這樁小女孩命案的解剖和警方報告後，我根據自己的經驗和專業知識，並加以思考後，得出一個結論，那就是調查工作和驗屍方式之拙劣，令人難以置信。」

我首先指出，當瓊貝涅・拉姆西的母親於早晨五點五十二分，發現綁匪所留的紙條，要求以十一萬八千美元贖回瓊貝涅，便打電話報警。警察於早晨六點鐘抵達，調查人員則遲至八點鐘才到現場。警方設置了電話錄音設備，並搜查整棟屋子。但令人驚訝的是，搜查竟做得如此馬虎，使得瓊貝涅的屍體一直留在自家地下室好幾個小時。

直到當天下午一點三十分，家屬的一位朋友建議察看地下室，瓊貝涅的父親才發現孩子的屍體。她的嘴巴被膠帶封住，脖子被一條尼龍繩緊緊勒住，頭部一側遭重擊，留下一道八吋半的凹陷傷口，並造成顱骨碎裂。布德市的病理醫生暨驗屍官約翰・梅耶（John Meyer）博士接到通報，立刻趕往現場。

但此時警方做出另一件令人疑惑的舉動：他們不讓驗屍官進入命案現場。警方堅持梅耶醫生必須等拿到搜索票後，才能入內。因此直到當晚八點二十分，驗屍官才得以進屋檢驗孩子的屍體。從屍體被發現到進行驗屍，中間又隔了六小時之久。讀者已從本書其他章節得知，這一大段空檔首先就對查明死亡時間的工作產生難以估計的影響。

怎麼會發生這種事？我反問 MSNBC 的訪問者。就連警校一年級的學生都曉得，驗屍官和法醫即便沒有搜索票，也有權在任何時間進入犯罪現場，而且他們最基本的工作，就是盡快驗屍、勘驗現場，並監督調查人員，直到屍體運離現場。將驗屍官擋在命案現場外，不僅莫名其妙地違反了眾所遵從的規定，而且是違法的。

這些，還只是剛開始。

等到驗屍官終於進入現場驗屍，他卻只花了十五分鐘便草草結束工作。在這麼短的時間內，根本不可能完成所有必要的法醫檢驗。以如此超快速的草率方式，也難怪命案現場一切最基本的例行勘驗程序都付之闕如。驗屍官並沒有做到為破案而必須進行的以下幾項勘驗工作：

一、記錄被害者屍體的所有變化狀況。
二、記錄屍體是否出現屍僵。如果有，檢查屍僵達到哪個階段。
三、檢查雙眼角膜的清澄或混濁度。
四、測量屍溫，以及地下室和樓上的室溫，連同測量的時刻一併記錄下來。
五、從被害者的一隻眼睛採取玻璃體樣本，並記錄採樣時間。
六、檢查被害者的指紋，並為其雙手戴上保護用的塑膠套。
七、詢問目擊者，最後一次見到生前的被害者是在何時，她最後一餐是在何時吃的、吃些什麼，以及被害者生前的行蹤、做過什麼事，還有任何可能相關的資訊，並將目擊者的說詞記錄下來。

我告訴訪問者，更令我驚訝的是，布德市的驗屍官隨後告訴記者，其所估計的命案被害者死亡時間，必須留到全案進入司法程序時才能提出。他堅稱，只因為驗屍官驗屍時並不負責公布這項資訊。

我指出，這種態度和當前法醫的習慣做法完全相反。

布德市警察局一聽到我的訪談內容，便立刻反駁我的說法。他們聲稱，法醫所判定的死亡時間太不精確，沒有什麼價值。然而讀者從本書提及的案例可知，這種說法顯然大有問題；在許多命案及大多數的疑似命案中，我們有辦法查出最接近、有時甚至是準確的死亡時間，尤其當被害者死亡未超過二十四小時。就如之前的許多案子一樣，確認命案被害者的死亡時間，是法醫必須設法查明的最首要事項之一。

布德市驗屍官的疏失還不僅於此。我向訪問者指出，除了警方自行拍攝的照片外，驗屍官並沒有要求攝影師拍攝屍體和現場的照片。照理說，應該要從各個角度拍下犯罪現場的全景以及中、近距離景象，最後則是屍體的特寫。從本書之前的各章節可知，照片在進行案情重建及法庭審判時的重要性。

驗屍官也沒有詢問命案現場的目擊者，他們是在何處及如何發現屍體的。驗屍官亦沒有記錄屍體被發現時的確實位置；這點對於屍體降溫的速率有直接的影響，而且有時也是鑑定死亡時間的重要資訊之一。

最後，瓊貝涅的屍體是她父親在地下室發現的。他發現屍體後，便將她抱上樓，徹底干擾了陳屍現場及屍體上的證物。如果有法醫在現場監督，絕對會嚴格禁止任何人在勘驗和拍照前移動屍體。既然屍體已被孩子的父親發現並移動過，那麼驗屍官就必須仔細詢問他女兒屍體最初所在的確實位置、屍體當時的姿勢、他所感覺的屍體僵硬程度等，並完整詳細地記錄所有資訊。

為何這些最基本的法醫勘驗工作都沒做到？照理說，法醫或驗屍官會是首先運用到這些勘驗所得的人，但為何他反而草草略過、甚至不屑一顧？為何驗屍官的現場勘驗，竟簡短馬虎到如此荒謬的地步？

我向MSNBC的訪問者指出，解剖時發現瓊貝涅的生殖器內外都有擦傷，還有少量流血。這時候，一定會在她的生殖器一帶用甲基藍溶液（Methylene blue）檢驗是否還有其他肉眼看不到的擦傷。這類檢驗絕對可以查明陰道損傷的程度，以協助調查人員對瓊貝涅是否遭性侵害做出更徹底而重要的考量和判斷。

我還向訪問者指出，在發現瓊貝涅的屍體當時，她紮著馬尾的頭髮是以橡皮筋緊緊固定馬尾上端和髮尾。身上則穿著以亮片裝飾的恤衫，外罩一件胸前有銀亮片排成星形的洋裝。通常，小孩要上床睡覺前，應該會拆掉髮辮，換上睡衣。但瓊貝涅的一身盛裝，似乎不像一般六歲小孩睡覺時所穿的衣服。就算瓊貝涅如她家人聲稱的一般，因為參加選美比賽累了一整天，所以沒脫掉比賽服裝就上床了，但她的穿著依然頗可疑。

最後，瓊貝涅的屍體在地下室被發現時，身上穿著印有「星期三」字樣的內褲。而屍體是在星期四白天被發現的，所以這可能表示她在星期三晚上上床睡覺前就遭殺害了。

「因此也難怪到目前都還沒查出凶手。」我最後對訪問者說道，「就我看來，當初在瓊貝涅遭殺害的前二十四小時內所犯的各種錯誤，如今便讓這件殘酷命案的偵辦工作不僅困難重重，甚至可能無法破案。」

O. J.辛普森案的律師策略

O. J.辛普森案的審判期間，檢方在程序上犯了無數錯誤。而調查時，法醫鑑識方面也出現幾個具有關鍵性影響的疏失。我認為，這些疏失是辛普森得以脫罪的主要原因。

在此可能有必要稍微提一下，一九九五年的O. J.辛普森案審判，是關於一九九四年六月辛普森之妻妮可・布朗・辛普森（Nicole Brown Simpson）及其友人朗諾・古德曼（Ronald Goldman）遭殺害的案件。此案無疑是美國司法史上最著名的一樁案件。

被告是一個名列美式足球名人堂的後衛，也是成功的電影演員和赫茲租車公司的全美代言人，可說是一個過度膨脹的名人。

全球幾乎每天都可看到這樁謀殺案的相關報導，而電視和廣播也常邀我上節目發表對此案審判的看法，但當時我非常忙碌，因此不得不推掉這些邀請。等到後來審判終結，而我也比較空閒時，便深入檢視辛普森案的相關紀錄，包括解剖報告、發現的證物、DNA資料、被告的可能動機，以及他過去的家暴前科。

當我越細讀這些資料，就越覺得辛普森有罪。以不利於他的證據內容和其數量之多看來，他理應在幾週內就被定罪。不過，可別低估了精明律師的本領。

且先從審判剛開始時看起。當時，O. J. 辛普森的「夢幻」律師團手上沒有多少對客戶有利的籌碼，而檢方則有一大堆不利於被告的法醫鑑識結果及間接證據。

但辯護律師對這場以小搏大的官司所做出的回應，卻是如此高明，竟能在讓人渾然不覺的情況下，削弱鑿鑿鐵證的力量。O. J. 辛普森的審判顯示，精明的律師的確有能力操弄法醫證據，反黑為白，讓有罪變無辜，將科學事實變成科幻故事。

被告辯護律師的策略很簡單，就是混淆陪審團：最主要是讓他們對科學證據感到困惑。律師不斷引導他們對調查此案的警察和法醫專家的能力產生合理懷疑，不時指控警方極度無能，尤其在採集和保存O. J. 辛普森、妮可．布朗．辛普森，和朗諾．古德曼的血液樣本上；而且一次次重複指稱實驗室的化驗結果，特別是最重要的DNA比對，是有問題的，主要是因為警察的草率和無能，損及血液樣本。最後，律師再稍微加油添醋，不時對以黑人佔多數的陪審團暗示，洛杉磯警方的某幾名主要調查人員，特別是刑警馬克．福爾曼（Mark Fuhrman）有種族歧視，所以才故意陷害辛普森，但又不直接道破警方是基於什麼理由，如此對待這樣一個受不少黑人推崇的男子。

此時，檢方所擁有的最有力證據，是在O. J. 辛普森那輛出名的白色福特悍馬越野車儀表板和駕駛座地氈找到的血跡。這些血跡包含妮可・布朗・辛普森、朗諾・古德曼，及O. J.辛普森本人的DNA。此外，在O. J.家找到他的一雙艾里斯・伊索多納牌（Aris Isotoner）手套上，也發現朗諾・古德曼的DNA。而在O. J.床尾發現一隻染血的襪子，上面也有妮可的DNA。

幾名擔任檢方證人的DNA比對專家在法庭上指出，DNA比對僅有數億分之一的出錯機率，因此那些樣本幾乎可以完全確定是屬於O. J.辛普森、妮可・布朗・辛普森，以及朗諾・古德曼。這是個難以推翻的鐵證，而且具備強而有力的科學根據。

然而，即使這項證據無可反駁，被告律師仍在極度缺乏經驗的陪審團面前不斷重申，洛杉磯警方污染了血液樣本，因此這些DNA檢驗全部不具效力。

檢方在面對這個無情攻擊時，犯了五項關鍵的疏失。

疏失一：審判時，手套設計師暨艾里斯・伊索多納手套公司前任副總裁理查・魯賓（Richard Rubin），檢視了被告的雙手，並作證指出其手套尺寸為特大號。他也從錄影帶和相片中指認出O. J.所戴的手套，和警方發現的染血手套是相同的樣式和剪裁。另外還得知妮可・辛普森曾於一九九〇年在布魯明戴爾百貨公司（Bloomingdale）買了兩雙此一品牌的特大號手套，而艾里斯・伊索多納手套公司僅出產了三百雙此樣式的特大號手套，其中六十雙一直沒賣出去。

這下可逮到他了！

檢方最好的策略應該是請一名專家確認染血手套的剪裁和樣式，再要求O. J.試戴一雙同尺寸、同樣式的全新手套。但檢方要O. J.試戴的，竟是那雙染血的手套，結果自己把事情搞砸了。在狡黠的被告辯護律師強尼．柯克倫（Johnnie Cochrane）的堅持下，O. J.得以先套一雙橡膠手套，再試戴那雙染血的手套。

大家都知道——當然也包括出庭作證的理查．魯賓——皮手套只要被血或任何液體弄濕，就會緊縮，若再加上橡膠手套，勢必會變得更緊。

但「緊手套策略」成功了。試戴之後，強尼．柯克倫便得意地宣稱：「檢方不擇手段地歪曲事實。既然證物不符，被告就是無辜的。」

疏失二：在妮可．辛普森的公寓後院以及O. J.的白色悍馬車裡發現的血腳印，證明是義大利品牌布魯諾．馬格利（Bruno Magli）、羅倫佐（Lorenzo）樣式的鞋子所留下的。這是一名聯邦調查局幹員連同鞋印專家威廉．波茲亞克（William Bodziak）所比對出來的。這種樣式獨特的皮鞋，符合O. J.尺寸的十二號總共僅售出三百雙。

而在舉行審判的三年前，一位美聯社攝影記者，哈利．史高爾二世（Harry Scull Jr.），曾拍到一張O. J.穿著同款鞋的照片。史高爾的照片理應列入證物當中，但檢方在展示這張照片時，卻沒有強調出重點，而且讓人覺得跟案情幾乎毫無關連，結果沒有引起陪審團的重視。

疏失三：審判進行時，檢方竟讓科學家們花上整天的時間，向陪審團解說極為複雜深奧的 DNA 比對技術；這些資料對門外漢來說，實在太難理解了。

事實上，在某些案件中，這類專業性的內容和程序只會讓陪審團困惑，失去注意力，最後令他們昏昏欲睡。因此專家們即使口沫橫飛地解釋 DNA 比對為何能提供鐵證、證明 O. J. 有罪，但陪審團根本聽不進去。「我一點也不懂 DNA 那類東西，」一名陪審員在審判後做出這個廣被引用的評論，「對我來說，這只是浪費時間。它太艱深了，對我起不了作用。」

疏失四：檢方當初應該是採納了建議，才決定向陪審團解說關於 DNA 比對的基本知識。但他們應該用非常簡單易懂的方式講解，就像老師向五年級學生解釋物理學基本原理一般。

疏失五和最後一項極大的疏失：檢方應該放下身段，向陪審團承認，沒錯，被告辯護律師是對的；警方對於從幾個犯罪現場採到的血液樣本，在處理和保存上的確有失誤。

檢方也應該承認，沒錯，採集證物時，有時的確沒用橡膠手套，有時卻用了不乾淨的手套。

沒錯，有些樣本的確用了錯誤的容器裝盛。

沒錯，有些血液樣本的保存方式錯誤。

沒錯，在採集證物時，也用了未消毒的工具。

沒錯，沒錯，沒錯。

但他們接著應該以非常堅定的語氣清楚說明，真正的重點是，DNA 比對，即使用的是被污染的 DNA 樣本，也不會出現和比對對象相符的錯誤結果，只會出現無人符合的結果。

檢方應該指出，假使 DNA 檢驗結果顯然與辛普森及被害者不符，那麼辛普森就應該是無辜的。

但從另一方面來說，雖然採集與保存方式有失，但若樣本比對結果與被告和兩名被害者相符——即使樣本被污染，仍出現相符的結果——難道還不能算是一項證明血液屬於O. J. 辛普森和被害者的有力證據？

最後檢方可再次強調，DNA 比對，就算使用的是被污染的 DNA，也不會出現和比對對象相符的結果，只會出現無人符合的結果。

受難記：電影與法醫鑑識

當梅爾吉勃遜剛推出他頗具爭議性的電影《受難記》（*The Passion of the Christ*）時，宣傳廣告說它並不是另一部美化耶穌生平的德米爾（Cecil B. DeMille）[1]。梅爾吉勃遜和電影的宣傳公關聲稱，電影所描述的情節，曾經過確實的科學考據，包括拿撒路的耶穌死亡過程中最微小、最精確的生理學相關細節，以及他在被釘上十字架前，和在十字架上的整段酷刑當中遭受的各種肉體折磨。

由於我研究釘十字架酷刑的科學與醫學資料達五十二年，因此我抱著極大的期望去看這部電影。然而，我卻在梅爾吉勃遜所描繪的耶穌受難情節裡，發現許多法醫學上的謬誤，讓我清楚感覺有人顯然沒好好做功課，或至少沒做對功課。就我所知，無論是挑剔的影評家，還是喜愛這部電影的人，都未曾將其中的許多謬誤提出來討論。

舉例來說，聖經裡提到，耶穌被捕後曾遭羅馬士兵鞭打。

在梅爾吉勃遜的電影中，我們看到耶穌遭人用木棍毒打三十二次，接下來又被人用羅馬皮鞭（flagrum）笞打上身將近十分鐘。羅馬皮鞭是古羅馬時代一種殘酷的刑具，由多股皮鞭合成，尾端嵌有鋒利的硬骨或鐵片。電影中，是由高壯魁梧的士兵毫不留情地用這種皮鞭使勁鞭打耶穌。

梅爾吉勃遜的電影劇本，是根據凱薩琳．恩默利希（Catherine Emmerich）[2]這本美化的天主教神視紀錄描述，皮鞭每打一下，便從耶穌身上撕下大片皮肉。從醫學的角度來說，很少有人能在遭受如此嚴重的皮肉損傷後而依然存活，更別提還能保持清醒了。況且鞭笞之前，耶穌便在大祭司該亞法（Caiaphas）處遭到毆打，早已元氣大傷。

幾年前，我曾在洛克蘭郡調查並解剖一樁命案的被害者屍體。被害者是一名身強體健的年輕男子，在爭執中遭皮帶和桌燈電線毒打多次。這種攻擊足以造成兩肺塌陷和胸腔的大量內出血，最後致死。這名年輕人遭受的攻擊，和電影中耶穌所經歷的酷刑相比，算是小巫見大巫。

恐怕大多數的法醫都無法相信，任何經過如此酷刑的人居然還能活下來。

不過，為了讓討論繼續下去，我們就假設耶穌確如電影所描述的，遭鞭刑後仍活下來了。

在撐過大多集中於胸部和腹部的毒打後，梅爾吉勃遜電影中的耶穌背著兩百磅重的木十字架走了相當一段距離。

假使你曾有胸部或肋骨遭重擊的經驗，便會知道，被打之後其實幾乎不可能深呼吸。這種狀況在醫學上稱為「呼吸窘迫」。假設耶穌在遭行刑者用皮鞭毒打時沒有暈過去，那麼他在被沉重的十字架壓迫胸部或肩膀、而不得不用力呼吸時，必定承受了極難以忍受的痛苦；背著它走根本不可能做到。另一個耐人尋味之處，則是片中扮演旁觀者古奈人西門（Simon of Cyrene）的是一名高大有力的男子，當耶穌力竭倒下時，士兵強迫他幫耶穌扛十字架。問題是，連他做起來都很吃力。

此外，背負十字架的情節也與歷史有出入。舉例來說，電影中耶穌背的是完整的十字架，有相交的直樑與橫木。但根據古羅馬的史料記載，被判釘十字架的囚犯，只需背負橫木，而十字架的直樑部分，則早已放在城門外的刑場。有人認為，羅馬人之所以如此做，倒不是出於憐憫，而是為了方便。這世上很少有人能舉起兩百磅重的東西，並背著它走幾百、甚至幾千英尺，還能站得起來，更別說之前曾遭好幾小時的毆打折磨。的確，我們當中有多少人能背著兩百磅的東西走動？而光是從地上舉起兩百磅重的東西，又有多少人能做到？

我們再繼續討論十字架的情節。

首先，在電影中，十字架直樑下段有一塊擱腳物，這是後來的藝術家想像出來的。古羅馬時代根本沒有這種東西。

其次，是釘子釘入手掌和雙腳的重要情節。

我們從第二次世界大戰受傷士兵的研究紀錄當中得知，當砲彈碎片刺穿手掌的正中神經，或腳掌的側蹠神經——即釘子刺入耶穌手腳的位置——會造成所謂的灼熱痛。就算只刺穿一手或一腳，這種痛苦都強烈到連打嗎啡也無法減輕。軍醫在救治這類創傷時，經常得切斷靠近脊椎的相應神經，以免傷患因極度痛苦，最後陷入休克並死亡。

現在不妨想像一下這四個柔軟的身體位置：雙手手掌的正中神經和雙腳腳掌的蹠神經所在之處，被粗鐵釘刺入。這種酷刑絕對會造成難以形容的劇痛，使被害者忍不住慘叫、扭動，最後暈倒、休克，可能沒多久便死亡。

但這部電影的情節卻不是如此。

聖經記載，耶穌是自願接受肉體上的苦刑，以讓全人類獲得救贖。然而在梅爾吉勃遜的電影當中，耶穌遭受這些折磨時，少有慘叫或暈倒的場面。即使遭到撕裂皮肉的鞭笞、背負兩百磅重的十字架、戴著荊棘冠，他都能如釘在十字架上時一樣，保持相當程度的平靜。

說到荊棘冠，電影中那些長針般的刺，刺進了耶穌的前額，照理應該會很快導致三叉神經痛，讓臉部感覺到一種難以忍受、撕裂般的劇痛。

此外，還有一個所有法醫都會立即發現的錯誤，即瑪麗與抹大拉的瑪麗亞忙著擦拭從耶穌的傷口流到十字架下的大量血液。然而仔細想想這種酷刑所造成的穿刺傷——尖釘穿過並釘住手腳——其實只會流出少量血液，絕對遠比梅爾吉勃遜電影中十字架下的血泊少得多。在我處理過的數百件命案現場，只有當被害者身上有多處刀子刺入的創傷，或大而深的嚴重傷口，才會有如此大量出血的狀況。

接下來的駭人情節，是羅馬百夫長用長矛刺耶穌，傷口噴出血與水，濺到瑪麗和士兵的臉上。這一段從科學和聖經的角度來看，都是不正確的。就生理學而言，在遭鞭笞後，液體理應會慢慢聚積在耶穌的肺部周邊。一旦長矛刺入，兩邊的肺部會因胸腔內的負壓而塌陷。當長矛抽出時，傷口的確會出現血與水，但只會緩慢地流下來。

最後則是一個最常問的問題：真正導致耶穌死亡的原因為何？

我個人在多年來針對釘十字架的研究中，曾進行多次實驗，以查明一個人若被釘在古羅馬人所使用的十字架上究竟會如何。我仿照古羅馬的樣式，做出同尺寸的木頭十字架，安排多名志願者模擬，加上精密的血液檢驗以及過程重建。

最後我和我的同事發現，在這類狀況下導致死亡的原因，是由於血液與體液流失所造成的低血容量性休克。幾個曾被提出來的死因，如窒息、心臟衰竭、心肌破裂、甚至被下藥毒死，都應該排除。

不過，若你打算對電影版的耶穌受難過程照單全收，或許就會嫌這些研究和實驗太過鑽牛角尖。然而，光是片中描述耶穌到達骷髏地前所受的那些酷刑，恐怕也只有超人才有辦法撐下來，直到釘上十字架為止。

就我們所知，無論是在耶路撒冷，還是好萊塢，拿撒路的耶穌——至少是聖經記載的那個來到我們中間的人——是自願選擇在受難時不顯露其大能和不死的神力，而以凡人的肉身忍受酷刑和釘十字架的折磨，還有各種迫害和曲解。

透過靈媒破解命案

雖然大眾基本上並不太知道，但其實警方偶爾也會請靈媒運用他們所宣稱的超能力，幫忙尋找被綁架的小孩或命案被害者的屍體。

我對這種破案方法懷有矛盾的感覺。雖然我並非完全否認有人具備超乎常人的感應力，而且我也聽說在某些案件中，靈媒曾明確描述出命案現場和凶手的身體特徵，但就我個人的經驗來說，靈媒是否真能指出凶手和被害死者，仍是個疑問。

例如，在本書第三章敘述的流行學院學生遭謀殺的命案中，洛克蘭郡檢察官曾向一位知名的靈媒求助；因為據傳有其他被害者遭殺害並埋屍在洛克蘭郡的勒傑羅斯莊園。

靈媒在那座照管得很好的莊園走了好一大圈，不斷說她接收到被埋葬的屍體所發出來的強烈訊息。她在莊園內的幾個地方停下來，要我的法醫小組動手挖掘。

於是大家費了好大的氣力挖掘了一整天，結果連塊骨頭也沒有，所有人只忙得一身大汗，手上長滿水泡。

隨後不久，警方又聽靈媒說，安德魯．克里斯波在他位於長島南安普頓鎮的別墅各處，埋藏了好幾名被害者的屍體，於是便派了一組警員帶著鏟子和其他挖掘裝備前往當地。他們幾乎把別墅的車道和漂亮草坪都挖遍了，就連龐大昂貴的戶外雕塑作品底下都沒放過，但什麼也沒找到。

不論其他人對惡名昭彰的克里斯波有什麼看法，當我站在他價值百萬美金的夢幻別墅前，眼看那美麗的花園和幽雅的長島綠景化為一堆堆土丘，我倒一點也不替他惋惜。「如果再繼續挖下去，」一名警員說，「我們恐怕就得重鋪半個南安普頓。」

後來我和幾位來自其他轄區的法醫談到這樁案件，他們也告訴我類似的經驗。陪審團至今仍不承認靈媒在犯罪調查上的法律效力。

至於對我個人而言，在法醫鑑識的領域裡，我只承認科學實證。

譯註

1. 德米爾（Cecil B. DeMille, 1881-1959）：美國電影製片人暨導演，擅長以大場面吸引觀眾，作品包括《十誡》、《霸王妖姬》等電影。

2. 凱薩琳．恩默利希（Catherine Emmerich, 1774-1824）：天主教修女，據説她看到異象，目睹耶穌受難的經過，並依此寫成《耶穌受難》（*The Dolorous Passion of Our Lord Jesus Christ*）一書。

檔案照片

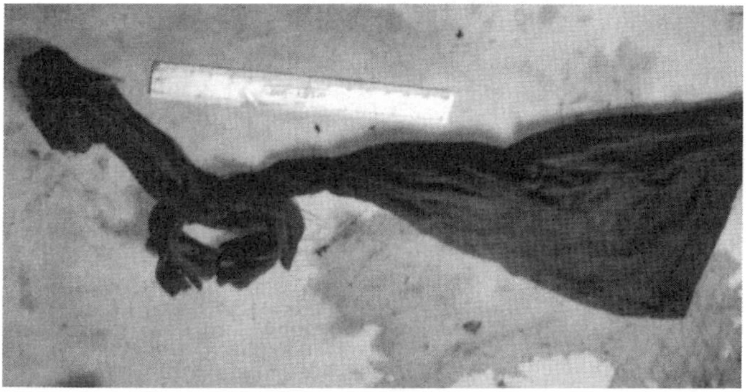

被當成絞索、用來勒死其中一位被害者的絲襪，和兩名失蹤蘇珊案中所用的殺人工具相同。絲襪綁成的絞索套從結的對面、即絞繯的中間剪開，以從被害者頸上移除；這種方式可以讓索套原本的直徑不至於變動，也方便測量出索套緊勒的程度。若是把結解開，我們就無從知道被害者頸部的索套綁得多緊。（照片攝於法醫進行鑑識工作時，並提交做為呈堂證物。）

上圖：被謀殺的時裝模特兒艾吉爾．達．維斯提的照片。（此為呈堂證物，做為確認被害者身分之用。）

左圖：在將死者屍體移出燻肉坊並仔細檢視時發現，死者頭部被一張性虐待用的面具罩住。他的身體從下巴到腳趾基本上都已被火燒熟，而附在骨頭上的肉也被小型動物啃食了。（照片攝於法醫進行鑑識工作時，並提交做為呈堂證物。）

小圖：艾吉爾．達．維斯提所戴的性虐待用面具之前部與後部的細部照片。（照片攝於法醫進行鑑識工作時，並提交做為呈堂證物。）

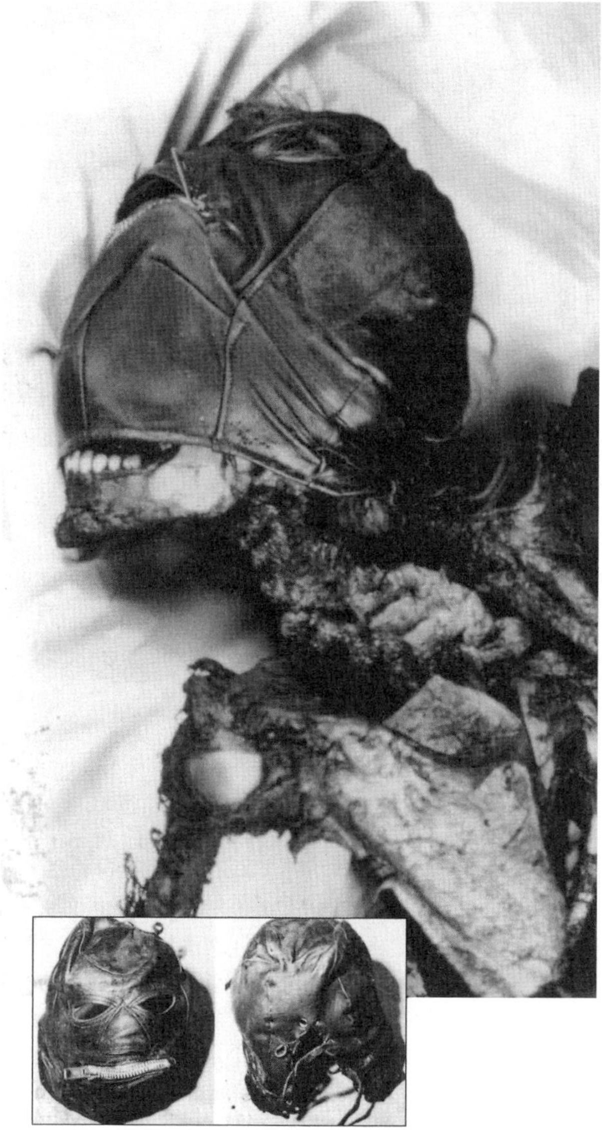

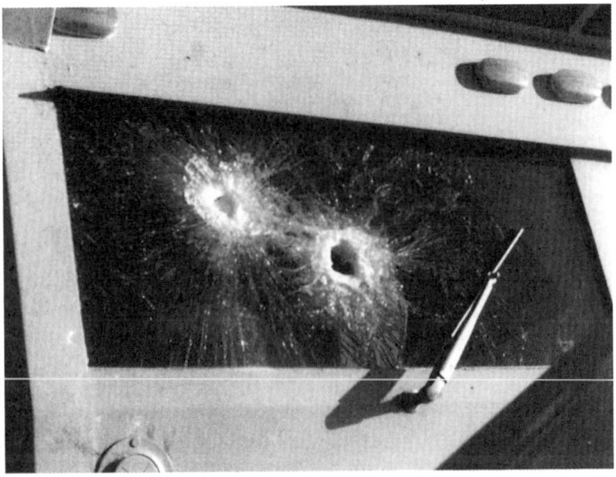

布林克運鈔車擋風玻璃的近距離照片，玻璃上有獵槍子彈穿過的彈孔。從照片可看出那塊玻璃有多厚。（照片攝於鑑識人員進行鑑識工作時，並做為呈堂證物。）

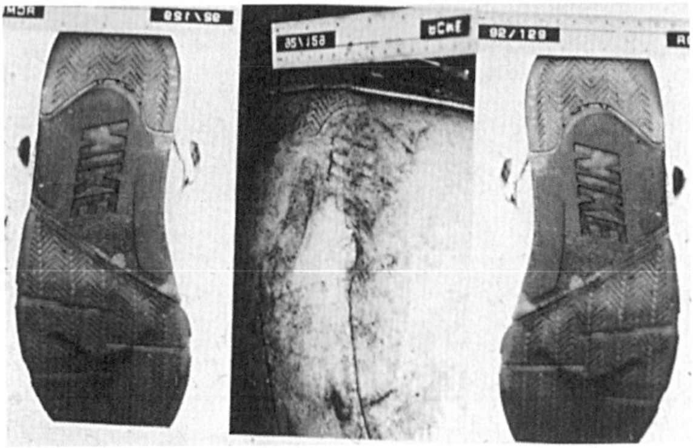

左邊的照片拍自嫌犯雷蒙・納瓦羅的球鞋，可清楚看出耐吉球鞋鞋底的紋路和耐吉商標字樣。中間的照片為印在被害者下腹部皮膚上的耐吉字樣和鞋印。右邊的照片則顯示納瓦羅球鞋鞋底反過來的耐吉字樣。耐吉球鞋的尺寸完全符合鞋印大小，雖然用顯微鏡找不到可資鑑識的血跡，但運用聚合酶連鎖反應法（見正文）卻為我們提供了成千份被害者 DNA 。（照片攝於法醫進行鑑識工作時，並提交做為呈堂證物。）

身穿幼童軍制服的瓊恩·達歷山卓七歲時的照片。（羅絲瑪麗·達歷山卓提供）

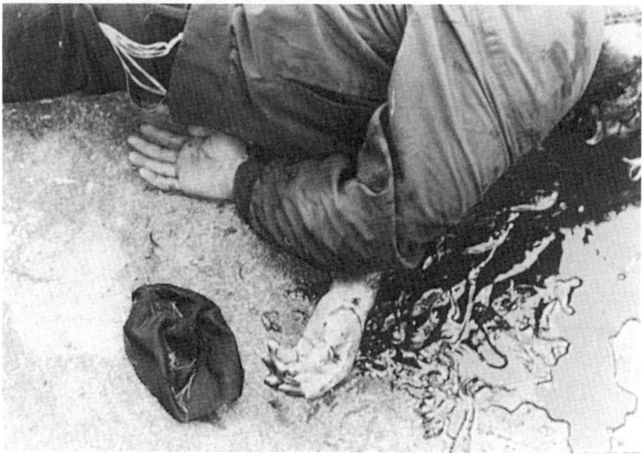

從這張照片可清楚看出亞莫克帽所在的位置，就在死亡的竊賊手邊。（照片攝於鑑識人員進行鑑識工作時，並提交做為呈堂證物。）

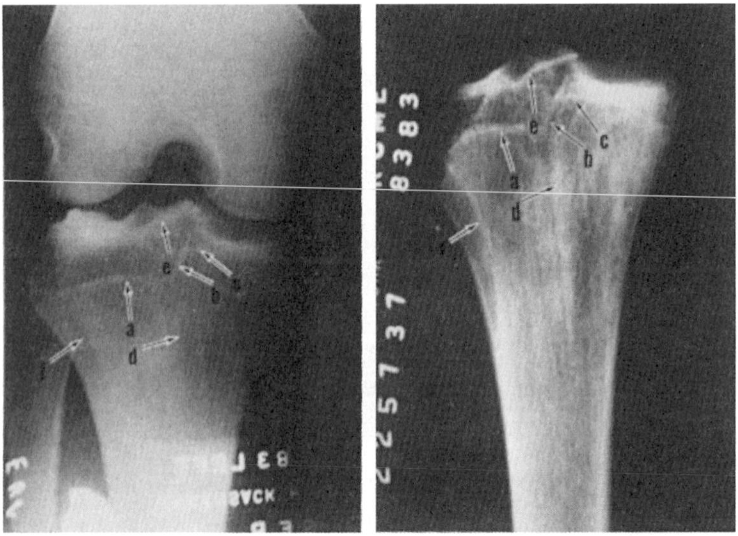

左圖為記者約翰・蘇利文膝部的X光片，顯示出他的脛骨和腓骨。這張片子是在蘇利文遭殺害的數年前攝於哈肯薩克醫院。右邊的X光片拍攝的是在遺骸中發現的脛骨。這段骨頭參照在哈肯薩克醫院所拍的膝部X光片之角度，妥善安排並拍攝X光，結果發現兩者有許多相同特徵，並無不相符者。（X光片攝於法醫進行鑑識工作時，並提交做為呈堂證物。）

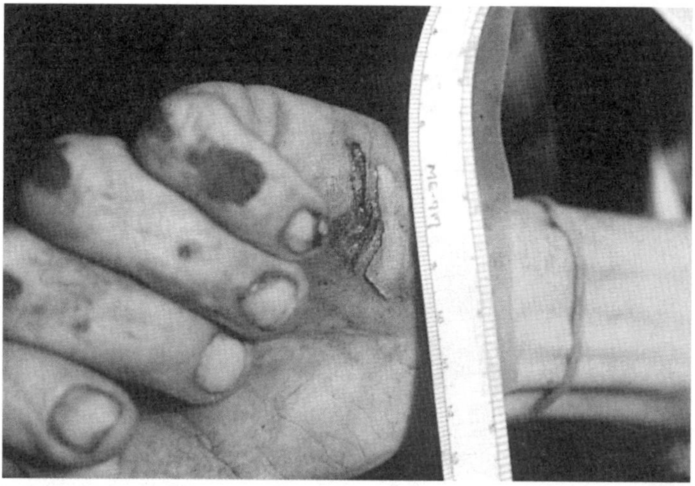

上圖：車禍肇事逃逸案中的被害者手部。其手上有塊撕裂傷，而被撕下的皮肉組織則置於傷口旁，一併以量尺測量之。

下圖：那塊被撕下的皮肉組織就如正確的拼圖片般，與傷口的形狀和大小完全相符。

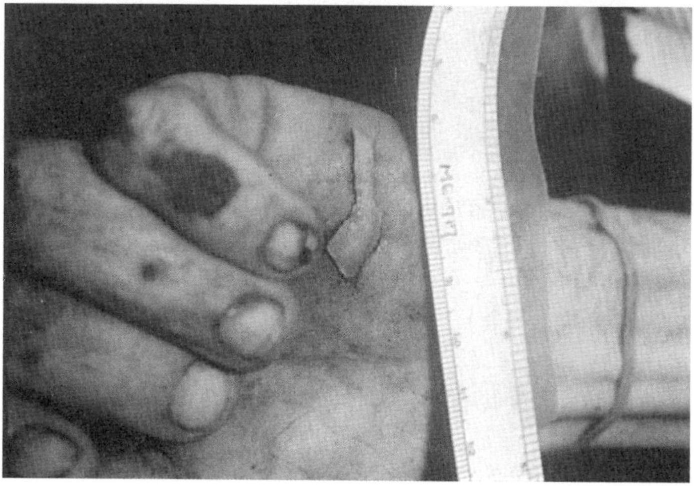

死者仰躺著。從照片可看出屍體完全處於屍僵狀態，雙臂直挺挺地往上伸。若屍體被發現時是處於這樣的姿勢，便代表在棄屍前便已僵硬。（照片攝於法醫進行鑑識工作時，並提交做為呈堂證物。）

國家圖書館出版品預行編目資料

死亡解剖檯 / 斐德列克・薩吉伯Frederick Zugibe, M.D., Ph.D.、
大衛・卡羅爾David L. Carroll 著；朱耘 譯 --
初版. -- 臺北市 ：商周出版：家庭傳媒城邦分公司發行；2007（民96）
面： 公分（人與法律 : 59）
譯自：Dissecting Death
ISBN 978-986-124-801-1（平裝）
1. 屍體 – 個案研究　2. 法醫學 – 個案研究
415.129　　95025103

人與法律 59

死亡解剖檯

原著書名 / Dissecting Death
作者 / 斐德列克・薩吉伯Frederick Zugibe, M.D., Ph.D.、大衛・卡羅爾David L. Carroll
譯者 / 朱耘
責任編輯 / 陳玳妮
版權 / 林心紅

行銷業務 / 李衍逸、吳維中
總編輯 / 楊如玉
總經理 / 彭之琬
法律顧問 / 台英國際商務法律事務所　羅明通律師
出版 / 商周出版
城邦文化事業股份有限公司
台北市中山區民生東路二段141號4樓
電話：(02) 2500-7008 傳眞：(02) 2500-7759
E-mail：bwp.service@cite.com.tw
發行 / 英屬蓋曼群島商家庭傳媒股份有限公司城邦分公司
台北市中山區民生東路二段141號2樓
書虫客服服務專線：02-25007718・02-25007719
24小時傳眞服務：02-25001990・02-25001991
服務時間：週一至週五09:30-12:00・13:30-17:00
郵撥帳號：19863813　戶名：書虫股份有限公司
讀者服務信箱 E-mail：service@readingclub.com.tw
歡迎光臨城邦讀書花園　網址：www.cite.com.tw

香港發行所 / 城邦（香港）出版集團有限公司
香港灣仔駱克道193號東超商業中心1樓
Email：hkcite@biznetvigator.com
電話：(852) 25086231　傳眞：(852) 25789337

馬新發行所 / 城邦(馬新)出版集團 Cité (M) Sdn. Bhd.
41, Jalan Radin Anum, Bandar Baru Sri Petaling,
57000 Kuala Lumpur, Malaysia
電話：(603) 90578822　傳眞：(603) 90576622

封面設計 / 李東記
排版 / 新鑫電腦排版工作室
印刷 / 韋懋實業有限公司
總經銷 / 高見文化行銷股份有限公司 電話：(02) 26689005
傳眞：(02) 26689790　客服專線：0800-055-365

■2007年 1 月 15 日初版　　Printed in Taiwan
■2017年 5 月 24 日三版2刷
定價 300元